ミントのクチビル―ハシレ―

崎谷はるひ

幻冬舎ルチル文庫

CONTENTS ✦目次✦

✦ミントのクチビル―ハシレ―

✦イラスト・ねこ田米蔵

✦カバーデザイン＝齊藤陽子（CoCo.Design）
✦ブックデザイン＝まるか工房

ミントのクチビル―ハシレ―

うららかな、という言葉がぴったり似合う、春の朝。薄いカーテンごしに、桃の節句にふさわしいやわらかな朝陽が、静かに部屋を満たしていた。

はじめて泊まった部屋のベッドのうえ、姫路桜哉《ひめじおうや》は、下半身のじんじんする痛みとだるさを噛《か》みしめながら、隣に眠る男をじっと見つめる。

ぐうぐうと音を立てていびきをかいている男の名前は、徳井英貴《とくいひでき》。桜哉の初恋の相手で、あらゆる意味でのはじめてを奪った相手だ。

「まさか、こんなふうになれるなんて……」

桜哉はうっとりとつぶやき、徳井の頬《ほお》をそっと撫《な》でた。彼の寝息には煙草とアルコールのにおいがまじり、猛烈なことになっていたが、とりあえずそこは無視してみた。

桜哉はロマンティックすぎる名前のとおり、幼いころから夢見がちな少年だった。これで愉快なご面相ならば、いっそ身体《からだ》を張ったギャグとして、ネタにもなっただろう。

けれど桜哉は幸いにしてというべきか、きらきらの名前に負けない美少年だった。

母親ゆずりの長い睫毛《まつげ》にとろんとした目もと、肉厚でちょっと尖《とが》った、いわゆるアヒル口のふわふわした唇。すっと整っているけれども高すぎない鼻と、なめらかな頬。全体にひどくあまい顔立ちは、ベビーピンクをイメージさせる字面《じづら》の名前がじつにしっくりくるものだ。おっとりした印象の垂れた目尻はやさしげで、つやつやでやわらかい、すこし長めの黒髪ともあいまって、十代後半になったいまでも女の子に間違われることが多い。

そして女性的なルックスのとおりというか、内面が表情にでるから女顔なのか。桜哉は性格の面でも、非常に乙女だった。

「英貴さん……」

そっと小声でいとしい男の名前をつぶやき、桜哉は赤くなって身悶《みもだ》えた。動いたとたん、臀部《でんぶ》の奥にとんでもない痛みが走り、べつの意味でも身悶えた。

しかも、でろりとしたなにか――おそらく男の手で乱暴に塗りたくられたジェルだ――が溢《あふ》れた気がするけれど、生理的な不快感も初恋成就の証《あかし》だととらえることにした。

(こういうの、憧れてたんだよね)

好きな男の寝顔をこっそり見守る。そのシチュエーションに、桜哉はすっかり酔っていた。かつて桜哉は姉たちの持っているロマンス小説や、ちょっとエッチな少女マンガをこっそり拝借して、どきどきしていたものだ。

なかでも初出が古い、世間がまだ喫煙に対してゆるかった時代の作品などには、強い酒を飲んでヒロインを誘い、ベッドシーンのあとに煙草をくゆらす男が、セクシーさの象徴のように描写されていることがあった。

そうい
う香りがする大人の男に抱かれるのは、どんな感じなんだろう、とずっと想像していた。

現実はと言えば、かなり控えめに言っても、好ましいものではなかった。

眠り続ける隣の男が大口を開けていびきをかくたびに漂う、饐《す》えたにおい。煙草と酒、さらにつまみに食べた料理にはニンニクがはいっていたと推察される。ほかにも汗だの乾いた体液だの、とにかくさまざまなものが混じりあったにおいは強烈で、はっきり言って異臭だ。

（ちょ、ちょっときついかなあ）

初体験の痛みは想定内なので我慢できた。だが、初恋という分厚いフィルターをかけ、その相手にはじめて抱かれたという感動をもってしても、桜哉の嗅覚《きゅうかく》を鈍らせるまでにはいたらず、涙目になって鼻を押さえる。

夢見がちすぎ、乙女すぎと友人にからかわれる桜哉は、正真正銘ファーストキスもセックスも、昨晩がはじめてだった。十九歳の青年にしては相当におくてで、それでもマンガのベッドシーンみたいに、お花が飛んでいるなどとはさすがに思っていなかった。

だが、よもや行為の最中、快感のかけらもなく、痛くて気持ち悪いだけで終了というのは、かなりがっかりしてしまった。

（でもたぶん、現実ってこういうものだよね。慣れないと痛いのは女の子だってそうだし）

本来の用途と違う使い方をした身体がみしみし言っていても、それを望んだのが自分なのだから、あまんじて受けいれるべきだ。

桜哉がしんみりとしたところで、また「んがっ」と徳井がいびきをかいた。だらしなく開いた口から漂うにおいに顔をしかめそうになったけれど、そこは愛でカバーだ。愛が無理なら、理性でフォローだ。

(いや、うん。これが大人になるってことなんだ、きっと)

ちょっぴりの失望と、かなりの痛みをこらえつつ、桜哉は自分に言い聞かせる。

徳井は、昨晩会ったときにはかなり酔っていた。けれど、仕事の接待で酔わされたというのだからしかたがなかった。

金曜の夜、突然の電話で新宿の飲み屋に呼びだされ、彼よりさきに帰ってしまったという接待相手のぶんまで、桜哉が払った。徳井には、あとで返すとろれつのまわらない声で言われた。

——ごめんな。おまえの誕生日だから会いたいと思ってたんだけど……うっかり、接待費が後払いでさ。みっともないよな、俺。

苦笑いする徳井の横顔に、大人の苦労を見た気がして、桜哉はきゅんとした。

(お仕事、ご苦労さま……)

いまは酒臭いけれど、いつもはちょっと高級そうな香水の香りがする徳井とは、四年まえの姉の結婚式で出会い、それから姻戚《いんせき》としてたまにつきあうだけの数年を経て、今年の一月、とあるクラブで偶然に再会した。

年齢差は七つ。かつては手の届かない大人だと思っていた彼とは再会してからすぐにデートするようになり、二カ月つきあった。

会えるのは週に一度だけだったけれど、社会人の徳井と専門学校の学生の桜哉はなかなかスケジュールもあわず、それもしかたないと思っていた。

そして再会から八回目のデートで抱かれたこの日、三月三日は桜哉の十九歳の誕生日だ。

(日付が変わるころに呼びだすなんて、案外ロマンチストなのかな)

桜哉はくすぐったく照れてしまう。徳井がいつまでも手をだしてくれない——キスすらしようとしないことに、正直いって焦《じ》れていた。

思いきって、どうしてなにもしないのか、と問えば、徳井はこんなことを言った。

——まだおまえは子どもだし。条例のこととかあるしさ。

条例の話をするならば、十八歳未満が問題なのであって、高校を卒業している桜哉は適応外だ。それに来年には成人だと言っても、徳井は笑っていなすばかりだった。

——まだ十代だろ。あんまりそういうことを焦るなよ。

たしなめられ、大事にしてくれているんだと桜哉は感動した。

けれど記念の日を祝ってくれた徳井は、昨晩、たしかに桜哉を『大人扱い』してくれた。

はじめて彼の部屋に招かれ、酔っていたけれど情熱的なキスと、愛撫《あいぶ》。なにもかもが未経験だと打ち明けると、俺に任せてと言いながら、激しく抱いてくれた。

――カワイイよ、桜哉。昔から知ってたのに、なんでいままで、気づかなかったんだろ。

昨晩もらった言葉が嬉《うれ》しくて、ちょっと涙ぐみながら桜哉は寝顔にキスしようとした。とたん、びりっとした痛みが走り、今度は違う意味で涙目になる。「いぎっ」と妙な声が漏れ、湿ったシーツに突《つ》っ伏《ぷ》して耐えた。

「ひ、英貴さん、情熱的だったからなあ」

震えるつぶやきは聞こえがいいけれど、初心者の桜哉がろくに慣らされもせず、強引に挿入されおかげで、もろい粘膜に傷がついたのは間違いない。

それでも、これが愛の痛みならば……と、陶酔したことを考えていた桜哉は、隣にいた男が億劫《おっくう》そうに身じろぎ、顔をしかめたのに気づいた。

「んん……？」

顔をあわせるのは恥ずかしかったけれども、やっと起きてくれたと嬉しくなった。桜哉自身は初体験をすませた興奮と痛みで、一睡もできなかったのだ。それに、いくら好きなひとの寝顔を見ていると飽きないとはいえ、五時間ちかくひとりで痛みと闘うのはつらかった。

「英貴さん、起きた？」

笑いかけた桜哉は、ふつうに「おはよう」と返ってくると思っていた。しかし徳井の反応は、予想などまったく覆すようなものだった。

「なに、おまえ」

「……え？」

ひどく不機嫌そうな声で冷たく言った彼に、桜哉の笑顔が固まる。

ロマンス小説にあるようなモーニングキスだとか、そんなことまで望んではいない。むやみにあまったるくはなくとも、ありがとう、嬉しかったよ、痛くしてごめんね——と、言葉をかけてくれたら、痛みなど飛んでいくはずだった。

だが現実はといえば、酒にむくんだ顔の徳井に半開きの目のまましろりと睨《にら》まれただけ。

「つーか、なにしてんの？　おまえ、俺んち知ってたっけ」

ぶわあ、とあくびをした徳井は半身を起きあがらせると、オヤジくさい仕種《しぐさ》で両手で頭と腹をぼりぼりと掻《か》いた。

予想外にあっさりした態度、そっけない声。戸惑う桜哉をよそに、徳井は自分の姿を見おろし、ややあってはっと顔をこわばらせた。

「ちょ、待て、うっそだろ！」

上掛けを乱暴に剝《は》がされ、桜哉は「わっ！」と声をあげる。

「……やったのかよ。桜哉、どういうことだよ」

自分の裸体を検分したのち、徳井は吐き捨てた。詰問口調に、桜哉は身体を縮こまらせる。

「どういうって、覚えてないの……？」

昨晩、熱に浮かされたようなとろりとした目で、カワイイ、きれいだ、あいしてるとささやいていた彼は、まるで汚物でも見るような視線で桜哉の裸体を眺め、ぞっとしたようにかぶりを振った。

「冗談じゃねえぞ。おまえなにしてくれたんだよ」

してくれた、とはさすがに心外だ。さんざんにされたのはこちらのほうだ。

刺すような視線に走って逃げたくなったけれど、まだ痛む身体が言うことをきいてくれない。動けずにいる桜哉の裸の肩が摑《つか》まれ、乱暴に揺さぶられた。

「い、痛っ」

「ガキだと思ってあまくしてやってたのに、こんな目にあわされるとはな。なに考えてんだよ、おまえは！」

食いこむ指もきつかったが、揺すられる振動が身体の奥に響いて涙がでそうなくらい痛い。やめてくれと言いたいのに、混乱のせいで声をだすことすらできない。

「勘弁しろよ、こんなの元晴《もとはる》にばれたら殺されるのは俺だぞ！」

「うあっ！」

唇を嚙んでこらえていると、徳井は桜哉を突き飛ばした。乱暴な手が顔をかすめ、逃げるためにシーツのうえを転がった桜哉は、勢いあまって顔面から壁に激突した。鼻と頰骨をぶつけ、一瞬視界に火花が散る。下半身にも激痛が走り、声もだせない。

（え、なに、なんで？）

状況がすこしも理解できず、見知らぬ男と化してしまった徳井を、ただじっと見つめるしかできない。幸せ絶頂のはずの朝、自分がこんな目にあっていることが信じられなかった。

茫然《ぼうぜん》としていた桜哉は、突然顔を伝った、ぬるりとした感触に気づいた。

「あ……」

桜哉の繊細な鼻から、たらりと鼻血が落ちる。あわてて手の甲で拭《ぬぐ》うと、徳井は自分のふるった暴力の結果にぎょっとしたように目を瞠《みは》った。

「な、なんだよ。俺のせいじゃねえだろ、おおげさに……」

ひきつった笑いを浮かべた徳井は「そうだよ、俺のせいじゃないし」ともう一度くりかえしたあと、さきほどの勢いを取り戻した。

「つうか、こっちが酔ってるのにつけこんだのか？　俺に本命いるって知ってるよな。なのに、なんで拒否らなかったんだよ！」

そのひとことに、桜哉は頭から水をかけられたようなショックを受けた。

「ほ、本命ってなに……どういうこと？　聞いてない」

「嘘《うそ》つくなよ。俺、最初につきあってる相手いるっつったじゃねえか！」

たしかに再会してすぐのころ、恋人がいると言っていたのは覚えている。だが、そのあとから定期的に呼びだされるようになり、期待と不安に揺れ動いた桜哉は、念のためにと彼に確認もしたのだ。

――つきあってるひといるって言ってたのに、ぼくと会っていいの？

週末の夜、デートする相手は違うのではないかと問うたとき、徳井は言った。

――ああ……もうあれはいいんだ。いろいろズレてきたっていうか、限界感じてる。嫉妬《しっと》深いし、束縛するし、俺の仕事にまでケチつけるしさ。

それからつきあっている相手のことから仕事の愚痴が延々と続き、心底うんざりだと吐き捨てていた。正直、そのころの桜哉は内容について深く考えることはできず、ただ大変そうな徳井に同情するばかりだった。というより、まだ学生の桜哉にとって、仕事がらみの話はろくすっぽ理解できてもいなかった。

――大変なんだね、いろいろ。

――桜哉はカワイイな。癒されるっていうか。あいつといるよりずっと落ちつくよ。

慰めの言葉に対し、徳井は微笑《ほほえ》みながらそう言って、ぽつりとつけくわえた。

――俺もいいかげん、いろいろはっきりしないとな。ほんとに好きな相手のために。

それきり、徳井の恋人の話はろくに聞いたこともない。だからてっきり、とっくに別れて桜哉とつきあっているのだと思っていた。

「だいたい、俺がおまえなんかとやるわけねえだろ！　ガキなんか好みでもねえってのに！」

別人のような顔で徳井は怒鳴る。桜哉はますます混乱した。いまの言葉が本音なら、これまでのデートでさんざんあまい言葉をかけてきたのは、いったいなんだったのだろう。

(もしかして、ぼくのほうが、浮気ってこと？　遊ばれた？)

さっと血の気の引いた桜哉が喉《のど》から絞りだせたのは、ずっと頭をうずまいているこのひとことだけだ。

「どうして……？」

「どうして、じゃねえっつーの！」

涙声がカンに障ったらしく、徳井はばしんと壁を平手でたたく。大きな音と声に怯《おび》え、桜哉はふたたび縮こまったまま震えあがった。

「なにやったんだよ、どうやったんだ！　どうやって俺のことはめた⁉」

「は……はめたって、そんな。しようって言ったの、英貴さんで」

「嘘つくなっつってんだろ！」

なんで、どうして、と混乱したまま、次々浴びせられる責任逃れの罵声《ばせい》に茫然となる。

物理的な意味ではめられたのはこちらのほうだ。などというツッコミをいれられる性格ならばよかったが、あいにく桜哉はこんな場面でちゃかせるほどひねてもおらず、またタフでもなかった。

(怖い。なにこれ。なにが起きてるの)

鬼のような形相で怒鳴り続ける男をまえに、ただ震えるしかできない。まばたきも忘れた目から痛みとショックによる涙がこぼれると、徳井はあからさまに舌打ちをした。

「あぁ!? うぜえなもう、なに泣いてんだよ」

興奮気味の徳井が、ひどいにもほどがある言葉をわめき、また手を振りあげた瞬間だった。ものすごい勢いで繰りだされた拳《こぶし》が徳井の頬を殴りつけ、うめいた徳井がベッドから転げ落ちる。

「――ぐがっ!」

怒りにまかせた、強烈なパンチだった。だがそれを繰りだしたのは、桜哉ではない。視線をゆっくりめぐらせると、全裸で床に這《は》いつくばった徳井のまえに、拳を固め、土足で仁王立ちしたすらりとスタイルのいい男がいた。

(……え? 誰?)

その男を見あげた桜哉は、知らず、ぽかんと口を開けていた。

突然の乱入にも驚いたが、相手がとにかくすごい美形だったからだ。

清潔そうな雰囲気の、すこしクセのある茶色い髪は染めているのではなく天然の色だろう。きりっとした切れ長の目に通った鼻筋、全体的な色素の薄さもあいまって、外国の血が混じっているようにも思えるほどだ。

身長は、一八五センチの徳井と同じくらいに高い。その徳井を踏みつけている足は靴を履いたままで、ブーツカットのジーンズがよく似合っている。膝下《ひざした》も長くて、まるで雑誌のモデルかのようだ。わあ、と桜哉は口のなかでつぶやいた。

(すごい、きれいなひと。スタイルもいいなあ)

思わず状況も忘れ、道ばたで芸能人に出くわしたときのような感心を覚える桜哉をよそに、怒りのオーラを漂わせた彼は、押し殺した声でつぶやいた。

「おまえ、ほんっとに、信じらんねえ男だな」

「なん、なんで、なんで、邦海《くにみ》……」

徳井はあわてふためき、さきほどの桜哉より盛大に鼻血をだしながら、素っ裸のまま目を泳がせた。邦海と呼ばれた男は、鼻と股間《こかん》をそれぞれの手で覆った情けない男を睨みつけた。

「なんでじゃねえだろ、徳井。ゆうべ、俺はなんつった？」

怒りのあまりか、ひきつり嗤《わら》う邦海が告げた言葉に、徳井は「あっ」と声をあげる。

「あっ、じゃねえよ。ちゃんと話したいから、酔っぱらってねえときに話す。おまえは、わかったって言ったよな」

「あ、あの……」

「言ったよな？」

邦海の口調はゆっくりとしたもので、声は穏やかにすら聞こえる。恫喝《どうかつ》されたわけでもないのに、徳井は悲鳴をあげ、部屋の隅へと這って逃げた。

「ひとがまじめに話をしにきたってのに、なにをお持ち帰りしてんだ、てめえは」

「ちが……よ、酔ってたんだ！」

「そんなのが言い訳になるかっ。へべれけになっちゃあ浮気しやがって、なんべん同じコト繰り返せば気が済むんだ。しかも、こんないかにもウブそうな子相手に！」

その言葉に、桜哉はちいさく「えっ」と声をあげた。

(浮気して、って。じゃあこのひとが？)

徳井いわく「嫉妬深いし、束縛するし、俺の仕事にまでケチつける」本命の彼なのか。イメージしていたタイプとは違って、桜哉はびっくりしてしまった。

(かなり、意外なんだけど)

桜哉の知っている徳井はバイセクシャルで、自分を抱いたことからしてポジションはわかりきっている。どちらかといえば中性的なタイプが好きなんじゃないかと思いこんでいた。

だがこの邦海は、顔はすばらしくきれいだけれど、桜哉のように女の子っぽいところはどこにも見あたらない。背が高く手足が長いので細く見えるけれど、桜哉とは根本的に体格も違う。

ここまでタイプの違う相手に同時に手をだせるほど、ストライクゾーンが広いのだろうか。

(でも、そもそも英貴さんって、どんなひとなんだ)

あまい言葉に踊らされ、恋人になったと思っていたのはこちらだけ。酔った勢いで抱かれたあげくに罵《ののし》られたばかりの桜哉には、いったいなにを信じればいいのかわからない。

ショックと困惑に思考が遠くなっていた桜哉は、徳井の叫び声に我に返った。

「そ、そいつにはめられたんだ、俺のせいじゃないっ」

「え、そんな、ひど……」

怯えたように頭を抱え、自分を指さす徳井にぎょっとした桜哉は、どうにか反論しようとした。けれど、振り向いた邦海の視線に喉がつかえ、声がでなくなる。

「はめられた？　この子に？」

鋭い目に睨《ね》めつけられた気がして、桜哉はびくっとした。ひどく苦い顔をしていた彼は、桜哉の怯えに気づいたのか、ほんのすこし表情をやわらげる。

「きみ、桜哉くんだろう。徳井の親戚の」

穏やかに問いかけられ、名前も知られていることに驚きながら、しどろもどろに答える。

「はっ、はい。親戚っていうか、えっと、ぼくの姉の夫のいとこさん、です」

やっぱり、とちいさくつぶやいたあと、邦海ははっと息を呑《の》んだ。

「どうしたの、その顔」

「あ、いや」

また鼻血がでたのかと顔をこするけれど、すでに止まったらしく乾いた感触しかなかった。顔をしかめた邦海がじっと見ているのは、赤くなった鼻と頬のあたり。

「ちょっと見せて」

長い脚で数歩、桜哉へと近づいてきた邦海は、慎重な手つきで桜哉の顔に触れてくる。

「あ、い、いたっ」

気づかないうちに擦りむいていたらしく、触れただけでびりっとした。邦海はすぐに手を離し、なにも言わないままふたたび徳井へと向き直る。

這うようにして玄関に逃げかけていた裸の男は、ぎくっとなって固まった。

「なぁにを、逃げてんだ、よっ！」

「ぎゃっ！」

邦海はその背を靴底で蹴った。声をあげて逃げようとする身体を捕まえ、マウントポジションでのしかかると徳井の顎《あご》に手をかけ、肩をゆさぶり詰問する。

「おまえ、こんなきゃしゃな子に暴力ふるったのか」

「ちっ、ちが、そんなことしてないっ」

「ないならなんで、あの子は鼻血だして顔に痣《あざ》できてんだよ！　嘘つくな！」

絞め殺さんばかりの迫力に怯えた桜哉が、どうにかフォローを試みた。

「あの、殴られてないです、ほんとに。突き飛ばされただけで。ぼくが勝手に壁にぶつかっただけで」

しどろもどろの桜哉の言葉に、振り向いた邦海はあきれた顔をした。

「あのね、そんな言い訳してやらなくても」

「そ、そうだよ。こいつが勝手に、いっ！」

尻馬に乗ろうとする徳井の頭を、邦海が容赦のない拳で殴りつけた。ごん、と派手な音が鳴り響き、桜哉は音だけでびくっと肩をすくめる。

「な、なんでだよ、なんでなぐ……へぶっ」

わめきかけた徳井の口を手のひらでふさいだ邦海は「ちょっと黙ってろ」と低く告げた。

「言い訳はもういい、おまえはこの子のひとのよさにつけこんで――」

この子、と言って桜哉へと顎をしゃくった邦海は、はっと目を瞠った。

「桜哉くん。それ、さっきの鼻血じゃあ、ないね？」

「え、あ……」

邦海が視線で示したのは、桜哉がへたりこんでいるシーツの中央、赤茶色の染みだ。真っ赤になって目を逸《そ》らした桜哉に、「ふうん」と目を細めた邦海は、ふたたび徳井へと向き直り、血の凍るような声で恫喝した。

「このクソばか。淫行対象の子に突っこんだのか」

「むふ、ふむんむ」

もごもごとわめいた徳井に気づき、手のひらを離す。震えあがる男の口から溢れたのは、またもや言い訳と責任転嫁だった。

「いっ、淫行じゃない、十九歳の誕生日がきのうで、それに合意でっ」

「未成年は未成年だろうが！　なにがはめられただ。しっかりやってんじゃねえか！」

怒声とともに、徳井の頬と邦海の手のひらが奏でるビンタの音が高らかに鳴った。それは桜哉があっけに取られるくらいの勢いで、しかも一発ではすまなかった。

「いた、いたいっやめてっ」

「痛いじゃねえよ！　言うにことかいて、はめられた⁉　子どもに責任転嫁ってのは、どういう了見だ！」

邦海の言葉がワンセンテンスごとに句切れるのは、べしべしと容赦なくたたくせいだ。みるみるうちに徳井の頬は腫《は》れあがり、情けない声で「許して」と泣きだした。

「おっ、俺、まっ、間違えた、だけだ！　酔って、うっかり間違いを――あああ！」

「だから酒に飲まれんなっつってただろうが！」

徳井の悲鳴に、桜哉は目をつぶって顔を背けた。この期《ご》に及んで言い訳をする徳井の股間を、邦海がブーツの底で踏みつけたからだ。

（なにこれ。Ｖシネ？）

止める暇もあらばこそ、殴る蹴るの大修羅場。こんなに一方的に殴られている人間というのをはじめて見た。そもそも桜哉は、殴りあいのけんかなどしたことがない。

状況もいまだ呑みこめず、どうしていいのかわからない。もはや傍観者となり果てるしかない桜哉をよそに、邦海の制裁は続いた。

「だいたい、ノンケがあっさりはまりやがったのがおかしいと思ってたんだよ。そんなにセックスが好きか。短小チンコで早漏のくせに！」

「ひ——うぐっ」

徳井がうめいたのは、激怒した邦海が足に体重をかけたせいか、それとも示唆されたモノのサイズを語った台詞《せりふ》が、あまりに的を射ていたせいだろうか。

徳井の自慢だったハンサムな顔は、すっかり腫れあがっている。もはや言い訳もつきたのか、涙声で「もうやめて」と訴えはじめる。

「つ、つぶれる、だめっ、つぶれちゃう……」

「キモい声だすなっ」

哀れな声にやっと邦海が足を離すと、徳井はもんどり打って逃げたあげく、子どもが体育座りをするかのように膝を抱えてえぐえぐと喉を鳴らして泣きはじめた。

情けないにもほどがある徳井を見ながら、桜哉はどんどん自分のなかにあったなにかが、さめていくのを感じた。

(なんだろ、このひと)

いったいこれ、誰だろう。なんで自分はここにいるんだろう。

現実味はまるでないのに、感情だけが冷えていく。それは邦海も同じだったようで、汚物を眺めるような目で吐き捨てる。

「そもそも、この子がおまえのこと好きなのわかってて、気持ちのいいところだけつまみ食いしようとしたんだろう。知ってんだよ、この腐れ野郎が」

「……そっか。英貴さん、そんなことまでしゃべってたんだ」

やっぱりこのひとが本命で、自分は浮気相手だったわけだ。桜哉が思わず失笑すると、邦海がはっとしたように肩を揺らし、桜哉を見た。

「ごめん。ほんとにごめん」

「えっ？　あ、いえ、べつにあなたが謝ることではないですし。むしろこっちが謝るべきっていうか」

驚いて両手を振ると、邦海は心底申し訳なさそうに、長い睫毛を伏せる。あまりの悲痛な表情と声に、桜哉は状況を忘れて慰めの言葉を口にしていた。

「知らなかったとはいえ、本当にごめんなさい。あの……だいじょうぶですか？」

邦海は驚いたように目をしばたたかせた。

「だいじょうぶですかって、きみこそ、怪我は？」

「ああ、ぼくは……まあ、ええ」

意味の通じないことを言いながら、桜哉は思わずふふっと笑ってしまった。

「どうしたの」

邦海が怪訝《けげん》な顔をするけれど、表情をあらためる気にはなれなかった。というより、笑いの発作はどんどん大きくなっていって、ひく、ひく、と腹筋が震えだす。

「あはは、ええ。ちょっと身体痛いですけど、だいじょうぶです。はは、ははは」

だまされて痛い目を――精神的にも肉体的にも――みた桜哉も怒るべきなのかもしれない。けれど、邦海の怒りがあまりにすごすぎて、完全に乗り遅れてしまって、感情をどこに持っていけばいいのかわからない。

「な、なんで笑っちゃうんだろ？　ごめんなさい。ふざけてるんじゃないんだけど」

「桜哉くん……」

邦海はくしゃりと顔を歪《ゆが》め、うなだれて目を逸らした。彼の形よい唇がきつく嚙みしめられ――次に顔をあげ、徳井を見やったときには、またあの鬼の表情へと変わっていた。

「おい」

「ひ！　ゆ、ゆるし、許してください。ごめんなさい」

「……おまえのそういう、腹黒いくせに善人面してビビリなところには、いいかげん我慢できないんだよなあ。わかる？」

ぞっとするほど冷たい目をした邦海に睥睨《へいげい》され、徳井はがくがくと震えはじめる。その髪を鷲摑《わしづか》みにして、邦海はぺしぺしと腫れた徳井の顔をたたいた。

「いいか。これでおまえとは終わり。それと今後頼む予定だった仕事も、きのう言ったようにナシ」

「え、そんな、それは」

　この期に及んで反論しようとした徳井を、邦海は睨みつけた。とたん、徳井はまた「ひっ」と叫んで縮こまる。

「いまさら反論の余地はねえんだよ。それと、あのひとにも今回の件、しっかりちくってやるから、出入り禁止になりやがれ。わかったよな。……わかったよな⁉」

「わっ、わかっ、わかりましたっ」

「あっそ。それじゃもうひとつ」

　怒りながら嗤う、とてもとてもきれいでうつくしいその鬼は、突然、桜哉の腕をとった。

「徳井。おまえは酔っぱらって、間違っただけだっつうんだな？」

「そ、そうです」

　強引ではあったけれど、ちゃんと加減された力強い手にどきりとする。

（なに？　なに？）

　混乱はしたけれど、不思議なことに怖くはなかった。なにより桜哉が抵抗する気になれなかったのは、邦海の身体から漂う、あまく涼しげな香りのせいだった。

（あ、いいにおいする。なんだろ、ミントかな）

　酒と煙草の入り混じる、饐えた空気が充満しているなかで感じた清涼なにおい。息を吸うと、ほっとして力が抜けていく。さっきまでひとを殴っていた男相手に安心するのも変な話だったけれど、おそらくこの修羅場に、感覚が麻痺《まひ》していたのだろう。

邦海は徳井へとあれこれ怒鳴りつづけていたようだけれど、状況についていけない桜哉にはあまり理解できなかった。

「ほんっとに自分の行動に責任ひとつ取れねえ男だな。……あとで文句つけるなよ」

「え？」

あまい香りを吸いこんでぼうっとしている桜哉の腰を、長い腕が抱きとる。きれいな指で顎をとられ、やっとなにかが変だと思った。

「え？」

間近にある整った横顔は怒りに満ちて、それでもやはりうつくしい。だがその後、発した言葉は、本当に思いもよらないものだった。

「せっかくだから、おまえの代わりに、このかわいい子とつきあってやる」

「え、え、え？」

宣言した邦海に痛む身体を抱きしめられ、直後にやわらかいものが重なる。

徳井がなにか情けない声をあげた気がしたけれど、もはや思考を放棄した桜哉は、暢気《のんき》なことを考えていた。

（あれ、味までミント）

そしてこのひと、英貴さんよりキスがじょうずだ。

＊　＊　＊

初恋の相手にはじめてを捧げた翌朝、超弩級《ちょうどきゅう》の修羅場に巻きこまれたあげく、彼氏——だと思っていた男——の彼氏に熱烈なキスを受けるという衝撃の経験は、なかなかあるものではないと思う。

しかも相手の素性を知ったのは、それから小一時間もあとのことだ。

いまだ現実味のない状況に戸惑う桜哉のまえで、邦海は深々と頭をさげた。

「わけわからないことに巻きこんで、申し訳ない」

「そんな、あの。お互いさまですから」

「いや、きみはだまされてたわけだし、全面的にあいつが悪い。キレた俺も悪かった。怖い思いをさせて、本当にごめん」

いまふたりがいる場所は、徳井のマンションの最寄り駅近くの喫茶店。休日出勤のため朝食を食べにきたとおぼしき会社員が多数いるなかで、昨晩脱ぎ捨てたまま、くしゃくしゃになった服を身につけた桜哉は、ひどく浮いている。

あげく向かいの席ではモデルばりの美形が土下座せんばかりの勢いで頭をさげている図と

いうのは、目立ってしかたがない。桜哉はあせりながら手を振ってみせた。

「本当にもういいですから、顔あげてください。えっと……」

「あ、ごめん。小島《こじま》邦海です。姫路桜哉くん、だよね」

はい、とうなずいた桜哉は、疲れた顔で苦笑した。

衝撃のキスのあと、べそべそ泣いている徳井をよそに、邦海は桜哉の身体の手当をしようと言った。

——ちゃんとしとかないと、あとからつらいよ。顔も腫れるから、冷やして。

壁に激突した顔にアイスパックを当てられるまではよかったが、あらぬところをぬるま湯に浸して絞ったタオルで拭き、傷薬をつけてもらうのは本当に恥ずかしかった。

桜哉は遠慮したけれど、彼は聞かなかった。

——恥よりケアが大事でしょう。自分でできないんだから、我慢して。

その後は彼がまるでエスコートするように気遣いながら、乱闘あとの徳井の部屋から連れだし、うまく歩けない桜哉をタクシーで駅まで連れてきてくれたのだ。

いまさらのことだが、名前もまともに知らない相手にそこまでさせてしまったことが恥ずかしく、桜哉のほうこそ申し訳なかった。

「いろいろ、お手数おかけしてすみません」

「とんでもない。こっちこそ、いきなり乱入してごめん。恥ずかしかったよな」

「ええ、でも……ぼくも悪かったので」

のぼせあがって、現実が見えていなかった。自嘲《じちょう》気味につぶやいた桜哉だったが、続いた邦海の言葉にぎょっとなった。

「うん、ああいう無謀な行為を許しちゃったことは、よくないね。いきなり突っこむとか、本当に無茶だから」

「えっ？」

「こう言ってはなんだけど、ヤツが身体にやさしいサイズでよかったよ。そうじゃなきゃ、傷薬じゃなくて救急車呼んでる」

「ど、どういうことですか」

邦海がさらっとひどいことを口走ったのには気づかず、桜哉は首をかしげる。邦海はため息をつき、言葉を続けた。

「無茶してあそこの筋肉切れたら、手術ものだってこと。もしくは器具で一生補わないといけなくなるよ。そんなのいやだろ？」

脅しではなく、まじめな話だと邦海に教えられ、桜哉はぞっとして青ざめた。徳井が昨晩、自分に対して行ったことは、情熱的というより、ただの身勝手で無知な男の欲望まかせの行為だったということだ。

「……にしてもあの野郎、自分はびびって逃げ腰だったくせに」

「え？」

腹だたしそうにつぶやく邦海の言葉の意味は、いまいちよくわからなかった。首をかしげた桜哉に、彼は「なんでもない」と手を振ってみせる。

「とにかくね。恋人が欲しくて、その、そういうことしたいなら、ちゃんと自分でわかってないとだめだよ」

早朝からのセックスの話はきついものがあったけれど、まじめな顔で諭す邦海の言葉には「はい」とうなずくしかなかった。

「あとね、あのヤリチンが感染症持ってないとは言いきれない。ゴムはちゃんと使った？」

「あ、はい。一応それは……」

顔が曇ったのは、酔っぱらったままの徳井が「勃《た》たせろ」と命令してきたことを思いだしたからだ。口でしろと言われ、さすがに無理だと臆したら、なんだか不機嫌そうな顔で「じゃあ手でいいからつけて」と言われた。しかし桜哉はコンドームの現物を見たのもはじめてだったおかげで、装着はもたついたし、徳井はどんどん不機嫌になった。

問題のアレを素手でさわってもいるし、なにより、ろくな快感はなかったとはいえ、一応舐《な》めたり嚙んだり程度の愛撫はされていた。それに、挿入時のすべりが悪いと、徳井は唾液《だえき》もつけていた気がする。

（ああいうのって、どの程度で感染するんだろう）

なにしろ無知なだけに、想像がつかない。桜哉はさっと青ざめた。

昨晩起きたことの詳細など恥ずかしくて言えなかったけれど、邦海には想像がついたのだろう。彼は渋い顔でため息をついたあと、小声でつけくわえた。

「もし不安だったら、後日病院にもちゃんといったほうがいいよ。よくわからなければ、紹介する」

「わかりました。そのときはお願いします」

もう一度、桜哉は頭をさげる。うん、とうなずいた邦海との間に妙な沈黙が流れ、お互いどうしたものか途方にくれてしまった。

「……ええっと、なにか食べる？」

困ったように邦海が話しかけてきた。食欲などなかったが、気遣ってくれる相手にいらないというわけにもいかず、桜哉は差しだされたメニューを手にとる。

モーニングセットをふたつ頼んだあと、すぐにコーヒーだけが届いた。

「トーストといっしょに持ってくりゃいいのにね」

「そう、ですね」

どうでもいいことを言ったのちにまた言葉が途切れた。桜哉はミルクをたっぷり、砂糖を二杯いれ、邦海はブラックのまま、ふたりそろって無言でコーヒーをすする。

間の持たなさを気まずく思いつつ、向かいに座る邦海をちらりと見れば、猫舌なのか顔をしかめて唇を舐めていた。ほんの一瞬のぞいた舌に、桜哉はどきりとした。

(あ、そういえば、キスされたんだった)

さっきはパニックを起こしていたけれど、あの口づけは、かなり深くていやらしかった。ぐるっと口のなかをめぐっていった舌の感触が唐突によみがえり、桜哉は赤くなった。

「桜哉くん、どうかした？　顔赤いけど」

「な、なんでもないです」

問われても、答えられるわけがない。ぶんぶんとかぶりを振っていると、トーストとサラダ、オムレツが運ばれてくる。話をごまかしたくて、桜哉はわざとらしく声をあげた。

「お、おいしそう。いただきます」

「……どうぞ」

反射的に手をあわせた桜哉に、邦海がふっと笑った。小首をかしげると、彼は両手を視線で示す。

「礼儀正しいんだなと思って」

桜哉があわてて手をテーブルのしたに隠すと、邦海が不思議そうに首をかしげた。

「なにしてんの」

「いや、いつも子どもっぽいって言われるんです。幼稚園児かって」

「いただきます、ってするのが？　なんで？　ちゃんとしつけられてるのは恥ずかしいことじゃないだろ」

邦海はますますやさしく笑い、桜哉はなんだかどぎまぎした。

怒っていてもきれいな顔だと思ったけれど、はじめて見る笑顔は、見とれるほどにあまい。十九歳になってもまだ性別を間違われるレベルで女顔の桜哉とは違い、きりっと凜々《りり》しくきれいな顔だけに、笑顔の破壊力はすごい。

さっきは怒り狂っていたけれど、会話をすると本当にやさしそうだし、落ちついたタイプに見える。こういうひとこそ、怒ると怖いということなのだろう。

(頭もよさそうだし、やさしいし……モテるんだろうなあ)

総括して、邦海はつくづく魅力的だ。考えてみれば徳井をはさんでのライバル関係のはずなのだが、この朝のいきさつのせいか、タイプの違いか、はたまた勝負にならないほどの圧倒的なアドバンテージのせいか、桜哉はまったく彼に反抗心を持てなかった。

「ところであの、お話があったとか仰《おっしゃ》ってましたけど、よかったんですか」

「ん、ああ。仕事のことね。もうすんだよ」

さらっと言ってトーストを頬張る邦海に、桜哉は問いかけた。

「あの……英貴さんの仕事、なくなっちゃうんですか？」

「なくなっちゃうって言っても、俺が頼むはずだった予定がつぶれるだけだし、クビになるわけじゃないから」

ほっとした顔の桜哉に、コーヒーをすすってトーストを飲みこんだ邦海が眉《まゆ》をよせる。

「あんな目にあっても、あいつが心配？」

「だって、ぼくのせいでそんなことになったんだったら」

申し訳ない、と言いかけた桜哉に、邦海は苦笑した。

「違う違う。もともと仕事は断る予定だったんだよ。納期大幅に遅らせたあげく、予定のものをだしてこなかったのはあっちだから」

仕事上のことならば、桜哉が口をはさむ話ではない。「そうですか」と答えたあと、またもや言葉が続けられなくなっていると、邦海がとりなすように口を開いた。

「ええと、桜哉くんは美術の専門学校いってるんだよね」

「あ、そうです。『東京アートビジュアルスクール』っていう」

桜哉は総合美術専門学校の学生で、来月には二年になる。専攻はデザイン科のCGデザイン。イラストやデザインだけでなく、WEB系の技術を同時に学べる学科だと告げると、邦海は首をかしげた。

「イラストとWEB……幅広いね。具体的には、どんな授業があるの？」

「えっとパソコン使って絵を描いたり……あと、自分でプログラミングの講義もとってるのでC言語を勉強中で――」

糸口を作ってくれた邦海の気遣いに対し、桜哉は一生懸命答えた。彼はやさしくうなずきながら耳をかたむけ、桜哉が話しやすいように何度か質問もしてくれた。

「ふうん、じゃあフラッシュ使ってアニメーション作ったりするんだ？」

「はい。携帯待ち受けムービーとか」

「……待ち受け。どんな？」

穏やかな笑顔を浮かべていた邦海の顔が、その瞬間こわばった気がして桜哉は戸惑う。

「どんなって……こんな感じ、です」

おずおずと自分の携帯を開き、作成した待ち受けを見せた。ちりばめられた桜の花がフラップを開いた瞬間くるっとまわる。一匹の蝶が五秒ごとにぱたぱたと羽ばたき、時刻表示が変わるたびに色が変わる、というものだ。

「ああ、かわいいね。いい感じだ」

邦海はなぜか、ちょっとほっとしたように見えた。さほどおもしろくもない話題を引っ張ったせいで、辟易《へきえき》していたのだろうか。

「えと、まあ、こんなことしてます」

「そう。見せてくれて、ありがとう」

結局は尻つぼみになってしまった話に気まずくなり、桜哉はすっかり冷めてしまったトーストをかじった。喫茶店のものらしい、上質で分厚いそれはきっと、ふだんならばおいしいと思えるものなのに、砂を嚙んでいるような気がする。

（ぼく、話すのへただなあ）

年の違う大人の男性とどう話せばいいのかよくわからない。徳井の場合は彼が自分のことを話すのが好きなので、相づちを打って聞いていればよかったし、姻戚でもあるためお互いの基本情報は承知のうえだ。

自分のコミュニケーション力のなさにこっそり落ちこんでいると、邦海がくすっと笑った。

「桜哉くんは、おとなしいね」

「えっ？」

「いつもそんなに静かなのかなって……いや、この状況で元気いっぱいってほうが無理だろうけど」

邦海の問いかけに、桜哉はあいまいに笑って答えた。

「もともと、どっちかっていうと、おとなしいほう、です。そんなにしゃべるの、得意じゃなくて。うち、お姉ちゃ……姉がふたりいるんで、聞き役のほうが多かったし」

桜哉はちいさいころから男の子たちの遊びはあまり好まなかった。また父は桜哉が生まれてすぐにむずかしい病で亡くなったため、母、姉、姉、という女系の家庭に育ったせいもあって、きれいなものが好きな、引っ込み思案の子どもだった。

「絵を描くのは、もともと好きだった？」

「はい……あんまり、外で遊ぶの好きじゃなくて。だから、同級生からも浮いちゃったり」

小学校のころなどは、泣き虫な性格と女の子っぽい外見のおかげで、オンナオトコとからかわれることもあったし、名字をもじって『姫』と呼ばれることも多かった。本当にお姫様扱いだというわけではなく、悪意を込めてのあだ名だ。

男子からはオカマと言われ、女子からは気持ち悪いとさげすまれたこともある。

あまり楽しくない思い出話だったが、邦海は同情的な顔もせず、やさしくうなずきながら聞いてくれていた。

「浮いたって、いじめられっこだった？」

「そんなひどくはなかったです。小学校のときだけだったし」

引っ越しのために学区の違う中学へ通うことになったおかげで、いじめはなくなった。けれど、心のどこかに傷が残り、また自分はおかしいのかと思春期の悩みを深めた。

それでも、ひねたりぐれたりせずにいられたのは、過保護気味の姉たちのおかげだ。

「家族がすごくあまやかしてくれて。子どものころは、ぼくにけんか売ってきた相手を撃退してくれたりとか」

「はは、いいお姉さんだね」

「あと……英貴さんもいたから」

その瞬間、ほほえましいと言いたげに話を聞いていた邦海は表情をこわばらせた。「あんなやつが？」という言葉が聞こえたけれど、桜哉はまっすぐに彼を見つめてうなずいた。

「好きなひと、が、いるのは。ぼくには、とても嬉しいことだったから」

ずいぶん勝手な本性を知ってしまったけれど、初恋の相手である徳井の存在が、桜哉の数年間を支えてくれたのは事実なのだ。

「まあ、そういう気持ちはわからなくはないけど」

徳井の名前をだすたび、邦海は顔をしかめる。重くなる空気が怖かったけれど、桜哉は気になっていたことを問いかけた。

「あの、邦海さん、は、英貴さんとはどういう？　仕事で知りあったんですか？」

「いや。もともと高校の同級生なんだよ。で、数年まえにたまたま仕事の絡みで再会して……それから、かな」

言葉にはしなかったけれど、邦海が高校時代から徳井を好きだったらしいことは、伏せたまぶたに浮かぶ苦しそうな色で察せられた。じっと見られていることに気づいた邦海は作り笑いを浮かべた。深く話したくないのだろう、「そっちは？」と逆に問いかけてくる。

「四年まえ、はじめて会いました……」

すこし遠い姻戚になる徳井とは、四年まえの春、長姉である瑞喜《みずき》の結婚式で知りあった。きっかけは、まだ中学生だった桜哉を、当時大学生だった徳井が女の子だと勘違いしたことだった。

——きみ、誰の知りあい？　俺、新郎のいとこの徳井英貴って言うんだけど。よかったら二次会、あそこのバーでやるんだろ。いっしょにいかない？

披露宴会場をうろついていた桜哉は、突然声をかけられ、また間違えられたと苦笑した。桜哉を飾り立てるのが好きな姉が選んだのは、マニッシュなデザインの、レディースのパンツスーツ。たしかに小柄な桜哉にはサイズがぴったりだった。おまけに胸もとにはピンクのバラのコサージュを飾られ、ぱっと見で男とわかる人間はかなりすくなく、姉の友人や新郎の友人らに、さんざん驚かれたのだ。

それにしても、二次会の誘いはさすがにはじめてだった。

――ええと、ぼく、未成年なので。二次会にはいきません、すみません。

声変わりしたばかりのかすれた声で答えたとたん、徳井はぎょっとしたように目をまるくした。

――うそ、男の子？　ごめん、あんまりカワイイかったもんだから。

くしゃっと笑った顔は人好きのするもので、当時一五五センチだった桜哉からは見あげるほどに大きく見えた。

「なんだそれ。あいつ、中学生をナンパしたのか」

まだ徳井に対しての怒りが去らないのか、邦海は不愉快そうに言う。

「冗談みたいな感じだったんですけど」

「そんな軽い男でよかったのか？」

「軽い、ていうか、やさしそうだなって思って……」

なにより、さらりと口にされた言葉が嬉しかったのだ。

「うち、女ばっかりの家だったし、義兄の元晴《もとはる》さんはちょっと怖くて、あんまり、話したことなかったんです」

姉の夫である元晴は、あまり自分から話しかけてくるほうではなく、どちらかといえば無骨な男で、表情もあまり変わらない。姉が選んだひとだから、悪いひとではないと思うけれど、厳しそうな彼を桜哉はなんとなく苦手に思っていた。

「でも、英貴さんは……ぼくのこと、かわいいって言ってくれて」

桜哉は、ぽっと頬を赤らめる。

「母や姉も、かわいいって言ってくれたんだけど、それって犬とか猫がかわいい、っていうのと同じ感じで。でも英貴さんに言われたのは、なんでか、ぜんぜん違ったんです」

――いや、でも、まじですっげえカワイイよ。ほんとだって。もったいないなあ。

笑いながら言った徳井の言葉に胸がどきどきした。そして桜哉は自分がなぜ男の子たちになじめないのか、女の子たちにきらわれるのかを理解した。

「ぼくは、男のひとに、かわいいって思われたいんだって」

初恋が、桜哉の胸でぽっと花開こうとした次の瞬間、身体のラインを見せつけるようなドレスを着た女性が、徳井の腕に自分のそれを絡ませる。

そして徳井は、女の子と間違えた男の子のことなどあっさり忘れ、その場を去っていき、十五歳の胸に咲いた、すこしいびつで可憐《かれん》な花は、つぼみのままになってしまった。

「あ、彼女いるんだな、ってがっかりしたのはすごく覚えてます」

邦海はうなずきながら、「そのときはじめて、自覚したの?」と問いかけてきた。

「んー、そのときはまだよくわかってなかったかも。かっこいい男のひと見ると、見とれちゃうことはあったんだけど、それがどういう意味かは理解してなかった、です」

「でも、もうそれから四年だよね? いままでずっと好きだったの?」

驚いたように邦海はつぶやく。

「正直、中学のころの初恋なんてはしかみたいなもんだし、俺なんか数カ月で忘れちゃったけど……それに、そのころあいつ大学生だろ。そんなに接点ないと思うんだけど」

「いえ。結婚式のあとからしばらくは、何度かお会いしてました」

元晴が入り婿だったため、桜哉と同じ家で暮らす彼を徳井はよく訪ねてきていた。明るくて楽しい徳井は、真面目だが怖い印象のある元晴よりもとっつきやすく、顔をあわせれば親しげに桜哉をかまってくれた。

——相変わらずカワイイな、桜哉。

髪をなでたり、軽く肩を抱いてきたり——本当になにげないスキンシップをされるたび、桜哉はどきどきした。けれどそのたび、必ずじゃまが入ったのだ。

——おい、なれなれしくするな。

義理の弟が自分になつかず、いとこにばかり好意を向けるのが気にいらないのか、元晴はあまりそれを嬉しくなさそうに見ていたけれど、桜哉には関係のないことだった。

「そんな感じで、毎回、元晴さんはあんまりいい顔しなかったから、ぼくに、元晴さんがいるかいないか聞いて、ってメールするようになって」

そうして、こっそりとメールを交換する日々がはじまった。だがそのころから義兄はますます徳井のことをきらい、話にだすのすらいやがるようになり、その結果、徳井はあまり桜哉の家に顔を見せなくなってしまった。

「それって……」

邦海がなにごとかを言いかける。だが桜哉が目をしばたたかせ、「なにか？」と問えば、無言でかぶりを振り、さきをうながした。

「いや、なんでもないよ。それで？」

「けっきょくは、あんまり会えなくなって。だからよけい、せつなかったっていうか。会いたいのになあって、思うようになったんです」

何カ月も顔を見ない日が続き、そのうち徳井からのメールも途絶えた。それでも、桜哉は彼のことを忘れられなかった。

「最初は、こんなに会いたいの、変かなって、なんだろうなって思ってたんです。でも英貴さんのことが、すごく気になって、悩んで……」

そんなあるとき、ゲイという言葉をインターネットで知った桜哉は、自分はそれなのだ、と理解した。ショックを受けるより不思議と素直に「なんだそうだったのか」と思った。

「高校のころが、いちばん悩みました。信用できるともだちもいたけど、さすがに言えなくて……ネットだけが頼りでした」

邦海は何度もうなずきながら、「わかるよ」と言ってくれた。

「それくらいのころって、言うに言えないんだよな。開き直れないし、自分でも、どっちなんだろってぐらぐらしてるし。ひとと違うことって、とても怖いから」

「そ、そうです、そうなんです」

実感のこもった言葉に、そういえば同じセクシャリティを持ったひととリアルで話すのは、これがはじめてなのだと桜哉は気づく。なんだかすこし戸惑うけれど、安堵《あんど》と嬉しさのほうが勝って、言葉が止まらなかった。

「好きは好きだから、それでいいやって思ったんです。あっさりあきらめるのもいやだったし、勝手に好きでいるぶんにはいいよねって。ほとんどアイドルに憧れる感じっていうか」

理性的に考えれば、徳井とは四年まえの出会いからいままで、まともに会った数のほうがすくない。それでも、あの出会った日の彼をただ好きでいられれば、それで桜哉は充分だった。たまに連絡がくれば舞いあがって、ときどき会ってもらえるだけで嬉しかったのだ。

「ただ、高校二年になるころくらいから、ぱったり連絡もなかったんで、ずーっと同じテンション、ではなかったですけど」

さすがに数年にわたって接触もなければ、桜哉の熱も徐々にさめていった。そう告げると「いや、それはふつうでしょ」と邦海は苦笑した。

「高校、それなりに忙しかったし。進路もどうしよかなって悩んだりで。さすがにその時期は好きなひとどころじゃなくなって……でも、高三の夏をすぎたころから、またメールがくるようになったんです」

意外な言葉を聞いたように、邦海は「へえ？」と眉をあげた。

——桜哉、ひさしぶり。元気にしてる？　仕事忙しくて、連絡できなくてごめんな。

そんな、なにげないメールから、ふたたび徳井との時間が動きだした。

「進路どうしよう、って言ってたら、パソコンも趣味だったし、絵がうまいから、専門学校に進んだらいいって助言してくれたのも英貴さんだったんです。いろいろ書類も集めてくれて、いまの学校がおすすめだって教えてくれて」

「あいつが？　ずいぶん面倒見よかったんだな。そんなキャラだとは思えないんだけど」

怪訝そうな声を発した邦海に、桜哉は言い訳をするように告げた。

「え、でもすごく、親身でしたよ。それに英貴さんには、ほんとに感謝してるんです。専門学校に進んでから、その、恋愛相談できるひともできて」

いま現在の桜哉は、やさしい仲間にカミングアウトもすませ、セクシャリティを受けいれてもらえている。それもこれも、一途《いちず》に徳井を好きな桜哉の気持ちを皆が認めてくれたからだと桜哉は思っている。

「いいともだちなんだね」

邦海がやさしく相づちを打ってくれて、桜哉は「はい」と何度もうなずいた。

「そういうともだちと出会えたのも、WEBデザインとか、こういうの作るの好きだってわかったのも、もとは英貴さんが勧めてくれたからだし」

こういうの、と携帯をつついた桜哉に、邦海もうなずく。

「そうじゃなきゃ、将来のこととか迷いっぱなしだったと思うし、だから――」

「気持ちはわかる。結果としてはよかったと、俺も思うよ」

桜哉の言葉を強い口調で遮った邦海は、なぜか同情的な目を向けてきた。

「でもね、ひとつ訊《き》かせて。あいつもしかして『東京アートビジュアルスクール』決め打ちで勧めただけじゃない？」

「え、あ、言われてみれば、そう、かも？」

「しかも入学したら、まったく連絡こなくなったりしなかった？」

「高校卒業するまえくらいだけ、まめに連絡があったんです。そのあとはあんまりあえなくなって……」

たしかに邦海の指摘どおり、進学したころからぱたりと徳井からの連絡は途絶えていた気がする。桜哉がそう言うと、邦海はしばしためらったあと、こう切りだした。

「入学してどれくらい、連絡なかった？」

「んん、一年の間は、まるっと？」

「……だろうね」

「たぶんあの、忙しかったんだと思うんですけど。ぼくも学校についていくのが精一杯で、あんまり意識してなかったんで。でも、それがなにか？」

「いや。それで、結局どういう経緯で、あんなことになったのかな」

邦海の声が低くなったことも気づかぬまま、桜哉は徳井との再会を語った。

「今年の一月、ともだちにクラブに連れていってもらったんです。ソフトめのゲイ&バイナイトがあるって……ぼくそういうのはじめてだったんですけど」

問題はイベントの性質柄、十八歳未満お断りだったことだ。さほど小柄というわけでもないのだが、きゃしゃで中性的な桜哉は年齢より幼く見られがちで、しかも年齢がもともとギリギリなものだから、入口で入場を拒まれた。

「そこで、もたついちゃって、ひとも多かったんでともだちとはぐれちゃって」

ＩＤチェックするほど厳しいクラブではないと聞いていたので、なにも携えてこなかった桜哉は、慣れないクラブで立ち往生をする羽目になったと告げると、邦海が皮肉な声をだす。

「そこに徳井がたまたまいた、とか？」

「はい、そうなんです。それでぼくの身元保証するし、そうじゃなくても保護者同伴だからいいだろうって、いれてくれて」

あのとき、さらっとクラブの店員と交渉する徳井がひどく頼もしく思えたのを思いだして、桜哉の頬はうっすらと染まる。

「こんな、思いもかけないところで偶然会うのってすごいなって思ったんです。ずっと、ずっと会いたかったから。英貴さんと再会できたのは、きっと運命だ。そのまままつきあえるなんて、夢みたいだ。そう思ったんです」

「運命、ねえ……」

目をきらきらと輝かせる桜哉と対照的に、邦海はますます眉間《みけん》の皺《しわ》を深めた。

「……ごめん、それいつのイベント？　どこのクラブ？」

「今年の一月十日です。池袋の――」

めっきり声の低くなった邦海にようやく気づいた桜哉の言葉は、もごもご尻つぼみになった。考えてみると、いま桜哉が語った話は、邦海から見ればまるっきり、徳井の浮気の証拠なのだ。

「ご、ごめんなさい。こんな話、聞きたくないですよね？」

おずおずと告げれば、邦海はまだなにかを考えこむ顔で「いや聞きたいのこっちだから」

と言った。

「桜哉くん、あのさ。もしかしてイベントのあと、『コントラスト』って店に連れていかれなかった？」

「えっ、なんで知ってるんですか？」

その日のうちではないが数日後の昼、たしかにその店へと連れていかれたことがある。桜哉が驚くと、邦海は「やっぱり」とうめいて手のひらで額《ひたい》を押さえた。

「あそこ、俺が教えた店なんだ。その店のマスターの甥《おい》っこが、きみと同じ専門学校にいた。もう、卒業したけど」

「あ、はい。そうなんですってね。すごい偶然だなって、お話ししました」

たまたまその場にいた相馬朗《そうまあきら》は一年まえに卒業していたが、同じ学校の先輩だった。桜哉よりもっと小柄で幼い印象のある青年だったけれど、作品がいくつか賞をとってもいて、校内に展示されたそれを桜哉も見たことがある。

「すごくいいひとで、おかげでともだちになったんです。先輩っていうか、ＯＢの知りあいができたのも、英貴さんのおかげだと思ってます」

女の子みたいだといじめられた桜哉の顔立ちを、あんなふうに褒めてくれたのは徳井が最初だった。かっこいい笑顔で、カワイイと言ってくれて、やさしくしてくれて。

（やっぱり、悪く思えないよ）

今朝がたの出来事は衝撃的だったが、なにをしていいかわからない桜哉に、こういう道もあると示してくれたのも徳井だった。そして邦海も、いいひとだと思う。

ふたりともに、あまり悪い思いを抱《いだ》いてほしくないと思うのは、都合がいい話だろうか？

「だから……その、きっと、浮気みたいなことしたのは、ぼくがしつこく好きだから、それで、魔が差したみたいな、そういうのだから」

いいながら、唇が震えだす。もうしません、ごめんなさい——そう言うのが当然なのに、桜哉は涙がでそうになった。さきほど、感情はさめきったと思えたけれど、長いこと好きだった徳井と会えなくなるのだと思えば、さすがにつらかった。

だが邦海は、「ちょっと待ってね」と桜哉の感傷にストップをかける。

「徳井が恩人とか、すっごい美化されてるけどね。俺じつは、きみらが言い争ってる途中から見てたんだ。あれは魔が差したのなんのって話じゃない。自分の欲求に負けた大人が責任転嫁しただけ」

邦海の言葉に、桜哉は「でもっ」と反論しかかる。だが厳しい視線にいさめられ、結局は口をつぐんだ。

「ごめん、俺はこれから、とてもいやな話をするけど、聞いて」

「なん、ですか？」

桜哉は身がまえて上目遣いになる。邦海は一瞬目を閉じ、ふうっと重いため息をついた。

「まず、徳井がきみにあの専門学校を勧めたのは、きみの進路を案じただとか、そんなうつくしい理由じゃない」

「えっ、どういうことですか」

「あのね。『コントラスト』は、あいつの本命がいる店」

「……は？」

にわかには、なにを言われたのかわからなかった。桜哉はしばしその言葉を反芻《はんすう》したあと、ぽかんとした表情で問いかける。

「本命って、だって邦海さんが恋人じゃないんですか」

「一応いまのところつきあってる相手ではある。でも本気で好かれたわけじゃない。知ってて俺も了承したから、責任はイーブンだよ」

いまはそんなことはどうでもいい、というように、邦海は口早に言った。

「で、これが話の本筋。さっき言った本命……『コントラスト』のマスター、相馬昭生《あきお》さん。その甥が、きみに徳井が決め打ちで勧めた専門学校の、先輩である、朗くん」

苦々しい表情で語る邦海の言葉が、桜哉の心臓をいやなふうに騒がせた。

さきほどから語ったすべての事柄が、ひとつに収束していく。その着地点を察してしまいたくなくて、桜哉は動悸《どうき》がひどくなってくる。

「その顔はもう、わかってるよね」

邦海の同情的な目を見られず、うつむいた。わからない、と桜哉は無言でかぶりを振る。

邦海はそれでも話をやめなかった。

「一年ちょっとまえ。きみが高校三年のころ、徳井は甥っこの朗くんにやたらと馴《な》れ馴《な》れしくしてた」

「ど……して、ですか？」

もしや徳井の本命は、じつは朗ということか。桜哉の勘ぐりは、自分では相当に性格が悪いものだと思ったけれど、現実はさらにうえをいった。

「昭生さん、すっごいクールだけど、叔父ばかなんだ。朗くん絡みの話なら、笑って受けいれる。だからたぶん、専門学校の資料を取りよせたのは、話題作りのため。ついでに自分の親戚もそこにいくんで教えてくれとか言ったんだと思う」

「そ……そんな、理由で？　ぼくの、進路を？」

将を射んと欲すればまず馬を射よ。有名な慣用句を口にされるまでもない。けれどあまりのことに、桜哉は感情と裏腹の歪んだ笑みを浮かべた。

「信じられない、そんな……意地悪、言ってるんでしょう？」

思わず口にして、すぐに桜哉は後悔した。邦海は意地悪を言うどころか、とても哀《かな》しそうな顔をしていたからだ。

（嘘じゃ、ないのか）

桜哉の指先が冷たくなり、飲むつもりもないコーヒーカップをとっさに両手で摑んだ。ぬるくなりかけたそれは、桜哉の指をあたためてはくれない。

「意地悪だと思っていいよ。でも、まだあるんだ」

びくっと桜哉が震える。邦海はさめたコーヒーをすすり、目を伏せた。

「あのさ、桜哉くんは徳井がどういう仕事してるか、知らない？」

「ＩＴ系、とは聞いていたんですけど」

そう答えた桜哉に、邦海は吐き捨てるような口調になった。

「ＩＴ系ねえ。孫請けでも一応、そうなるか」

「孫請け……？」

「そう。あいつの勤めてる会社は、すっごいちいさい編プロみたいなところでね。プログラムも多少はできるはずだけど、いまの仕事には関係ない」

ざっと説明してくれたことによると、邦海はモバイルコンテンツの取次も行う会社に勤めていて、徳井はそのコンテンツとなる動画や電子書籍を提供する会社の、さらに下請けの会社にいるのだそうだ。

「予算もあまりないから、プロミュージシャンや商業作家とはあんまり契約できなくてね。ネットでイラストとかマンガ描いたり、小説書いたり、動画や音楽作ったりする連中に声かけて、配信コンテンツ集めてくるのが徳井の仕事」

「そうなんですか。いろんな仕事、あるんですね」

まったく知らなかったとつぶやく桜哉に、邦海はもはやあきらめたような顔で言った。

「ほんとになにも聞いてない？」

桜哉が「え？」と目をしばたたかせる。邦海は桜哉の携帯を指さしてみせた。

「フラッシュ携帯待ち受け。さっき見せてもらったのはかわいい感じのだったけど、ちょっとSFっぽい感じの計器がモチーフのやつ、作らなかった？」

「あ、はい。課題で作りましたけど……」

桜哉が作った待ち受けは、電波と電池残量、時刻をそれぞれレトロSFふうのデザインにしたものだった。

なぜそれを邦海が知っているのかと桜哉は訝った。そんなことまで徳井は邦海に話していたのだろうかと思うと、さすがに胸がむかむかしてくる。ろくに知らない相手が、自分のことをやたら知っているというのはあまりいい気分ではない。なにより、どういうつもりで徳井が話したのかも気になった。

（どれだけ、話のネタにされてたんだろ……ばかにされて、たのかな）

だが続いた邦海の言葉は、プライバシーを侵害されたどころではない苦さを桜哉にもたらした。

「徳井に、そのデータくれ、って言われたでしょう」

「は、はい。うまくできたから、英貴さんに見せたら、自分でも使いたいからって……」

「それ、徳井から原稿料とかコンテンツ作成料、ちゃんともらった？」

桜哉はぎくっと肩を縮めた。ついでに胃のほうもぎゅっと縮こまり、ちいさな声で答えるのが精一杯だった。

「もらってないし、……そもそも原稿料、とか、まったく知らないです」

細かいことを言われなくても、もうわかった。徳井は、桜哉が善意で譲ったデータを邦海の会社に売るかなにかしたのだろう。

まさかとは思いたかった。けれど無理だ。そうでなければ邦海がここで、こんな質問をする意味がない。邦海はしばし沈黙したあと、疲れたように大きなため息をついた。

「今度こそ、あいつの信用は地に落ちたな。あっちの会社にもそれなりの処分求めないと」

「そ、そんなおおごとになるんですか？　ぼくならべつに、素人の作ったものだし――」

「桜哉くん、そういう考えは間違いだよ」

邦海の声の厳しさに、桜哉はぐっと言葉につまった。

「あいつの会社は、もともとその『素人』の作ったコンテンツを買いあげてくるのが仕事だ。若い子だましてデータ売りさばくような人間は信用に値しない。というよりまったく論外。そういう相手と仕事をするのは、こっちの信用にも関わるんだ」

きっぱりした口調で「だから、だめ」と言われ、桜哉はぐうの音もでなかった。

「きみも学校でCGとかやってるってことは、そのうちコンテンツ産業に携わるつもりなんだろ。だったら、いまから契約のこととかきちんと覚えなさい。きみがやられたことは著作権の侵害、違法行為だよ。しかもそれであいつは利益を得てる。ようは泥棒されたんだ」

「……はい」

泥棒という言葉にショックを受けた桜哉は、蚊の鳴くような声をだすのが精一杯だった。

青ざめた顔を痛ましげに見やった邦海は、淡々とした仕事口調になった。

「桜哉くんの作った待ち受けに関しては、徳井の会社に報告して、適正なデータ作成料を払わせるよう通達する。きちんと書類も作るから、確認してください」

わかりました、と答えはしたけれど、本当のところは理解できていなかった。黙りこんだ桜哉は、すっかりさめてしまった目のまえの料理を、機械的に口に運ぶ。

コーヒーやトーストをひとくち飲みこむごとに、おなかがしくしくと痛みはじめた。

指が細かく震えて、息が苦しい。

「桜哉くん、だいじょうぶ?」

たぶん桜哉の顔色は、真っ青だったのだろう。そっと邦海が声をかけてきた。無言でうなずいたけれど、嘘だというのはわかっているはずだ。

「……もしかして、まだ、なにかありますか?」

血の気の失《う》せた顔をあげ、邦海を見つめる。言いづらそうに唇を結んでいた彼が逡巡《しゅんじゅん》しているのが見てとれて、「言ってください」と桜哉は告げた。

「ここまできたら、ぜんぶ教えてください」

毒を食らわば皿までだ。桜哉の覚悟をたしかめるように、じっと見つめていた邦海は「じゃあ、最後に確認」と、ため息をついた。

「きみ、あいつに金使わされたことはない？」

「いえ、そんなことは——会ったときはちゃんとおごってくれたし。お茶とか、ごはんとかもちゃんと英貴さんがだしてくれて」

「そう。さすがにそこまではしないか」

ほっとしたように邦海が言い、そうですと桜哉もうなずきかけて——はたと気づいた。

「……あのう、接待費って、領収書切りますよね？」

「え？　そりゃ」

もちろん、と言いかけて、邦海は、はっと顔色を変えた。桜哉は、もはやどうしたらいいのかわからなくなり、青ざめた顔でぎこちなく笑う。

「な、なんで、ぼくが立て替えた飲み代のとき、領収書切れって言われなかったのかな？」

誘われて嬉しくて、デートだ、と出かけていたけれど、考えてみれば大抵それは、都内の安い喫茶店や、ファミレスのような場所ばかりだった。

——ごめん、このあと仕事でさ。会えてよかったよ。

そんなひとことで、数時間でそそくさと切りあげる際、彼はいつも会計で領収書を切っていた。けれど、酔っぱらって桜哉を呼びだし、『立て替えてくれ』と頼んだ飲み代や、タクシー代については、一度もそんなものを要求されなかった。

昨晩もそうだ。部屋に招かれたわけでもなんでもない。ていよく足代わりにされただけだったのだと、ようやく桜哉は思い知った。

「立て替えってそれ、何度もあった？」

「二回、くらい」

「返してもらった？」

ないことを前提とした問いかけに、桜哉は力なくかぶりを振った。

「やっぱり、そうか。よくやるんだよ、あいつ。まさか年下の子にまでたかると思わなかったけど」

邦海が言いにくそうに口にした『たかる』という言葉は、ショックなどというものではなかった。だが徳井の行動にすべて裏があったこと、ていよく利用されていたという事実については、この朝からの数時間だけでも、裏付けはありすぎるほどにある。

別れたと思っていた彼氏とは別れていなくて、さらにべつの本命がいて。その甥に取り入るためだけに、桜哉の進路まで決めさせて。そのあげくには搾取されていた。

嘘つきの、裏切り者の泥棒。それが桜哉の初恋の相手の、正体だった。

（ぼく、いったい、なんだったんだろう）

とたん、我慢していた腹痛が耐えきれなくなり、額に汗が浮いてくる。

「桜哉くん？　どうかした？」

「おなか……痛くて」

カップを受け皿に戻し、両手でおなかを押さえた桜哉に、邦海がはっとして腰を浮かせる。

「トイレいける？　立てる？」

あわてて声をかけてくる邦海にうなずいてみせると、腕をとられて席を立たされた。ばたばたしながら洗面所へと向かい、吐き戻したあげく、おなかをくだした。しかも最初はうまく吐けなくて、邦海の指を喉まで突っこまれる始末。桜哉は痛みのあまり正気でいられなかったけれども、そうでなければ大変に恥ずかしい思いをすることになっただろう。

痛くて、つらくて、苦しかった。ただ、涙が浮かんだのは痛みのせいだと言い訳できてよかったと、そんなことを考えていた。

＊　＊　＊

腹痛を起こした桜哉がトイレからでたあと、邦海はいったん自分の家においでと言った。

「きみの家より、俺の家のほうが近い。車で送ってあげるから、ちょっと休んでいきなよ」

「すみません……」

ぐったりした桜哉を抱きかかえるようにしたまま、まずはタクシーに乗りこんで池袋線沿線の住宅地にある、おしゃれなマンションにたどりついた。

「だいじょうぶかな？」

「……だめです……」

情けないことに邦海の家に到着したとたん、またもよおしてしまい、桜哉はふたたびトイレにこもる羽目になった。痛みがだいぶましになったぶん、いたたまれなくて情けなかった。

(初対面のひとの家でトイレ借りるなんて)

なんだか、小学校時代に個室にはいったとき以来の、意味のない恥ずかしさを感じる。

ふらふらしながらでてくると、邦海は「まず水分とって」とぬるめのお湯をだしてくれた。

「飲んだら、俺のベッドで悪いけど、横になってな。じっとしてればよくなるから」

「ぼく、どうしたんですか……？」

吐いたのは精神的なショックのせいだと思うけれど、強烈な腹痛の理由がわからない。

病院にいったほうがいいのかな、とかすれた声でつぶやくと、邦海はすこし気まずそうな顔をした。

「えーと。桜哉くんはアナルセックス、はじめてだったよね？」

「……はい」

突然その話題になって驚いたけれど「そのせいだから病気じゃないよ」と教えられ、桜哉は目をまるくした。

「腸は敏感なんだ。徐々に慣らしたならともかく、無理はできない。強引にいきなり刺激されたから、いまは弱ってる。それだけだよ」

言葉を選んでくれた邦海の思いやりには感謝した。桜哉はまさかそんな理由とは思わず、青ざめていた顔を赤らめる。

「さっき手当したとき、奥まで切れてはなかったみたいだから。あったかくして落ちつけば平気だと思うけど、しばらく刺激物はとらないようにね」

やさしいお医者さんのような口調に、こくりとうなずく。

「とにかく、落ちつくまでは寝ていきなさい」

きれいに整ったベッドに寝るのは申し訳なかったが、辞退するには気力も体力もなさすぎた。「楽にして」と部屋着まで貸してもらい、おとなしく桜哉は横になった。

(なんで、こんなことになってんだろ)

見知らぬ天井を見あげ、桜哉は苦笑した。二日続けて知らないにおいのするベッドに寝ている。おなかも気持ちも痛くて、いまのほうが状況としては最悪なのに、このベッドは洗剤とお日様、そしてミントのいいにおいがして、徳井のベッドとは大違いだった。

「眠たかったら、寝ちゃっていいから」

「でも……」

「いいから、ね？」

ふわっとした上掛けをかけてくれる邦海の手もやさしくて、ずっと寝ていたくなる。

だんだんうとうとしはじめたところで、かしゃ、とちいさな音がした。

（ん？）

目を開けると、邦海がなにかちいさなタブレットを口に放りこんでいる。

「……おくすり？」

「ん？　ああ、違う。俺、ミント中毒なの」

これ、と見せられたのはフリスクのケースだった。桜哉には辛すぎるミントタブレットを、邦海は三つか四ついっぺんに放りこんでいた。

「ああ、だからミントの……」

味がしたんだ、と言いかけたところで、邦海が「ん？」と首をかしげる。桜哉はあわてて「においがします」と枕を軽くたたいてみせた。

「常備してるからじゃないかな、そこにも」

ベッドサイドの棚を示す彼の長い指を追うと、たしかにそこにも新しいタブレットケースが置いてある。

「ほんとに好きなんですね」

「煙草やめてから、口寂しくて。もともとメンソール系吸ってたから、習慣なんだよね」

「吸ってたんですか？」

「昔はかなりヘビーに。でも社内完全禁煙の命令がでて、喫煙所まで撤廃されちゃ、やめるしかなかった。代わりに依存するもの見つけてりゃ、世話はないけど」

ベッドの足下に腰かけた邦海と顔をあわせ、意味もなくお互いに笑ったあと、ふっと沈黙が訪れた。なんだか気まずくなり、桜哉はあちこちへと視線を逃がす。

ベッドまわりだけでなく、邦海の部屋は、玄関も居間もきれいだった。間取りは２ＬＤＫのようだが、一部屋ずつがとても広い。

「えと、すごく、片づいてますね」

ふかふかの布団にもぐりこんでつぶやくと、「ものがすくないだけだよ」と邦海は笑う。

「でも英貴さんの部屋は……」

対比してみてはじめて気づいたけれど、徳井の部屋はもっとごちゃごちゃしていた。昨晩は暗い部屋に連れこまれ、そのままベッドに押し倒されたけれど、部屋をでてくるときに見たテーブルのうえには、酒瓶や煙草の灰が飛び散った雑誌やリモコンがごっちゃりと積まれ、足下にはいつのものかわからない衣服が散らかっていた。

言わんとしたことに気づいたのだろう、邦海はため息をついた。

「あいつはね、全般にだらしないいんだよ。一時期は片づけてやったりもしたけど、してもらうことがあたりまえの人間だから、感謝もしない。都合がいいときだけ呼びつけていい顔するのがクセなんだよな」

あきらめたようにつぶやく邦海は、きょうのことがなくても、もともと終わりだと感じていたのだろう。あまり引きずっているふうでもなく、ただ淡々と『元恋人』を分析していた。

「調子がいいし口がうまいから、一見すごくひとがよく見える。じっさい、そのときは本人、『いいひと』のつもりだったりするから言葉に説得力もある」

「……そうかも、です」

言われてみると、専門学校を勧められたときの口調には嘘は感じられなかった。

「そのときそのときで、本気で言ってる。ある意味、自分の言葉に酔っちゃうんだろうな。その瞬間だけは本当に悪気ないから、たちが悪いんだ。次の瞬間には違う感情に酔ってるから、長期的に見るとすごい矛盾が見えてくる」

たまにふらりと現れて、やさしいあまい言葉をかけてはくる。けれど送ったメールに返信もしなかったり、あれだけ勧めていた専門学校の生活について、一年も様子を見ることがなかったり。

冷静になれば、「つれないところがステキ」なのではなく、ただ単にいいかげんで責任感がない人間だということが、桜哉にだってわかる。

「だから、あいつの言葉に乗っかって好意を持った人間は、責めることもできない状況に、つらくなるしかない。自分がばかだった、見る目なかったって気づくだけだから。……俺もその繰り返しで、すっかり気持ちが枯れちゃったよ」

桜哉よりつきあいの長い邦海は、徳井のだらしなさにさんざん振りまわされてきたのだろう。長いこと、好きになってしまった相手の嫌な面を、まさかそんな、と考え続けて。

（そんなの、ひどい）

横になったまま、ぼろぼろと涙をこぼしていると、気づいた邦海が手を伸ばしてくる。

「桜哉くん、あんなやつのために泣いたらだめだよ」

「だ、だって。なんだか、ばかみたいじゃないですか」

やさしい仕種で涙を拭うその手は、徳井を殴ったせいで赤く腫れていた。彼がこんな傷を負う価値が、果たしてあの男にあったのだろうか。

「ほんとは誕生日だから呼びだしたって、嘘だってわかってた。だってぼくが飲み屋についたとき、英貴さんが最初に言ったのは『金いくら持ってる？』だった。たまたま、レジのひとがサービスで、ひな人形の絵のついたキャンディくれて。それでやっと、ぼくの誕生日思いだしたんです。ひな祭りだってことくらいは、さすがに覚えてたから」

泥酔してはいたものの、徳井の自己保身本能は見事だった。やばい、という顔をしたあとに、すぐあの言葉を言ったのだ。

——ごめんな。おまえの誕生日だから会いたいと思ってたんだけど。

「ぼくは、たぶん、一瞬あせった英貴さんの顔、見ないふりしたんです」

ひと息に吐きだす桜哉へ、邦海はなにも言わなかった。黙って流れ続ける涙を拭った。

「ぼく、邦海さんならしょうがないって思ったんです。すっごくきれいだし、こんな大人のひとが本命なら、ぼくなんか、遊ばれてもしょうがないって。なのに、本命違うって、浮気ですらないって、そんなのあんまりだ」

「……そうだね、哀しいね」

ばかみたいに浮かれて、現実を見ていなかった自分が恥ずかしかった。けれど、徳井のしたことはいくらなんでもひどすぎる。

「哀しいのは邦海さんもでしょう！」

泣きながら、この朝はじめて桜哉は怒った。邦海は笑いながら「俺？」と言った。その手は相変わらず桜哉の涙を拭《ふ》いてくれている。

「な、なのにぼく、迷惑かけて、慰めてもらって。ほんとなら、ぼくだって殴られなきゃいけないのに」

「なんで。そんなことできないよ」

「だって、だってぼくは……」

いくら気持ちは枯れていたと言っていても、情けないと断じていたとしても、あの瞬間まで邦海は彼の恋人だったのだ。訪ねていくと約束した朝、見知らぬ相手と裸でベッドにいた

姿を、どんな思いで見つけたのだろう。

あれほど怒っていた邦海の感情を傷つけた、その理由のひとつに自分がなっているのがせつなくてたまらない。

そして、本命だという昭生の存在も、腑《ふ》に落ちなかった。

一度だけいった『コントラスト』で、カウンターのなかにいた昭生の姿が頭に浮かぶ。すらりとして、ちょっと近寄りがたいくらいきれいなひとだとは思った。けれどむすっとした顔がすこし怖くて、甥の朗はやさしそうなのに、なんだか怖いと感じていた。

「マスターより、邦海さんのほうがぜったいステキです。ぜったいです」

「桜哉くん？」

「すくなくともぼくは、邦海さんのほうが好きです！」

さすがに見知らぬ相手を貶《おとし》めるようなことを言いたくはなくて、絞りだした言葉は邦海をそっと笑わせた。

「ありがとう。こんなかわいい子に言ってもらえると光栄だな。嬉しいよ」

その言葉は、突然キスされたときと同じく、するりと胸に響いた。いま思うと徳井の告げる『カワイイ』は、薄っぺらで軽いものにしか感じられない。

「ほら、あんまり泣かない。またおなか痛くなるよ」

「う……はい」

頬から目尻へと、なめらかに指がすべる。困らせている自分に気づき、桜哉はなんとか涙をこらえて目をしばたたかせた。

（あ）

瞬間、正面から目があってしまった。すうっと距離が近づいた気がした。なぜか邦海もなにも言わないまま、まばたきもせずに桜哉を見つめている。

（肌、きれいだな）

整った鼻筋に、やわらかそうな唇。ぼんやり見とれながら、そういえば、このひとにキスをされたのだったとまた思いだす。

「あ……」

ミントの香りと味。なまなましく動いた舌の感触までよみがえって、桜哉はぼっと赤くなった。桜哉の反応に気づいた邦海も、気まずそうな顔をして手を離し、立ちあがる。

「……えっと、喉渇かない？」

とくに喉の渇きは感じていなかったが、反射的に「あ、はい」とうなずく。

「いま、あったかいもの持ってくるから。あと、顔拭こうね」

そそくさとその場を離れた邦海の広い背中を見送ったあと、火照《ほて》った頬に桜哉は自分の手のひらをあてる。届いた指の位置から、彼のものより自分の手がひとまわりちいさいことに気づかされた。

（だから、なんなんだろ）

勢いまかせのキスをいつまでも意識する自分がいやらしい気がして、桜哉は目をつぶる。しくしくと痛む腹部が気になって、寝返りを打つ。枕から、お日様のそれとも洗剤とも違うふわっとあまいにおいが漂い、これはなんのにおいだろうと思う。

（邦海さんのにおい、かなあ）

知らない、やさしいにおい。なんだかそれがとても安心してしまって、邦海が再度部屋を訪れるより早く、桜哉は眠りについていた。

＊　＊　＊

邦海の家で休ませてもらった桜哉は、前日の睡眠不足もたたって、結局まるっと一日眠ってしまっていた。

そして翌日、日曜の午後。宣言通り車で送ってくれた邦海は、桜哉の自宅の居間にいた。

「このたびは、うちの義弟《おとうと》が本当にご迷惑をおかけしました」

きっちりと折り目正しく頭をさげたのは、元晴だ。メガネをかけ、短く刈った髪型の義兄は、いかにも銀行づとめらしい堅くてまじめそうな印象がある。

桜哉はこの雰囲気に呑まれてしまうのだが、邦海はとくに臆するところもないらしく、

「とんでもないです」と答えた。

「たまたま、行き会っただけですから。たいしたことがなくてよかった」

穏やかに告げる邦海に、姉の瑞喜はため息まじりに頭をさげた。

「助けていただいて本当にありがとうございました。小島さんがいらっしゃらなかったら、どうなったかと……」

邦海が送ってくれるまでに、ふたりで示しあわせた口裏の内容はこうだ。

桜哉は昨晩、突然徳井に呼びだされた。酔っぱらっていたので見捨てるわけにもいかず駆けつけたけれど、途中で具合が悪くなってしまった。そこに居合わせた徳井の友人である邦海に助けられ、ふたりで徳井を部屋に放りこんだあと、腹痛がひどくなって邦海の家に泊めてもらった。

完全に嘘ではないだけに信憑性《しんぴょうせい》もあり、元晴も瑞喜も信じたようだった。

「桜哉、あんたからもお礼言いなさい」

瑞喜が横腹をつついてきて、桜哉もあわてて頭をさげる。

「ほ、ほんとにお世話になりました」

邦海のベッドを占領してしまった半日の間、本当に迷惑をかけっぱなしだった。ときどき腹痛で起きると、邦海がなにか飲ませてくれたり、トイレに連れていってくれたりしたのは夢うつつに覚えている。

「いろいろ、迷惑かけて、ごめんなさい」

「いいよ、もう何度も言ってくれたんだから」

気にしないでと邦海は言うが「そういうわけにはいきません」と元晴は渋い顔をした。

「もとはと言えば、未成年を深夜に呼びだした英貴が原因ですから。……今度という今度はもう、しっかり言ってきかせないといけない。四年まえにも釘を刺したはずだったんですが」

苦々しげな元晴の言葉に、桜哉は首をかしげた。

(釘刺したって、なんかあったのかな)

四年まえと言えば、徳井が桜哉の家を頻繁に訪れ、その後ぱたりとこなくなった時期だ。なんとなく漂う空気が重くなりはじめたころ、元晴がため息をついて口を開いた。

「小島さん、あなたもあいつからかなりの迷惑を被《こうむ》ってはいませんか？」

義兄の問いかけに、邦海は無言のまま目を伏せた。それが肯定の意味だと知り、桜哉はいやな予感がふくれあがっていくのを感じる。

——元晴さんはあんまりいい顔しなかったから、ぼくに、元晴さんがいるかいないか聞いて、ってメールするようになって。

——それって……いや、なんでもないよ。

邦海と交わした言葉がよみがえり、「どういうこと」と桜哉はつぶやく。

「英貴さんに、釘を刺すってなに？　四年まえ、いったいなにがあったの」

かつては単純に疎遠になっていたのだとばかり思っていたが、徳井の本性を知ったいまとなっては、なんらかのトラブルがあったのだろうとしか思えない。

桜哉の真剣な声に三人の大人は顔を見あわせる。無言のコンセンサスをとったのち、「他人のほうが言いやすいでしょうから」と口火を切ったのは邦海だった。

「桜哉くんの家を徳井がしょっちゅう訪ねてきたのは、元晴さんと瑞喜さんの結婚直後って言ってたよね。つまり、四年まえ」

「そ、そうですけど……それが？」

ざわざわした不快感に喉をふさがれ、ぎゅっと膝のうえで拳を作った。邦海はそんな桜哉を気遣わしげに見たあと、義兄へと視線を移してこう言った。

「元晴さんがあいつの訪問をいやがったのは、借金の申しこみにうんざりしてたからじゃないですか」

「しゃ、借金？」

桜哉はぎょっとして声をひっくり返したが、義兄も姉も無言で顔をしかめているだけだ。

やはりとため息をついた邦海は、冷静な声で説明を続けた。

「あいつ、大学時代遊びすぎて、カード破産してるんだ」

「破産……って……」

「小島さんのおっしゃるとおりです。あれは、毎度くるたびに無心してました」

ずっしりと重たい沈黙のなか、苦々しい声で言ったのは、元晴だった。

「返済もめどがたたないので断り続けていたら、しまいには義母や妻にまで都合してくれと言いだしたので、出入り禁止にしたんです」

まったく知らなかったと桜哉は目を瞠るが、親戚の間では周知の事実だったらしい。

「な、なにそれ。そんなの知らない」

「あんたに言うわけないでしょう、こんな話」

嚙みつくような桜哉の言葉は、そのひとことで切って捨てられた。単に自分が子どもだから、知らされていなかっただけなのだ。啞然《あぜん》となる桜哉をよそに、邦海が話を続けた。

「徳井は大学も単位を落として卒業できなかった。そのせいで就職も失敗したのに、金遣いの荒さがそれまでとまったく変わりなくて。消費者金融に手をだしたにしては余裕の顔してたから、親戚頼ったんだろうって想像がついた」

「で、でもなんでそんな、想像って」

おろおろする桜哉に、邦海は口ごもりながら言った。

「……俺もまだ返してもらってない金があるんだよ」

声の響きで、それが友人同士のちょっとした小銭の貸し借りレベルではないことが知れる。桜哉は鳩尾《みぞおち》にひんやりしたものを感じた。

「本当に申し訳ない！　金額を言っていただければ、すぐにお返ししますので」

予想済みだったのだろう元晴の言葉を邦海は「いえ、けっこうです」ときっぱり断った。

「何年かかろうと、本人から取り立てます。ご心配なく」

「しかし……」

「ここで元晴さんが立て替えてしまうと、あいつは踏み倒すに違いないですから」

厳しい言葉に反論もできないのだろう、義兄は一瞬つらそうに目をつぶり、また深々と頭をさげた。軽くうなずいてみせたあと、邦海は同情的な視線で桜哉を見た。

「聞きたくないだろうけど、ちゃんと理解したほうがいいから言っておくね。その返済の一部に、あの待ち受けの売りあげが補塡《ほてん》されているのはたしかだと思う」

「補塡って、え？　そ、そんなにお金になるもんなんですか？」

「人気のコンテンツで、ダウンロード数もそこそこあったんだよ。たしかに桜哉くんの待ち受けだけなら数万ちょっとの金額だけど、やつが同じことを、ほかの誰かにもしていたら？」

「あっ……」

「数万円の売りあげでも、十人、十五人と集めればそれなりの金になる。そういうことだよ」

いまどき、無料でイラストや音楽をアップロードしてるSNSはごまんとある。桜哉がされたように無断使用となれば問題になるけれど、契約にうとい素人相手に話を持ちかけて、中抜きして儲《もう》けようとする業者はすくなくないのだと邦海は言った。

「あと、桜哉くんの待ち受けについては、課金ぶんの売りあげとはべつに、コンテンツ作成の基本料金もすでに支払いずみだ」

それもぜんぶ、あいつが懐《ふところ》にいれただろうけど。ちいさな声でつけくわえられた言葉に、桜哉はめまいを覚えた。

姉夫婦は一連の話にぎょっと目を剝《む》き、瑞喜が「いったいなんのことですか?」と不安そうに言う。

「待ち受けとか課金とかって、桜哉はなにかさせられたんですか?」

「いえ、それが……」

ふたたびのショックを受けている桜哉の代わりに、邦海がざっと説明すると、義兄は頭を抱えてうなだれてしまった。心なしか顔色も悪く、拳をぎゅっと握ってうめくように言う。

「もっと強く、近づくなと言うべきだった……本当にすまない、桜哉くん。まさかそんな、あこぎなまねまでしているとは予想外だった」

「う、ううん。元晴さんが悪いんじゃないから。ぼくも、知らなくて」

むしろ、勝手に苦手意識を持ち、なつかないのを不愉快に思っているのだろうなどと勘違いしていた桜哉が悪いのだ。だがその言葉も、元晴の気持ちを軽くはしなかった。

「それでも、わたしの身内が迷惑をかけたことに代わりはないよ。情けない」

めっきり老けこんだような義兄は広い肩を落とした。父のいない姫路家において、この数年父親代わりをつとめてきた彼は、もともと責任感の強い男だ。今回の件は、ことさらこたえたのだろう。

「元晴さんの責任ではありません。弊社としても、事態の確認が遅れたことは本当に申し訳なく思っております」

邦海が頭をさげると、元晴は力なくかぶりを振った。

「孫請けの仕事を、大元が把握するのはむずかしいでしょう。それに……桜哉くんがあれを好きだというのはわかっていたので、強く言えなかったわたしもいけませんでした」

慚愧《ざんき》に堪えない、といった元晴の言葉に、桜哉は申し訳なくて目を伏せる。だが隣にいた邦海は、驚いたように目を瞠った。

「え、あの、好きってまさか……」

「ああ、桜哉が男のひとのほうが好きなのは、存じてますから」

コーヒーをすすりながらけろりと言ったのは瑞喜だ。ますます目をまるくする邦海に向かって、姉はにっこり微笑む。義兄が苦笑しながら続く言葉を引き取った。

「瑞喜さんと結婚するにあたっての条件の第一項目は、ゲイの弟がいても引かない男というものでしたので」

「えっ、お、お姉ちゃん、言っちゃってたの⁉」

「言ったわよ、いっしょに暮らすのに嘘ついてもしょうがないじゃないの」

さっきの元晴の発言が、まさかそういう意味だとは。たしかに姉にはカミングアウトをすませていたけれど、伴侶《はんりょ》にまで話をとおしていたとは知らなかった。

「元晴さん、だから、なんとなく遠慮がちだったの？」

それはたしかにぎこちなくもなるだろう。いままでの態度が腑に落ちたと息をつく桜哉に、元晴はあわてたように言った。

「それは違う。偏見だとかそんなんじゃない！　ただ英貴についてだけは、褒められた男じゃないからどうしたものかと」

「でも、それ以外でも、ぼくと話すの気まずそうだったよね？」

「それは、その……桜哉くんはどうも、男の子という感じがしなくて」

「どういうこと？」

「いや、だから、その」

おろおろする夫の肩を軽くたたき、瑞喜は苦笑しながら補足した。

「あのね、思春期のお嬢ちゃん相手にする感じで気を遣ったのよ、このひと。おまけにあんなばかに惚《ほ》れてるのをどう止めていいのかわかんないって」

ばかよばわりに、桜哉がさすがに「お姉ちゃん！」と声をあげる。だが、姫路家の最高権力者である姉は「なによ」と桜哉を睨み、一歩も引かなかった。

「いまだからぶっちゃけるけど、わたし、英貴さん大きらいなのよね。調子いいだけで中身ないし、言うことところころ変わるし。定職になかなか就けないのも当然だと思ってたわよ」

「いままで、そんなこと言わなかったじゃないか」

「あっちは相手にしてないと思ってたし、あんまり夢壊してても可哀想だったし。ああいうキャラって、むしろ男のほうがだまされるのよね」

辛辣《しんらつ》な姉の言葉に、徳井のうわっつらに踊らされていた男性陣は黙るしかなかった。

桜哉はとくにいたたまれなかった。落ちつかなさのあまり、だされたまま誰も口をつけず、ぬるくなってしまったコーヒーにミルクと砂糖をいれ、ひたすらぐるぐるとかき混ぜる。そうしていれば、恥ずかしさや苦い記憶が消えてなくなるかのように。

「あと、桜哉。ゆうべ、英貴さんに会うのを黙ってたのはどうして？」

「そ、それは……」

瑞喜の鋭い突っこみにぎくっとなる。このうえ、だまされて処女まで奪われたとなれば、姉夫婦が烈火のごとく怒るのは間違いない。ぜったいにあとでお説教だ。冷や汗をだらだらと流している桜哉を見かねたのか、邦海がやんわりと口をはさんできた。

「昨晩のことはさておき、この件についてひとつ、提案があるのですが」

姉と元晴の意識はすぐにそちらに向かい、桜哉はほっと胸を撫でおろした。

「もう、徳井の借金について身内でかばうのはおやめになったほうがいい。桜哉くんのことについては、著作権侵害にくわえて、業務上横領の可能性もありますし、さきほど申しあげたように、ほかに被害者がいたら刑事罰を受ける可能性もでてきます」

厳しい現実を口にした邦海に、全員が押し黙った。どうにか口を開いたのは瑞喜だ。

「今後はどうなさるんですか？　そちらも仕事で問題を起こされたんですよね」

「コンテンツの無断利用については、徳井の上司のほうに事実関係の調査を請求します。あとは法務部のほうに任せるかたちになると思います。桜哉くんにも、いくつか確認していただくことになると思いますが……よろしいでしょうか？」

邦海の言葉に、義兄も姉も「かまいません」と言った。視線を向けられ、桜哉も一瞬だけ悩んだあとにうなずいた。

「ぼくは、法的なこととかよくわからないので、お任せします。でもなにかできることがあったら、言ってほしいです」

「そうか。ありがとう」

ほっとしたように邦海が笑い、桜哉もぎこちないながら笑みを浮かべてみせた。

徳井が無断で売り飛ばした待ち受けについては、あらためて正式に契約書を交わす旨を邦海が説明し、未成年である桜哉のかわりに、元晴が責任をもって契約書を確認するということで話がついた。

「それから、俺の個人的に貸した金については、知人の弁護士にも相談して、きっちりカタをつけたいと思っています。こちらの借金については、口頭ではありますけど、証拠のメールが残っていますので、正式に取り立てることになると思います」

義兄は「本当に申し訳ない」とあらためて頭をさげたが、邦海はそれを止めた。

「だから、謝罪はけっこうです。それより……まさかと思いますけど、元晴さんは保証人とかにはなっていませんよね？」

「許可した覚えも、サインした覚えもありませんが……」

語尾をにごした義兄の態度は、最悪のケースを想像していることを知らしめた。

「……公文書偽造までいっていないといいんですけどね」

桜哉は「そんなまさか」と笑おうとしたけれど、残る三人の真剣な顔に表情がひきつった。なにより、自分の言葉がそらぞらしく響いたことにめまいを覚えた。

「民事ですむうちに、手が打てるといいんだが」

「一応、本人とも話してみます」

「ご迷惑をおかけしてばかりですが、よろしくお願いいたします」

ものものしい会話についていけなくなった桜哉は、またおなかがしくりと痛くなってくる。

腹部に手をあてたことに気づいたのは、姉でも義兄でもなく邦海だった。

「桜哉くん、横になってたほうがいいよ」

「ああ、そうだ。具合が悪かったんだったね。気づかなくてすまなかった」

邦海の声にあわてたのは義兄のほうで、姉は「そんなにあわてなくても」と苦笑する。

「どうせ、おなかにくる風邪かなんかでしょう。おかゆ作ってあげるから、寝なさい」

「……はい」

本当のことを言うわけにもいかず、ちらりと邦海を見る。そういえば、念のため病院で検査したほうがいいと言われていたのだが、どうしたらいいのだろう。困った顔に気づいたのか、邦海はすぐに言った。

「ああ、そうだ桜哉くん。支払いのことで連絡するから、携帯のアドレスと番号、教えてくれるかな？」

「あ、は、はいっ」

お互いの携帯をだして登録するとき、邦海は小声で「ちゃんと連絡するね」と言ってくれた。うなずきながら、この言葉は嘘じゃないんだな、と桜哉はほっとした。

――悪いな、今度連絡する。

いままで何度もそう言いながら、徳井はろくにメールもよこさなかった。

たった一日のつきあいだけれど、徳井と邦海は根本的に違うことくらい桜哉にもわかる。

ぐちゃぐちゃの状況のなか、信じられるひとがいる、ということだけでも嬉しい。桜哉はそれだけを救いにして、立ちあがった。

「それじゃ、これで失礼します、ごめんなさい。おやすみなさい」

「うん、おやすみ」

階段をのぼって自室に戻ると、どっと疲れがこみあげた。風呂は、邦海の家で朝のうちに使わせてもらっていたため、さっさと寝間着に着替えてベッドに潜りこむ。

居間をでるとき、義兄と姉、邦海の三人は、まだむずかしそうな顔で話しあっていた。おそらく今後の対策のようなものをたてているのだろう。

見慣れた天井を見つめていると、じわじわとまぶたが熱くなってきた。

(ほんとに、だまされてたんだなあ)

とはいえ、桜哉もまったく気づかなかったわけではない。

ときどき、あれっということはあったのだ。待ち受けデータを送ったときも、ずいぶん褒めてくれたわりに、彼の携帯の待ち受けが桜哉の作ったそれであったことは一度もない。何度も話したはずの友人のことをまったく覚えていなかったことだって、本当は気づいていた。

呼びだしも、デートなんかじゃなかった。都合よく使われているのはわかっていて、見ないふりをしたかっただけだ。たぶん桜哉も、ちょっとつれない男との秘密の恋、というもの自体に恋をしていただけなのだろう。

そのあげくがこれだ。徳井は乱暴なセックスをするだけしたあと、手当もせずに勝手に寝入って、目が覚めたらおまえのせいだと罵倒した。そのあげく、ひとのデータでお金を稼いで、嘘をついて、邦海みたいなちゃんとしたひとを裏切って。

どこをどうとっても、最低以外に言いようがない。

（なんだったんだろう、この四年）

あらためて考えてみると、徳井とのつながりは、ほぼ一年おきに数日間ずつ接触しただけ。この二カ月足らずがいちばん密だったと言ってもいい。アイドルのように好きだったと邦海には言ったけれど、まさに偶像《アイドル》、実態のない虚像だったわけだ。

そんな男にだまされて利用されていた自分が、いちばんショックだった。本当に案じてくれていた義兄を疎んで、不誠実な男の安い言葉にだまされて、本当にばかだ。

見る目のなさと間抜けさが情けなくて、じわじわきた。涙がこぼれそうになったそのとき、枕もとに置いていた携帯がメールの着信を知らせた。どきっとしてフラップを開くと【邦海です】という件名の新着メールがある。

【初メールです。いまトイレでこれ打ってるよ。いろいろお疲れさま。ゆっくり休んで】

邦海は予想よりも速攻でメールをくれた。桜哉はほっと息をつく。些細《ささい》なことだが、やっぱり彼は嘘をつかないひとだったとわかって口もとがほころんだ。

奇妙な話だけれど、会ったばかりの邦海のことを、桜哉は全面的に信頼し、また好意も抱いていた。つまらない嘘やごまかしを言うひとではない。厳しいけれど現実を知るようにと、教えてくれる正しいひとだ。

――マスターより、邦海さんのほうがぜったいステキです。ぜったいです。

あれは本心からの言葉だった。本命は自分ではないと言った邦海のせつなそうな顔は、見ていてつらかった。どうして徳井は彼を大事にしないのだろうと、立場も忘れて腹がたったくらいだ。いまはただ、面倒みさせ、迷惑をかけたことが申し訳ないと思うばかりだ。

「本当にいいひとだあ。……ん？」

ほっと頬をゆるめていたのだが、スクロールしたさきの文面に、桜哉は思わず赤くなった。

【念のため、患部が痛むようならなるべく清潔にしたあと、できれば抗生物質のはいった軟《なん》膏《こう》とか塗ってね。刺激物は厳禁で。病院については、知りたかったらメールしてください】

「……わー」

言葉をにごした表現でつづられたそれは、親切だと思うし桜哉に必要な助言なのはたしかだが、やはり身体のことについては、どうにも恥ずかしかった。

桜哉は真っ赤になりつつ、ふと考える。

ここまで詳しいとなると、邦海もまた、徳井に抱かれていたのだろうか。

すらりと背が高く、凛々しいけれどきれいな邦海が組み敷かれ、もだえている姿を思い浮かべると、顔がかっと熱くなった。

(な、なに想像してんだっ。ばかばか、ぼくのばか)

だが、その相手が徳井だと考えたとたん、もやっとした気分が胸を重くする。この期に及んで嫉妬するのかと自分にうんざりしたけれど、なにか違う気もした。

(どっちにしろ、失礼だ)

どうにか気を紛らわせようとかぶりを振って、桜哉はぽちぽちと返事を打った。

【こちらこそ、お世話になりました。薬のこと、教えてくれてありがとうございました。連絡、お待ちしています】

変な意識を振り払おうとつとめたあまり、あたりさわりのない文章になってしまった。なんだかそっけなく感じないかなと心配になるが、かといってあまりよく知らない大人のひと相手には、絵文字やくだけた言葉を使ってはいけない気がした。

(どうしよう)

悩んでいるうちに、階下では邦海が帰る気配がした。お見送りをしなければと起きかけたが、思いのほか身体が痛くて動けそうにない。しかもあせって起きあがった拍子に、握っていた携帯のボタンを押してしまったらしく、メールは送信されてしまった。

「あ、しまった。送っちゃった」

ますます桜哉はあわてたが、数分もしないうちにすぐに返事があった。

【メールの返事はいいから、寝るように!】

こらっ、と怒ったようなフェイスマークがついたメールに、ちいさく吹きだす。お返しに
【わかりました、ごめんなさい】と、こちらもしょげた顔文字つきで返す。

【だから、携帯いじってないで、ほんとに寝なさい！　レス不要！】

返事を止める言葉に、敬礼しているアスキーアートまで添えられて、桜哉はくすくすと笑いながら「はぁい」とひとりつぶやく。

邦海の意外とお茶目なメールを読むうちに、こぼれかけた涙はとうに乾いていた。

言いつけどおり眠る気にはなれないまま、なんとなくメールフォルダをいじる。

保護をかけていた徳井フォルダのメールを眺めた。自分が送った数に比べて、十分の一も戻ってきていない返信に失笑した。

ひとつひとつ、桜哉はそれを消していく。

知りあったのは何年もまえ、密に会うようになった——といっても週に一度だけ呼びだされていただけの『おつきあい』は、たった二カ月で終了した。だまされ、裏切られて苦しいし、身体も痛くて哀しいけれど、嘆くような気にはなれなかった。

(終わったんだなあ)

あまりにばたばたしていて、どれがショックなのかわからないままだったけれど、自分は失恋したのだとようやく自覚した。

文字どおり、桜哉は恋を失った。それは単にふられただとか、邦海の存在や、『コントラスト』のマスターが本命だとか、そういうことではなく、いままで見ていた徳井の姿がすべて、虚像だったとわかったからだ。

桜哉がこの数年、大事にあたためてきた恋は、ぜんぶが嘘だった。

(ぼく、いったいあのひとのなにを好きだったんだろう)

さきほどのような哀しさはもうこみあげることがなく、ただぽっかりとした喪失感を抱えて桜哉は考える。

この胸にあいた虚《うろ》のようなものは、いつか埋まるときがくるのだろうか。そのとき、どんなもので埋められているのだろう。

うとうとしながら寝入る桜哉の頭のなかには、邦海のよこしたメールの顔文字が、やけに大きく浮かんでいた。

＊　＊　＊

邦海から、契約書について確認したいことがあると連絡がはいったのは、それから三日後のことだった。

「あ、桜哉くん。いたいた」

「どうも、こんにちは」

呼びだされたのは、池袋駅の構内。邦海は仕事帰りに桜哉の家に訪ねると言ってくれたのだが、わざわざ出向かせるのも申し訳ないからと、外で会うことになった。

あまり池袋を利用しない桜哉がわかりやすいようにと、山手線ホームでの待ち合わせをしたのだが、邦海は予定よりも五分遅れて到着した。

「ごめんね、遅くなって。こんなことなら、やっぱりあらためて出向けばよかったかな」

「そんな。五分程度で大げさですよ。どうせまだ春休みで、暇だし」

徳井など三十分の遅刻はデフォルト、へたすると一時間は平気で遅れてきて平然としていたものだ。

（ほんとに違うなあ。それに……）

この日の邦海は、スーツのうえからスプリングコートを羽織った姿だった。桜哉が思わずしげしげと眺めてしまうと、彼は「なに？」と照れ笑いを浮かべる。

「いや、すごい印象違うなあと思って。スーツ着てるの、はじめて見るし」

「はは。はじめてって、会うのまだ二度目だし？」

笑う邦海の言うとおり、彼と会ったのはあの衝撃の出会い以来、やっと二度目だ。

若い桜哉はスーツなど詳しくないけれど、義兄の元晴のような、いかにもお堅い雰囲気のグレーの背広と、目のまえにいる邦海のそれとでは、まるで違う服のように感じられた。

（スーツって、こんなかっこいいんだ）

遊び心のある雰囲気の着こなしは、本人のお洒落《しゃれ》さによるものだろう。むろん邦海の顔立ちが華やかで、スタイルがいいのも重要なポイントだ。

手足が長く、腰の位置が高い彼のスーツ姿は、本当にさまになっている。背広やスーツというと、なんだかだぼっとした野暮ったい印象があったのだけれど、それは通学電車などで、疲れたメタボなお父さんたちをさんざん見たせいだったのだなあ、と桜哉は思った。

ちなみに徳井は接待のなんのとサラリーマンふうなことを言うわりに、会社のドレスコードがカジュアルだったのか、スーツを着ている姿はあまり見た覚えがない。

「んー。この時間だとどこ空いてるかな……いいや、まずは、ここをでよう」

「あ、はい」

腕時計をちらりと見た邦海にうながされ、桜哉も歩きだした。ひとまず改札を抜け、駅の構内を並んで歩きだしたところで、邦海が話しかけてくる。

「体調はどう？　あれからなんともない？」

「はい、おかげさまで」

気遣う声に、桜哉もすこしはにかんで答える。

「ま、あのアホの検査結果がでたら、もっと安心できると思うから」

「そ、そうですね」

腹痛はあの日限りで、その後の体調にも変化はなかった。数日様子を見てなんともないことから、病気などの問題はないだろうと判断したけれど、多少の不安が残っていた。

——潜伏期間、とかあるんですよね？　どういうタイミングでいけばいいのか……。

さすがに未成年の桜哉がその手の病院にいくのは気まずいし、なにより保険証は義兄の預かりだ。ばれるのも怖いし……と相談したところ、邦海が考えついた解決策は、元凶である徳井を性病検査に連れていく、というものだった。

「どう考えてもキャリアの可能性があるのは徳井だからね。あと数日で結果がでるし、あいつがシロなら、桜哉くんもだいじょうぶだろうから」

「ほんとにすみません、ありがとうございます」

「いや。正直、あの無節操がヘタに感染してたら、こっちも笑えないから」

微妙にいやな話題ではあるけれど、邦海のこういう率直さは桜哉には心地よかった。中途半端な情報だけだと却《かえ》って不安だし、口ごもられても恥ずかしい。

「でもよかったよ、桜哉くんが元気そうで」

「え？」

「一応、心配してたからね。よかった」

にっこりと微笑みかけられて、桜哉は赤くなるのを止められなかった。

（ほんとに、きれいだなあ）

義兄の元晴もなかなか渋くてかっこいいし、徳井も人好きのするタイプのハンサムだけれど、邦海に較《くら》べれば見劣りすると、たぶん誰もが言うはずだ。

「桜哉くん、なんか食べたいものとか……ん？　どうかした？」

整った横顔にぼやっと見とれていた桜哉は邦海の質問も耳にはいっておらず、無意識のまま頭に浮かんだ疑問を口にしていた。

「邦海さんって、もしかしてハーフとかクオーターですか？」

邦海は一瞬きょとんとしたあと「ああ、これ？」と自分の前髪をつまんでみせた。

「よく言われるけど、髪とか目とかの色が薄いのは生まれつき。べつに先祖に外国人がいたとかって話は聞いたことないな。……でも、なんで急に？　顔がバタくさいってこと？」

「いえっ、すごくかっこいいと思います！」

笑いながら言う邦海に対し、妙に力んだ声で返してしまった桜哉は、自分の大声に気づいてはっと口に手をあてる。

「す、すみません。大きな声だして」

「いや、気にしてないけど」

のどを鳴らして笑った邦海は、目を細めて首をかしげた。ときどきでる仕種に、それが邦海のクセだろうかと思っていると、彼はおもしろそうに桜哉を見おろした。

「なんか、あれだね。桜哉くんって、仕種がちょっと女の子みたいだ」

「え……」

どういう意味かわからず戸惑っていると、邦海は「あ、悪い意味じゃないよ」とすこしあわてたようにつけくわえた。

「動きがいちいちかわいいし、ふわっとした感じっていうかね。んー、女の子じゃなきゃ、小動物かな。……いやでも、なんとなくイメージとして『おしとやか』っていうか」

「そ、それ、褒めてるんですか、けなしてるんですか？」

「まじめに褒めてる。かわいい顔に似合ってるし、いいんじゃない？」

またさらっと言われた「かわいい」に、桜哉の顔が赤くなった。

「なんかね、元晴さんがきみに気を遣った理由もわかる気がするんだよね、大事に扱わないといけない気になるっていうか」

「も……やめてください」

軽く握った拳を口もとに当てて照れていると、あれ、と邦海は目を瞠る。

「もしかして、褒められなれてない？」

「あ……はい……」

「え、意外だ。よく言われるだろ、かわいいって」

「そんな、ないです！」

すくなくとも、邦海が言うような響きでの恥ずかしくてくすぐったいような「かわいい」は誰にも。そう言いかけた桜哉の背後から、突然、声がかけられた。

「あっ、姫ちゃんだ」

「おーい、姫ちゃーん！」

「えっ」

驚いた桜哉が振り返ると、三人連れの女の子たちがそこにいた。

「あれ⁉　天野《あまの》さんに三河《みかわ》さん。長家《ながいえ》さんも、どうしたの、こんなところで」

彼女たちは連れがいるのも無視して、年ごろの女の子らしく口早にまくし立てた。

「うちらは買い物。どうしたはこっちの台詞だよ。姫ちゃん、インデザインの特別講座、いなかったじゃん。なんかあったの？」

「姫ちゃんまじめだし、サボったわけじゃないし、病気かと思ってさ」

「うちら、誕生日プレゼントも用意してたのに。何度かメールしたんだけど。見なかった？」

連絡がとれなくて心配していたという言葉に、桜哉はさあっと血の気が引いていく。

「と、特別講座……？」

「春休みの特講受けようって言ったの、姫ちゃんじゃん。日程忘れたの？」

長家が首をかしげて、気まずく桜哉は目を逸らした。

桜哉の通う専門学校では、長期休みの間に正規の授業では教えられない内容の講座を開き、希望者が受講できるようになっている。将来的なことを考えると、ＤＴＰソフトも扱えたほうがいいと考え、その講義を受けようと言いだしたのはたしかに桜哉だった。

「うそ、マジで忘れてたの？　姫ちゃんらしくなーい」

なにがあったの、と女の子特有の鋭いカンで突っこまれ、桜哉はしどろもどろになった。

「ご、ごめんね。ちょっと風邪引いて寝こんでたんだ。メールも読んでなくて」

これは嘘ではない。邦海と交換したメールアドレスは完全プライベートのものだが、学校の友人とは学校内のアカウントで連絡をとりあっている。先週末の事件がいささか尾を引いていた桜哉は気分的に余裕がなく、そちらに届いたメールはチェックしていなかったのだ。

「なんだよ、見ろよー。誕生日おめでとうメールも送ったのに」

「い、いた、いたいよ。ごめんてば」

ばしばしと肩をたたかれ、手を握ってはぶんぶん振られる。気圧《けお》されてたじたじになった桜哉がはたと隣にいる邦海を見あげれば、彼はおもしろそうに目を細めていた。

(わ、笑われた。恥ずかしい)

長家に両手ともぎゅっと握られ、ゆらゆら揺らされながら桜哉は赤くなる。

「桜哉くんのおともだち？」

静かに問いかけられ、小声で「専門学校での同級生です」と説明する。

「あのごめん、いまからちょっと、このひとと……」

「ごめん、ひょっとしてじゃましたかな」

用事があって、と言いかけたのを遮ったのは、三人のなかでリーダータイプの、ギャルふうなルックスの天野だ。

「えっ？　じゃまって」

「だって、デートじゃないの？」

　さらっと言ってのけた天野に続いて、女の子らしくふわふわした雰囲気の長家と、元気で明るい三河が「きゃー」と叫ぶ。

「そっか、このおにいさん？　姫ちゃんが好きだって言ってたひと。そうでしょ？」

「うまくいったって言ってたもんね」

　楽しげな彼女たちの声に、なぜそんな話になるのかわからず茫然としていた桜哉は、はっと息を呑む。

（しまった、そうだ。のろけちゃってたんだっけ）

　入学して最初の授業で仲よくなり、彼女らには早々にゲイだという話もカミングアウトしている。打ち明けたとき、たいして驚かれなかったのでこっちが逆に驚く羽目になった。

　――んー、なんちゅうか、姫ちゃんなら納得。

　――うちらより乙女だもんね。かわいいからいいや。

　そんな言いざまはどうかと思うが、三人ともごくふつうにつきあってくれる、いい友人だ。

　ただ、やっぱり女の子特有のあなどれなさもある。天野は桜哉と隣の邦海をしげしげと見比べ、にやっとひとの悪い笑みを浮かべた。

「なんだ、休んだってそういうことかあ」

「え？　そういうことって？」

勝手に解釈してにやにやしている天野の表情の意味はわからなかったが、隣の邦海がなぜかちいさく噴きだした。いったいなんで、と思っている間にも、三河と長家は「やっと実物見れた」ときゃいきゃいはしゃいでいる。

「うちはてっきり、姫ちゃん乙女だからぜってードリームはいってるとか思ってたけど、すっげえ、ガチでイケメンじゃん！」

「あたしも、さすがにこのレベルだとは思わなかった。デートでしょ、いいなあ」

「あ、いや、あの……」

かしましい彼女らを止めることができず、桜哉はおろおろと邦海をうかがった。すると苦笑を浮かべた邦海は、桜哉の肩へ長い腕をすっと伸ばした。

(え？)

桜哉は突然のことに、声もだせないままかたまっていた。そのまま軽く引きよせられると、

「ごめんね、俺が無理させたから、お休みさせちゃって」

見せつけるような邦海の態度に、きゃあ、と声をあげたのは長家と三河だ。

「やーっ、無理ってなんですかあ」

「きょうはやっぱりデートですかっ？」

勢いこんだ長家の言葉に、邦海は「んー？　あはは」と　思わせぶりに笑っただけで答え

ない。桜哉はといえば、肩に置かれた邦海の手のひらを意識して、友人たちの会話もろくに耳にはいらずにいた。

（え……なにこれ、なにこれ。か、肩抱かれてる？）

徳井にすらもこんなふうにあまったるく、恋人らしい接触をされたことなどない。

密着した邦海からは、大人の男らしい香水の香りに混じり、ほんのかすかにミントのにおいがする。

あの日、キスしたときと同じにおいだ。桜哉は全身がかっと熱くなるのを感じた。

「姫ちゃん顔真っ赤だよ」

天野が苦笑して指摘する。「うっ、えっ、あっ」と意味のない声を発し、あわててもがく桜哉の肩を、邦海がさらに引きよせた。細身に見えてしっかりした胸もとに桜哉の身体はすっぽり包まれる。目のまえがぐるぐるした。

「桜哉くん、落ちついて」

「む、むり」

耳もとでささやかれては、落ちつくものも落ちつかない。桜哉はますます赤くなり、その姿を見た三河ははやしたてるような声をあげ、長家が危険な感じに目を光らせた。

「わお、桜哉くんだってー。らぶらぶー」

「も、萌《も》え……生萌《なまも》えやばい、リアルで目にやさしい。ハゲ萌え……っ」

「長家、脳の中身が漏れてる。ちょっと黙れ」

天野は、興奮気味に意味不明なことを口走る長家の頭を手のひらではたいた。つんのめった長家は「ひどい」と抗議したけれど、それは全員に無視された。

「こいつら、やかましくて、ほんとすみません。悪気はないんですけど」

天野がため息まじりに頭をさげると、邦海もまた鷹揚《おうよう》に微笑んだ。

「あらためまして、小島邦海です。うちの桜哉くんがいつもお世話になってます」

(うちのって、く、邦海さん、なに言ってるの)

誤解を解く気配もない、どころか煽《あお》る一方の邦海に桜哉はぎょっとしたが、当事者の存在は放置されたまま、天野と邦海の会話は続いた。

「こちらこそ。姫ちゃんお世話してます、天野です。そっちが三河と長家……」

天野は冷静に自己紹介をしたが、長家は邦海の言葉に「うちの、だって、ぎゃー！」と興奮の声をあげ、今度は三河に口をふさがれる。「ばかはほっといてください」と天野は切り捨て、邦海はやっぱりにこにこしていた。

「桜哉くんと、これからも仲よくしてあげてね。あと、この子、こういう子だから、あんまり追及しないであげてくれる？」

「はは、言われるまでもないっす。ま、勝手にのろけるぶんには聞きますよ。ほんと、そんじょそこらの女より乙女全開なんで、面白いんすよね」

「ちょ、ちょっと天野さんっ。邦海さんも！」

自分の乙女っぷりを暴露されてようやく我に返り、焦った桜哉は抗議するが、邦海は「あはは、そうなのか」とやはり笑うだけだった。

「さて、もっとお話ししたいだろうけど、きょうはちょっと、用事があるんです。彼を独占してしまってすみませんけど」

「あ、いえいえ。こっちこそ長々、お引き留めしてすみませんでした」

天野はぺこんと頭をさげたあと、途方にくれている桜哉へと目をやった。

「とにかく、元気そうでよかった。姫ちゃん、あしたはガッコくるよね？　特講初日のノートいるなら、そのとき貸すわ」

「あ、う、うん。お願いします」

「おっけ。んじゃまたね！　うら長家、じゃまだから、うちらはもういくよ」

三河に口をふさがれたままの長家は、無駄に目をきらきらさせたまま、うっとりふたりを見比べていた。天野はその頭を再度どつき、三河とふたりで腕を摑んで引っぱる。

「ああ、ま、待って、もうちょっと見たい……」

「ながぽん、姫ちゃんの恋路じゃますんなって」

まだなにか言いたげな長家をふたりがかりで引きずり、彼女らは去っていった。

「元気なおともだちだね」

茫然としていた桜哉は、邦海に声をかけられてまだ肩を抱かれたままだったことに気づき、あわててぱっと離れる。

「や、やかましくてすみません」

「いや、いい子たちじゃない。心配してくれてるみたいだし」

うつむいたまま距離をとると、邦海がひらひらと、桜哉の肩に触れていたほうの手のひらを振った。意識しているのは桜哉だけだと気づかされるような、ごく自然な態度だ。

「さて、ちょっと足止め食っちゃったけど、とにかくどっか入ろう。おなかすいた？　ごはん食べる？」

「い、いえ。姉が家で用意してくれているので」

あわてて両手を振ると「じゃあ喫茶店にしよう」と邦海は微笑んだ。

「俺の知ってるとこでいいかな」

「あ、はい」

ついておいで、と言われ、あとを追う。スプリングコートの裾《すそ》を翻しながら長い脚で歩く彼は颯爽《さっそう》としていて、姿勢がいいせいかじっさいよりずっと大きく見えた。

「だいじょうぶ？　俺、歩くの速い？」

「へ、平気です」

くるっと振り返った邦海に声をかけられ、桜哉は驚いた。徳井と歩いているとき、そんなふうに声をかけられたことはない。目をまるくしていると、軽く首をかしげて「なに？」と問われる。

「なんでもないです」

桜哉はあわてて答え、すこし足早に歩いて邦海と並んだ。歩幅もなにもかも違うのに、それから目的地にたどりつくまで、なぜか桜哉が置いていかれることはなかった。


邦海が連れていってくれたのは、池袋駅の東口から五分ほど歩いたところにある『皇琲《こーひー》亭《てぃ》』という高級そうな喫茶店だった。レトロな店構えがいかにも大人っぽく、邦海について入っていくと、ふわっと香ばしいコーヒーの香りが漂ってくる。

「いらっしゃいませ。お煙草はお吸いになりますか？」

すぐにやってきた店員の問いかけに邦海が首を振ると、奥にある個室ふうに区切られた場所へと案内された。

「なんか、映画にでてくるお店みたいですね」

すこし暗めの照明も、壁に飾られたアンティークふうの時計やランプも、別世界のようだ。きょろきょろしながら桜哉がそう感想を漏らすと、邦海はふっと笑った。

「そんなにかまえなくても、ふつうの喫茶店だよ」

「す、すみません。こういうところ、はいったことないんで」

子どもっぽいと笑われたのかもしれない。おろおろしながら店員の運んできたメニューを開いたとたん、桜哉は目がちかちかした。

(えっ、コーヒーだけで七百円もすんの⁉　千円以上のもある！)

ふだん、学校近くのファストフードかチェーン店のコーヒーくらいしか縁のない桜哉は、どうしていいのかわからなくなった。御茶ノ水や神田、水道橋界隈《かいわい》は学生街でもあるため、全体に価格が安く、ここのコーヒー一杯ぶんの値段でボリュームのあるランチがしっかり食べられる店もあるのだ。

(どうしよ、今月そんなに余裕ないよ。おごってくれるかもだけど、だったらますます無理)

しつけに厳しい姉たちに「無駄遣いをするな」とたたきこまれている桜哉は、どうしていいのかわからず困りはてた。さりとて席に着いた以上、頼まないわけにはいかない。

「……え、えっと、ブレンドでいいです」

本音を言うと、子ども味覚でコーヒーはあんまり得手ではなく、牛乳をたっぷりいれないと飲めない。だがこのなかでもっとも安いのはそれしかなかった。

「遠慮しないで、好きなの頼んでいいよ。桜哉くん、あまいものは？」

邦海はそう言ってくれるが、とても頼めない。ケーキは五百円前後だが、あわせるとふだんの桜哉がちょっとお高いごはんを食べるレベルになってしまう。ここは遠慮したほうがいいはずだ。すくなくとも邦海に、図々《ずうずう》しいと思われたくない。

「いいです、おなか、いっぱいで」

ぶんぶんとかぶりを振っていると、「ふうん」と首をかしげた邦海は、手をあげて店員を呼んだ。けっこう混《こ》んでいるふうなのにサービスは行き届いているようで、さっと明るい笑顔の女性が現れる。

「お待たせしました。ご注文はお決まりですか？」

「マンデリンとカフェオレ、それからチーズケーキを、ふたつ」

さらっと告げた邦海の「ふたつ」という言葉に桜哉はあわてた。

「えっ？　い、いいですそんな」

「まあいいから、つきあって。大人の男ひとりでケーキ食べるの恥ずかしいでしょ」

邦海はいたずらっぽく笑ってそんなことを言う。桜哉がおろおろしているうちに、すぐにケーキが運ばれてきた。しかも、すぐに続けて届いたカフェオレを、邦海は「彼に」と手のひらで示し、桜哉のまえに置かせてしまう。

「は、はっぴゃくよんじゅうえん……」

桜哉が硬直したまま思わず口走ると、邦海はぷっと噴きだした。

「やっぱり気にしてた。遠慮しなくていいよ、これも経費で落ちるから。それに桜哉くん、本当はコーヒー苦手だろ」

　指摘されたとおり、桜哉はコーヒー牛乳レベルでないと飲むことができない。なんで、と目をまるくした桜哉に「この間、見たよ」と邦海は微笑む。

「喫茶店でもおうちでも、牛乳いっぱいいれて、砂糖もふたつ。甘党なんだろうと思ったし、そしたら本格コーヒーはいきなりじゃつらいだろ」

　まずはソフトなところからどうぞ、と勧められ、桜哉は紺色のラインに金彩がほどこされたカップに砂糖をいれると、おそるおそる手に取った。ひとくち飲みこむと、濃く新鮮な牛乳の味と香ばしさが絶妙に混じりあい、鼻腔《びこう》に抜けていく。

「あ、お、おいしい！」

「だろ。でも本当においしいコーヒーは、コーヒーぎらいのひとでもはまるよ。苦手意識持ってるだけなら、一度チャレンジしてみるといい」

　にっこり笑ってカップを口に運ぶ邦海に「ケーキもいけるよ」と言われ、こちらもこくのあるチーズの風味が本当においしかった。

「これもおいしいです。……でも、ほんとにいいんですか？」

「一応ね、お仕事の接待ですから。おいしいもの食べてもらったほうが、リラックスして話をできるだろ。必要経費は惜しまず使わないと」

　ちょっと茶目っ気のある言いかたに、桜哉も思わず笑った。接待、という言葉がこんなふうに気を軽くするために使われたのをはじめて聞いた。

（なんか、英貴さんとぜんぜん違うなあ）

――接待でおごりだからって、ばくばく食うやついるだろ。あれ最低だよな。ちょっと遠慮しろってんだよ。

徳井は桜哉と会うたびいつも、お金のことでぼやいていた。おかげで、安いチェーン店のコーヒー一杯でも、桜哉はびくびくしながら頼んでいたくらいだ。

（あれって会社員としての不満なのか、単にお金ないだけだったのか……）

接待についてどちらの意見が正しいのか、未熟な桜哉にはよくわからない。けれど、自分を安心させてくれるのは邦海のほうであるのは間違いなかった。

「さてじゃあ、あまいものも補充したところで、本題にはいるね」

邦海が鞄《かばん》からA４サイズの茶封筒をとりだし、桜哉へ差しだした。

「こちら、契約書のドラフトです」

「ドラフト……ってなんですか？」

「確認のための、契約書の下書き。これを読んで、わからないことがあったらなんでも聞いて。あと条件で不服があればそれも。慣れてないと理解するのがむずかしいかもしれないから、返事は持ち帰って、お義兄《にい》さんに確認してもらってからでいいからね」

封筒を受けとり、「はい」とうなずいた桜哉に、邦海は「それからこちらも」と今度は長細いふつうの封筒をテーブルにすべらせる。

「とりあえず、基本のコンテンツ作成料金をお支払いします。ダウンロードの課金のほうは、四半期決算になるから今度まとめて振り込む。メールで訊いた口座でいいんだね？」

「は、はい」

桜哉は自分で稼いだお金を緊張しながら受け取った。アルバイトをしたことくらいはあるけれど、ちょっとこれは重みが違う。中身を確認するように言われて封を開けると、二万円がはいっていた。

「こんなにもらっていいんですか⁉」

「こんなにって、素材からぜんぶ、自分で描いたんだろう？　しかもただの壁紙じゃなく、フラッシュで加工してる手間もあるし」

「でも、まだ勉強途中の人間が作ったものなのに」

「そこは関係ない。あくまで出来高だよ。いいものには対価が支払われて当然」

桜哉は躊躇《ちゅうちょ》したが、「だから受けとりなさい」と言われ、素直にうなずいた。

「……とはいえ相場を考えると、たたき売りレベルの格安で申し訳ないんだけど」

「格安とか、とんでもないです」

ごめん、と頭をさげられ、桜哉はぶんぶんと両手を振った。

（契約書に、コンテンツ作成料金、かあ）

いままで、漠然とＷＥＢデザインなどに携わる仕事がしたいと思っていたけれど、こういう形でお金をもらうことは想像したことがなかった。なんだかどきどきしていると、邦海が真剣な顔をした。

「で。さっきの契約書には、徳井の会社を通したんじゃなく、うちが直でコンテンツを買い取って配信する旨が書かれてる。本当は無許可で配信したものだから取り下げるのが筋なんだろうけど、ダウンロード数の多いコンテンツだし、できれば継続してもらいたいんだ」

「あ、それはいいですよ、ぜんぜん。むしろ、ぼくなんかの作ったのでいいんですか？」

「いいから頼んでるんだよ。おしゃれでかっこよくて、気にいってる。ダウンロードはじまってから、速攻で落とした」

さっとフラップを開いた邦海の携帯には、たしかにあの、レトロＳＦふうの待ち受けが設定されている。

「あ、ぼくの！　使ってくれてるんですか！」

桜哉が驚きと喜びの混じった声をあげると、「もちろん」と邦海は微笑んだ。

「それでね。もしもよかったらだけど、今後もこういうの定期的に作れるなら、そっちもお願いしたいんだ。桜哉くんは学生だし、勉強に無理のない範囲で、だけど」

「ぼ、ぼくでよければ、それはぜんぜんいいです、はい」

即答すると「また、桜哉くんは」と邦海が眉をさげて笑う。

「素直はいいけど、もうちょっと熟考しよう。まずお義兄さんに相談してからね。……それと、さっきの封筒には今回の件の詫《わ》び状がはいってる。それも目を通していただいたら、後日あらためて、さっきのコンテンツ料以外に迷惑をかけた謝罪の件を相談させてください」

「え、お詫びとかそんな。もう謝ってもらったし、いいです」

相談、というのはおそらく『どういうかたちで』詫びをいれるか——つまり、いくらで話をつけるか、という意味なのは知れた。遠慮しようとしたが、邦海は引かなかった。

「あれは本来は最初から桜哉くんが受けとるべきお金で、権利だったのに、俺が確認を怠ったせいでこんなことになったんだ。本当に申し訳ない」

「そんな、だって、邦海さんだってだまされてたのに」

あらたまって頭をさげられ、桜哉はあわてる。もう充分だ、かまわないと言ったけれど、「これがけじめだから」と邦海は言った。

「だまされないために、ちゃんと確認するのも俺の仕事なんだ。だからこれは俺の責任。そして桜哉くんは損害に対しての支払いを要求する権利がある。きみが若くてひとがいいからって、なあなあにするわけにいかないよ」

きっぱりとした言葉に、もしかすると邦海も社内で責任を問われたのだろうかと不安になった。けれどいま、それを桜哉が問いつめてもなんにもならないし、彼は「平気だ」と言うだけだろう。それこそ、桜哉も腹を決めなければいけないのだと背筋を正した。

「わかりました。でも本当に、お詫びのお金はいいですから。思いがけずに作成料もいただいたし。もらいすぎは却って、心苦しいです」

「でも……」

「ほんとに。ぼく小心者なんで、接待の高いコーヒーだけで、いっぱいいっぱいだから」

そこはお願いします、と頭をさげると、渋々邦海は引いた。だが「あくまでお義兄さんと相談してから結論はだすようにね」と念を押すのは忘れなかった。

それでも、どうにも桜哉がうなずかないとわかると、邦海は困ったように笑った。

「意外と頑固だね、桜哉くん。よかった、安心したよ」

「え？　そ、そうですか？」

頑固というのはあまりいいイメージの言葉ではないが、それでどうして安心なのだろう。

「ほら、桜哉くんこの間、昔いじめられたみたいなこと話してたから。それでさみしくて、徳井にあまいこと言われて流されたのかと思ってたんだ。けど自分なりの考えがちゃんとある子なんだと思って」

案じていたという邦海に、「それは小学生のときまでですってば」と桜哉は苦笑した。

「高校にあがるころには、男女問わずに仲のいい子もいっぱいできました」

子どものころは多少いじめられたりもしたが、思春期になると男子の無神経さや、がさつな部分に辟易している女子の友人のほうが多くなり、「カワイイ」といじられることも多かった。どちらかと言えばかなり好かれていたと思う。

「そりゃ、たまには仲の悪いやつもいたけど、それはふつうだと思うし」

桜哉が言うと、邦海が「ああ」とおもしろそうな声をだす。

「あのさ、女にちやほやされていい気になってるって突っかかられたことない？」

「あ、ありますっ。なんでわかるんですか？」

桜哉が驚くと、「俺もそうだったから」と邦海は笑った。

「俺も姉がいるからね。女の子特有のメンタリティも理解してたし、ファッションに気がつくのも早くなる。……ていうか、そうしないと怒られた覚え、ない？」

「あ、あります、あります！」

小声でつけくわえられた言葉に、桜哉は笑いながらうなずいた。姉の買いものにつきあわされたり、鏡のまえに陣取った彼女らに「これどう、こっちは？」と尋ねられ、ファッションショーが延々続くこともしょっちゅうだった。

「大抵、自分で着る服は決めてるのに、どうしても意見聞きたがるんですよね」

「褒めないと怒られるから、気を配って褒めるのがクセになるよね」

そうした経験の結果、女性のコーディネイトには敏感になった。同級生の子たちがちょっとおしゃれをしていると、「それいいね」と褒めるのはもはや反射。十代の男子ではかなりめずらしい部類にはいるおかげで、女子受けはどうしてもよくなる、と邦海は苦笑した。

「それにゲイだから、こっちはまったくがっつかないしテンションも一定だろ。だから安心されたのかな。学生時代はわりとモテた」

邦海はそう言うけれど、桜哉はちょっと謙遜《けんそん》がすぎると感じた。

「それは違うんじゃないかと思いますけど」

「違うって？」

「ぼくの場合はその、安心されてるっていうか、男扱いされてないけど、邦海さんはかっこいいからモテたんだと思います」

邦海は目をしばたたかせ、じっと桜哉をみたあと、ちょっとはにかんだように笑った。

「……えーと、ありがとう」

「？　なんで、ありがとうですか？」

「いや。桜哉くん、なんべんも『かっこいい』って言ってくれたから。ちょっと照れるけど嬉しいなと思って」

また、目があってしまった。なんでこう、邦海と視線が絡むと声がでなくなるのだろう。

彼もどうして、なにも言わなくなるのだろう。

（そんなに何度も、かっこいいって言ってたっけ？　……言ってたかも。だって、ほんとにかっこいいし）

邦海の切れ長の目は、深い紅茶の色だ。透明で赤みがかった茶色のそれを眺めているうちに、桜哉はふっと現実が遠ざかるのを感じた。

深く考えるより早く、ぽろりと、あれからどうしても訊きたかったことが口からでていた。

「……どうして、あのときキスしたんですか？」

邦海は軽く目を見開き、桜哉は、自分の口走ったことにはっとなる。

「ご、ごめんなさい」

前振りもなにもない、突然の質問に自分で驚いてしまった。反射的に謝ると、邦海はもうすっかり見慣れてしまったやさしい苦笑で「なんで謝るの」と言った。

「むしろ、いままで追及されないでいたほうが不思議だったけど」

「いや、だって、あの場の勢いなのはわかってたんで」

「じゃあ、なんでいま、訊いたの？」

ごめんなさい、と言いかけて、桜哉はなにかが変だと思った。

そもそも行きがかり上とはいえ、勝手にキスをしてきたのは邦海のほうだ。そして彼は、修羅場に巻きこんだこと自体は謝っていたけれど、あのキスについてはいっさいコメントしていない。

しかも、なんだかちょっと強気なふうにかまえて、じっと桜哉の返事を待っている。

「えっと……」

どんどん顔が赤くなってきて、桜哉は両手を膝の上で握ったまま身を縮めた。頭が真っ白になって、なにを言えばいいのかわからなくなる。

　邦海が手を伸ばしてきて、人差し指と中指の背でそっと桜哉の頬を撫でた。

「……いやだった？」

「いやとか、そんなんじゃ……わけ、わかんなかった、だけで。でも、い、いきなりあれはどうなのかなと」

　テーブルに身を乗りだした邦海が顔を近づけ、ふふっと笑う。コーヒーと、邦海の香水の香りが鼻先に漂って、なんだかくらくらした。

「うん、いきなりで失礼だったのはわかってるんだよね。でもなんでかなあ、謝る気になれないんだ、あれだけは」

「ど、どうして」

「どうしてかな」

　するすると頬を撫で続けている邦海も、すこしぼんやりした表情をしていた。

「桜哉くんの唇が、キスしたくなるかたちだったから、かな」

「か、かたちって」

「アヒル口。ぷくっとしてかわいい。俺こういう唇、好き」

　かすかに吐息の混じった声でそう告げられ、鼓動が跳ねた。頬を包んだ手からあまった長い親指で、ほんの一瞬、唇をさわられたときは、胸がつぶれるかと思った。

どきどきした、などというかわいらしいレベルではなく、心臓を鷲摑みにされて無理やり血液を送りだされているような、そんな激しい高鳴りだった。

(なに、なんで？　変だよ、こんなの)

自分たちは同じ相手を好きで——本来ならライバルでもあったはずだ。なのに、その相手に同じ裏切りを受けた同士であるせいか、妙な連帯感を覚えている。

たしかに邦海はとてもいいひとだ。筋が通っていて信頼できる。まだ出会って五日目、顔をあわせるのはやっと二度目だけれど、それくらいはわかる。

でも、こんなふうに頰を撫でるのは、なんだか違う気がする。だったら振りほどけばいいのに、撫でられるままになっている自分もよくわからなくて、桜哉は目を伏せた。

「さっきもなんで、肩、抱いたりしたんですか？　誤解だって言えばいいのに」

「それで徳井に利用された話、するの？」

ずばりと突っこまれ、桜哉は口ごもった。ばかばかしいくらい舞いあがって、天野たちに盛大にのろけたあとだけに、それはものすごく言いづらい。じっさい数日間、彼女らに連絡しなかったのは、そのせいもあった。

「あの様子だと、名前とか細かいことまでは話してないんだよね？　だったら誤解させておけばいいんじゃないかな」

「だってそんなの嘘だし」

「嘘にしなきゃ、いいんじゃない？」

え、と顔をあげ、とろりとした紅茶色の目を見た瞬間、桜哉は吸いこまれそうになって息を呑む。邦海は、そんな桜哉の反応に満足そうに笑い、いたずらっぽく頬をつまんだ。

「つきあっちゃえばいいんじゃない？　俺ら」

「ふえ……？」

桜哉の頭は今度こそ真っ白になる。邦海の長い指のもたらす軽い痛みだけが、いまが現実であると教えてくれる唯一のものだった。

＊　＊　＊

桜哉は、それからどうやって家に戻ったのか記憶がなかった。

姉夫婦には契約書の件を報告したため、桜哉がぼうっとしていても、突然のいい話にふわふわしているのだろうと微笑ましく見守られた。

「小島さんの会社、一応調べてみたよ。いま、あの手の会社は大量にあるけど、母体が大手の音楽配信やってる会社みたいだし、問題はないと思う」

元晴はさっそく邦海の名刺から会社の規模や信用度なども調べあげていたらしく、「ここなら問題ないと思うよ」と太鼓判を押してくれた。

「契約書には一応目を通しておく。きみもちゃんと読んで、わからないことがあるなら、あとで説明してあげるから」

「ありがとうございます……」

もそもそ言う桜哉の反応の鈍さに、「むずかしい話して、疲れたんでしょう」と瑞喜が苦笑した。

「きょうは早く寝なさい。お母さんが仕事から帰ってきたら、あたしから報告しておくから」

よろしく、とかなんとか言った気もするが、言わなかったかもしれない。とにかく頭が飽和状態で、桜哉は二階の自室にあがるなり、ばったりとベッドに倒れこんだ。

「なんだこれ……」

返事は保留でいいよ、と言われた。ゆっくり考えればいいらしい。だがぐるんぐるんの頭のなかは、およそ『ゆっくり』などという表現が似つかわしくない状態だ。

――つきあっちゃえばいいんじゃない？　俺ら。

(いや、だって、会ったばっかかだよ)

――徳井には一目惚れで、ほとんど会わないまんま、好きだったんだろ。

(英貴さんは何年も知ってたし、一応、元晴さんの親戚だし)

――でも、再会してからは二カ月、会った回数は八回で、それも一時間かそこらだろ。だ

とすると、せいぜい十時間。そんなのすぐ挽回できるよ。

(ひと晩いっしょにすごしたし!)

――俺ともひと晩いっしょにすごしたよね?

脳内で再現するのは、あのあと交わした会話だ。きれいな顔をにこにことさせ、あまい声のやさしい口調の邦海は、とんでもない押しの強さを見せた。

――累計した時間が必要なら、とりあえず二カ月、お試しでつきあってみない?

どうしてそうなる、その理屈はおかしい。時間が必要とかそういうことじゃない。

(だって邦海さん、ぼくのこと好きでもなんでもないじゃないですか!)

でもでもでも、と目を白黒させている桜哉に、邦海がとどめをさしたのはこの一言。

――もう一回キスしたいかなあと思う程度には好きだけど。

あげく、またもや指先でちょいと唇をつつかれ、そのあとの記憶は、玄関の鍵を開ける瞬間まで吹っ飛んだ。ほとんど帰巣本能だけで自宅にたどりついたようなものだ。

「ど、どうすればいいの、これ……」

意味もなく枕のしたに頭をもぐりこませ、端を両手で摑んで押さえこむ。混乱しているし、ものすごく恥ずかしい。けれどいやではない。でもなんだか、なにかおかしい。

うんうんうなっていると、携帯電話の着信音がした。びくっと震えた桜哉がおそるおそる手に取ってみると、それは邦海からの電話だった。

（どうしようどうしよう）

ぐるぐるしながらも無視することはできず、思いきって通話をオンにする。

「もしもひっ！　……いった！」

思いっきり嚙んだ舌の痛みに耐えていると、電話口からは喉の奥で笑う、くすぐったいような声がする。

『ごめんね、無事に帰れたかなと思って。さっきの奇声はなに？』

「ぶ、ぶじでふ。ごめんなさひ、ひた《舌》嚙んじゃったんれ」

口を押さえながらもそもそと言うと、さらに邦海の笑いが深くなる。しばらくの間、聞こえてくるのは彼の笑い声だけで、桜哉はむうっと顔をしかめた。

「笑いすぎです……」

『あはは、ごめん、はは、あー、かわいいなあ』

失礼だと思うのに、笑い混じりのかすれた声でそんなことを言うからどきっとした。また顔が赤くなっていくのに気づいて、桜哉は自分の頰をぺちりとたたく。

「んん、あの、義兄にさっきの書類渡したので、見てくれるそうです」

『ふふ、そうか。説明してもらって、自分でもちゃんと確認してね』

邦海はまだくすくす笑っている。耳がくすぐったくて、桜哉はもぞもぞと身じろいだ。

大人の男のひとが、笑いながら話す声を電話で聞くのは、なんでこんなにあまったるい感じがするのだろう。そう考えて、徳井は一度として桜哉の前で、あの出会った日のような笑いを見せることがなかったのだと気づいた。

そして桜哉が好きだったのは、あの四年まえの結婚式の日、あまく笑ってくれた彼だった。

（それって……）

なにか、自分にとって重要なことに引っかかりを覚えた桜哉が黙りこむと、邦海はすぐに気づいて問いかけてくる。

『どうしたの？　眠い？』

「あ、いえ、なんでもないです」

あわてて告げると、『そっか』と邦海はちいさくつぶやくように言った。ただの相づちなのに、力の抜けた、すこしかすれたような声に鼓膜が震え、脈拍が速くなる。

『あのね、きょうの話は急《せ》かさないから、ゆっくり考えて』

「あれって、あの、その、本気で」

『冗談でこんなこと言うほど悪趣味じゃないから。……ってこういうこと言うのも、急かすのと同じかな』

どう返事をしていいかわからない桜哉を察したように、邦海はまたくすくすと笑い、声のトーンを変えてこう言った。

『それとね、ひとつだけお願いがあるんだけど』

「な、なんですか」

『じつはさっき連絡があって、桜哉くんの一件、徳井の会社としても責任追及することが会議で決まったって報告を受けた』

桜哉はぎくりとして、居住まいを正した。

『徳井は厳重注意と、減俸処分になるらしい。立場があれば降格もくらっただろうけど、あいつ平社員だからそれはなし』

ただし、今後は彼が担当していた仕事は取りあげられるだろうと邦海は言った。

「なんか、すごい厳しくないですか？」

『やさしいくらいだよ。こちらが知らなかったとはいえ、コンテンツの無断使用については、この手の業界じゃ言語道断だからね。あとからばれたら訴訟モノの話になりかねない』

デジタルデータは盗用や盗作がかなり安易にできてしまうだけに、著作権の管理には厳しいモラルが必要となる。孫請けが持ってきたから、という言い訳は通じないのだと、邦海はあらためて桜哉に説明した。

「わかり、ました。でもあの、お願いってなんですか？」

『徳井の電話はとらずに、できれば着信拒否設定にしてくれないかな』

「拒否ですか」

もしかしたら、桜哉から取りなしてくれとか、口裏をあわせろという連絡がはいる可能性がある。それは避けたいのだと邦海は説明した。

『借金に関しても、元晴さんのほうと俺との双方で取り立てる予定だ。法的にややこしいこともある。会社のことは会社で始末しなきゃいけないことだし、いまさらごまかしはきかないんだけど、あいつはあさはかだから、なに考えるかわからない』

ハプニング続きでうっかり忘れていた、胸の痛みがよみがえる。つけこまれ利用された悔しさと失恋の哀しさが入り混じったそれは、本来の桜哉なら耐えがたいほどつらいもののはずだった。

けれど、その現場に居合わせてからずっと気遣い、やさしくしてくれる邦海の存在のおかげか、思ったほどにはつらくない。

『面倒なことに巻きこみたくないんだ。桜哉くんにとっては、いやな話だろうけど』

「いえ、そうします。ぼくも……しばらく英貴さんとは、話とかする気分じゃないですし」

邦海はその返事に、ひどくほっとしたように『そう、よかった』と言った。いろいろ大変なんだろうなあ、と暢気なことを考えていた桜哉は、不意打ちの台詞に絶句する。

『あとまあ、口説いてる男としては、違う男と接触持ってほしくないのが本音』

「く、くどっ……さっき、急かさないって言ったじゃないですかっ」

『返事は急かしてない。でも、妬《や》けるだろ』

「妬けるって、それ、どっちになんですか……」

うっかり忘れそうになるけれども、邦海も徳井のことが好きだったはずだ。なのにどうしてこんな展開なのだと混乱していた桜哉の耳に、『どっちって、そりゃあいつにだろ』と、きっぱりとした声が聞こえる。

『正直、あのときに愛想も情も尽きたからねえ。いまの俺のターゲットは桜哉くんだし』

「ターゲットとか、なんか、その、変です」

思いのほかはっきり言いきられ、その声に嘘を感じないことにも驚いた。あんなに怒っていたのに、もう割りきってしまえるのだろうか。

(大人だからなのかなあ)

桜哉はさすがにまだ、切り替えられない。いま、そこまで嘆いていないのも、ある種の逃避で考えるのをやめているからだという自覚はさすがにあった。

(なんか、よくわかんなくなってきちゃった)

考えこんでしまったため、言葉がでなくなる。しばらく黙ってつきあってくれたあと、『もう切るね』とやさしい声で邦海は言った。

『最後にややこしい話でごめん。いろいろあって疲れたと思うから、ゆっくりやすんで』

「わ、わかりました。おやすみなさい」

まだ痛む舌でもそもそと挨拶《あいさつ》をしたけれど、電話が切れる気配がない。あれ、と思っていると、また邦海の忍び笑いが聞こえた。

『ね、そっちから切って』

「え、なんで」

『ふつうはかけたほうが切るのがマナーなんだけど、お客さまとか目上の相手の場合は、そっちに切ってもらうのがマナーなのね』

「え、それじゃ、逆じゃないですか」

年上だし、待ち受けを買い取ってくれた邦海のほうがクライアントにあたるのではないかと桜哉は思った。けれど邦海は『気持ちの問題』と言った。

『俺的に、桜哉くんのほうが尊重してる相手なので、そっちからでどうぞ。次におやすみって言ったら、切ってね』

「あっ、えっ、わかりました。あの、お、おやすみなさい」

『ん、じゃあね……おやすみ』

ふわんとしたソフトな声を聞かされたあと、桜哉はあわてて携帯電話を耳から離し、そうっと指先で通話をオフにした。

(と、とんでもないよ、このひと)

邦海の糖度過多な対応に、もう桜哉の頭はぐらんぐらんだ。

姫ちゃんなどと呼ばれているのは名前のせいばかりでなく、本物の乙女もあきれる乙女思考だからだ、とストレートな天野に言われたことがある。

――姫ちゃんてわっかりやすいの好きだよね。口のうまい男にだまされないか心配。

あげくにはそんなことまで言われてしまって、そのときは拗《す》ねたりしたのだが。

「な、なんで顔赤いんだよ。なんで、こんな……」

心臓が飛びでるかと思うほどにばくばくしている。耳の奥にはさっきの『おやすみ』という吐息混じりの声が何度もリフレインして、桜哉はまたベッドに突っ伏してじたばたしていたけれども、ふたたび鳴り響いた携帯の音に身をこわばらせる。

(まだ、着メロ解除してなかったんだ)

徳井だけの設定音。確認のために画面を見ると、【徳井英貴】の表示がある。たったいま着信拒否にしろと言われた彼からの電話だった。

せっかく忘れていた苦い気持ちがこみあげ、桜哉は唇を噛む。

何年も好きだった相手をそう簡単に思い切れるわけもなく、本当はすこし迷った。けれど、口のなかで痺《しび》れるような舌の痛みが、さきほど邦海と交わした約束を思いださせてくれた。

音楽がとぎれ、留守番電話に切り替わる。

ぎゅっと、自分のシャツの胸もとを摑んだ桜哉は、じくじくした痛みを思いだし、それが膿《う》んでしまうまえに、手早く設定画面を開き、電話、メールともに着信拒否をした。

「……これで、おしまい」

たったそれだけの作業だけれど、自分の気持ちごと拒否した気がして軽く落ちこむ。それでもあの日、殴られて泣きべそをかいている徳井を見た瞬間のむなしさよりはずっとマシだった。

子どもだった桜哉が抱えた恋はもう、あの瞬間とっくに失ったのだから、泣く必要などどこにもない。

それでもほんのちょっとだけ、ばかな自分の思い出と悔しさのために、涙がでた。

＊　＊　＊

インデザインの特別講座は初回は逃したものの、概要の説明がほとんどだったらしく、二回目からの講義で充分ついていくことができ、桜哉はほっとしていた。

特別講座が終わり、帰り支度をする学生たちはなんとなく浮かれた雰囲気がある。あちこちでプレゼントのラッピングらしきものを見つけてやっと気づいた。

(あ、きょう、ホワイトデーだった)

ラブイベントのせいで実習室がざわついているなか、桜哉は近づいてくる足音を聞いた。

「おまたせ、姫ちゃん。もういける？」

快活な声の天野にうなずいて、桜哉は「ごめんね」と小声で言った。

邦海に突然のアプローチをされてから、一週間が経過していた。その間、どうにかふつうにやりすごそうと思っても、悶々《もんもん》としていたたまれず、悩んだ末に天野にメールしたのは昨晩のことだ。

【ちょっと相談したいことあるんだけど、あした聞いてくれる？】

一分後には【ＯＫ、特講あとに】という返事が帰ってきて、桜哉は胸を撫でおろした。

「えっと、三河さんたちはだいじょうぶ？」

「三河はこのあと補講受けるらしい。長家は彼氏とデートだってさ」

よかった、と桜哉は胸を撫でおろす。申し訳ないが、今回の話は天野ひとりにだけ打ち明けたいと思っていたからだ。

「天野さんは、ホワイトデーだけど用事ないの？」

「いまは彼氏いないし。だいたい、バレンタインだって、長家以外は友チョコ交換会だったじゃん」

言われてみればそのとおりで、一カ月前のバレンタインデーはなぜか桜哉からもチョコレートを提供する羽目になり、イベントはそっちのけ、季節限定商品の食べ比べ会だった。

「さて。学校のなかじゃないほうがいいよね。マックかどっかいこうか」

女の子に仕切られる形なのはいささか情けなかったが、ふだんつるんでいるグループのなかでいちばんリーダー格なのは彼女だ。

「いつもごめんね」

「あん？　なんもー」

きれいに手入れした爪をひらひらさせて、天野はかかっと笑う。見た目はけっこうな美人だけれど、このさばさばした気さくな性格で、男女問わず人気が高い。友人は皆、頭もよくて度胸があり、即決即断の天野をなにかと頼ってしまっている。

そもそも桜哉のカミングアウトは、自分から言いだしたというより、桜哉の雰囲気から天野が言い当てたことによるものだった。入学したあとの最初の授業でたまたま隣の席に座り、なんとなくつるむようになってすぐのころ、ふたりだけで話していたときずばっと言われた。

――あのさ。姫ちゃんて、そっちっしょ？

なんでわかったの、と問えば、「うち、兄貴がそっちだから」とけろんと言っていた。あとになってばれて友情を失うのはいやだろうと、カミングアウトをアドバイスしてくれたのも彼女だった。

――代わりに、あたしもいっこ秘密教えてあげるよ。じつは、二十三歳なんだよね。

大学では文系を専攻し、ふつうに卒業したのだが、なんとなく勉強し足りない気がした。いろいろ考えた末、デザインを学びたいと思ったのだそうだ。

――兄貴の彼氏がＩＴ系のひとでさ。おもしろそうだと思ったけど、理系はちょっと向いてないんで、ＷＥＢデザイン方面ならまだいけっかなーと。

そんな理由で勉強し直しだという彼女は、年上だけあってかなりしっかりしている。そのため、ほかの友人よりも桜哉が頼りにすることは多かった。

外にでてしばらくうろうろしていたが、昼時とあって赤と黄色のロゴで有名なチェーン店は満席だった。

「マックいっぱいだね。あっちでいい？」

空いていたのは、いささかマイナーなファストフード店だ。値段もすこしばかり高いため、比較的空いているその店にはいり、どうにか奥の席を確保できた。

「んで、どうしたわけよ」

ここはおごります、と申しでたためか、彼女はトッピングの違うハンバーガーふたつとポテトのL、コーラのLサイズをごっそりトレイに載せている。桜哉はそこまで食欲がなかったので、カフェオレを頼んだのだけれども、先日邦海といっしょにいった店の味とは天と地ほども違い、同じ名前なのは詐欺だよなあ、とこっそり思った。

「ひーめちゃん。ひたってないで話」

「あっえっ、ごめん！」

じゅるじゅるとコーラをすすった天野にうながされ、桜哉はあわてて話しだした。

「えと、じつはあのとき会った邦海さんは、もともと、ぼくが好きだったひとじゃなくて、ほんとは徳井英貴さんっていうひとがいて……」

誤解や徳井の件——言いにくいけれど、寝たあとにその事実を忘れられてしまったこと、だまされ利用されたことも含め、つきあおうと言われるまでに至ったもろもろの事情をすべて話した。

「一週間、ひとりで悩んでたんだけど、その間もずっと連絡くれてて。急がないけど、口説くのはやめないって言われて。ほんとに、どうすればいいかわかんなくなって」

長い時間をかけて語る桜哉の話に口をはさまず、ハンバーガー二個を食べ終えた天野は、妙に納得した顔でうなずいた。

「で、あたしに相談したくなったと」

桜哉が「はい」とうなずき、天野はハンバーガーの最後のひとくちをコーラで流しこんだあと、ふん、と大きく息をついた。

「なるほどね。道理で、話に聞いてたのと印象違うなあと思ってたんだ」

「えっ、だって、天野さんが最初に、あのとき言ったんじゃ」

驚くと、天野は包み紙をきっちりたたみながら「違う違う」と苦笑した。

「あたしは『デートなのか』って訊いただけだよ。姫ちゃんがずっと好きだった相手とか決めつけたのは、ながぽんたちでしょ」

言われてみればそのとおりだ。いっしょにするなと睨まれ、桜哉は首をすくめる。

「あとさ、まえにクラブで見かけた男と、どうも顔が違う気がしてたんだよね。暗くて見間違えたのかな、とは思ってたけど」

桜哉は「あ」と声をあげた。そもそも徳井と再会したゲイイベントの催しのあるクラブに連れていってくれたのは天野だったのだが、彼女は思いもよらないことを言った。

「ほんと言うと、姫ちゃんの不毛な片思いは早いとこやめて、新しい相手見つけるほうがいいと思ってたから。やっとその気になったかあ、と思ってたんだけど」

「そ、そうなの?」

「んー……じつは、姫ちゃんがその、徳井? アレと再会したんだって言ってたあと、しばらく話聞いてて、それ本当につきあってんの? って思ってたんだよね」

メールの返事はろくになし、会うのは週に一度だけ。呼びだしはいつも一方的、しかもたびたび酔っぱらった状態で、どうもおかしいと天野は思っていたそうだ。

「姫ちゃん、あのころまだ十八だったじゃん。そりゃ、専学とか大学なら、つきあいの飲みもあるっちゃあるよ。けど、いい年した大人がべろべろになって未成年の子を呼びだすのはどう考えてもおかしいっしょ」

頭のいい彼女には、違和感が丸見えだったと言われ、桜哉は目からうろこが落ちるような気分だった。

「つか、いまごろ言うなって話だよね。楽しそうだったから水さすのもなあ、と思って言えなかったんだ。あーくそ。そんないやな目に遭うくらいなら、さっさと止めればよかった」

天野ががりがりと頭を掻いて詫びるのを、桜哉はあわてて止めた。

「そんな。ずっと話聞いてもらって、相談にも乗ってくれて、ほんとに感謝してるよ」

「肝心のときに役に立ってない相談とか、意味ないし！」

自分に腹がたつ、と天野は怒っているけれど、桜哉はそんな彼女を責める気持ちなど毛頭なかった。浮かれている桜哉を気遣い、心配してくれていたのは事実だし、黙っていたのもまた友情からなのだと思う。気を遣わせて、申し訳なく思うばかりだ。

「天野さんが話聞いてくれたから、すごく楽だったよ。三河さんとか長家さんにも、天野さんから水を向けてくれたおかげでカミングアウトできたんだし」

感謝していると伝えたところ、彼女は「べつに、なんもしてねーし」とぶっきらぼうに言った。面倒見がいいけど照れやなんだよな、と桜哉は微笑ましく思った。

「まーとにかく、邦海さんとどうするか、がいまの姫ちゃんの悩ましいところ、と」

「う、うん。そう」

本題に戻ったところで桜哉が背筋を伸ばすと、「んん」とうなった天野は思いがけない質問を投げてきた。

「いっこ確認したいんだけどさ。邦海さんって、タチのひとなん？」

「え？」

冷めかけたポテトをもりもり食べながら、天野はさらっとディープな話をしてのけた。

「ゲイって圧倒的にネコとかウケ、っつか女役？　のほうが多いんだって。姫ちゃんも完全にそうだよね。女になりたいわけじゃないけど、男に抱いてほしいほう」

「う、うん」

きわどい話題になったため、桜哉は赤くなる。天野はすこし呆《あき》れた顔で、「だからこの程度で羞《は》じらうなよ」と軽いげんこつをくれた。

「自分でさっき言ったんじゃん。徳井のばかが姫ちゃんに突っこんだのは事実だろ。あたしが訊きたいのは、それとつきあってた邦海さんもネコなんじゃねえのって話」

「あっ」

つきあおうと言われたことで完全に失念していたが、言われてみればそのとおりだ。そもそも、最初に邦海を見たときに、ずいぶん自分とタイプが違うと思ったのは桜哉自身だ。

「どうも話聞いてると、徳井って昔はノンケだったっぽいじゃん。彼女いたみたいだし。カムフラージュじゃないんだろ？」

「う、うん。元晴さんも、そもそも英貴さんはその気《け》がないだろうからって、逆に安心してたみたいで……」

単に親戚相手に隠していた可能性はあるとは考えにくい。なにより桜哉自身も彼はノンケだと思っていたから、徳井とあのクラブで再会したとき、本当に驚いたのだ。

「うーん、まあ、リバの可能性もないわけじゃないか。おいおいわかればいいのかな」

「あの、でも、なんでそんなこと訊くの？」

うなった天野におずおずと問えば、「考えすぎかもだけどさあ」と天野は言った。

「エッチ方面の不一致って、けっこう大変らしいじゃん。需要と供給が嚙みあってなくて、抱いてほしいけどタチがいなくて我慢してるって話、聞いたことあってさ。そっから不満がたまると、別れ話になったりすんだって」

「え……」

「あと、あちら方面のニーズって多種多様だからさ。自分よりかわいい子に突っこまれたい、ってひともいるらしいし。邦海さんがウケ希望だったりした場合、姫ちゃんはできんの？」

想定外のことを言われて、桜哉は頭が真っ白になった。答えられずにいると、天野はどんどん話を具体化していく。

「単純に突っこむ突っこまないはなしにしてもさ、こう、気分的に『抱いてあげる』とかって、そういう可能性はあり？」

「かっ、可能性って、だってまだ、つきあおうかとか言われて、どうしようって段階で」

「いやだって、相手大人でしょ？　いずれそういう展開ありに決まってるし。考えてから答えないと、あとで困るんじゃないのかな」

天野はディープな話の最中にも、ポテトをぽいぽいと口に放りこむのを止《や》めない。いっさい動じた様子もない彼女とは違い、桜哉の頭は真っ白だ。

（ぼくが？　邦海さんに？　するの？）

そしてふと、邦海は徳井に抱かれていたのだろうかと想像したことを思いだした。たぶんきっと、きれいだったんだろうとか、ちょっと具体的にイメージしてしまったことも。

全身が、かっと熱くなった。桜哉の顔が真っ赤に染まっていくのを眺め、「ほー」と天野は目を細める。

「その顔は、まあ、いやではないってことかなあ」

「あ、あうあ」

百面相を観察されたあげく、勝手に結論をだされてしまった。桜哉は両手を顔にやってうつむき、煩悶した。

「わ、わかんないっていうか、ま、待って、頭パンクしそう」

「んーまー、姫ちゃんみたいな乙女にはキツい話だったかな」

自分でふっておいて、あっさりと取り下げた天野は、ポテトの最後の一本を片づけると、コーラの入った紙コップの蓋《ふた》をあけ、氷をがりがりと噛み砕いた。

「変なこと言ってごめん。ただの杞憂《きゆう》かもしれないしね。そのへん、あたしも聞きかじりで、ほんとに詳しいわけじゃないからさ」

「いや、充分詳しいと思う……」

桜哉もネットの世界でいろいろと知識を仕入れたとはいえ、セックスに絡んだなまなましい部分については、恥ずかしいのとうしろめたいのでなんとなく避けてしまっていた。そんな桜哉に較べると、天野のほうがよほど事情通だ。

「あの、お兄さんとそういう話、するの？」

「いや、情報源は兄貴が常連のゲイバーのマスター。花散《はなちる》ミチルって知ってる？」

「えっ、あのひと知りあいなの⁉」

花散ミチルは一時期流行《はや》ったオネエ系タレント総出演番組で、濃いキャラとやや辛口だがあたたかいコメントで人気になった人物だ。番組が終了後はとくにタレント活動はせず、本業のバーの経営に戻ったそうだが、ごくたまにゲストでラジオやテレビにでることもある。

「知りあいってほどじゃないよ。たまたま、そのひとがくるパーティーに連れてってもらっただけ。まだジョシコーセーだったからさ、怖いもの知らずでがすがす突っこんだら、相手も強者《つわもの》で、包み隠さず教えてくれたんだよね」

とんでもない人脈を持っていることをけろりと打ち明けられ、桜哉は「ふええ」と変な声をだしてしまった。天野は「ま、それはおいといて」と横道に逸れた話を軌道修正する。

「さっきも言ったけど、姫ちゃんが片思いでぽーっとしてるうちはさ、よけいなこと言わんでおこうと思ったわけよ。けどそれで、初体験がひどいことになったじゃんか」

「あの、でもそれは、天野さんのせいじゃ」

桜哉の反論を黙殺し、天野はさっくりと言いきった。

「でもさ、じっさいのおつきあいって、大抵は失望もセットだし。やなことも多いよ。二十代の恋愛はとくにね、セックスの問題ってけっこう比重でかいし」

年上らしく諭すような言葉に、桜哉は顔をあげる。考えてみると彼女は自分よりも、邦海や徳井に歳《とし》が近いのだ。一理あるのかも、とうなずきかけたところで、天野はまた爆弾を落としてくれた。

「あとまあ、これすごーくよけいなお世話だけどさ、姫ちゃん、徳井より邦海さんのほうが、よっぽど恋愛の意味で意識してると思うんだけど」

「えっ、な、なんでっ」

「さっき、やれんのかって突っこんだとき、相当うろたえてたから。考えたことあるっしょ、エッチのときどんななんだろとか」

このひとはエスパーなんだろうか。考えが顔にすべてでている自覚はないまま桜哉が口を開閉させていると、天野はにやりと笑ったあとに真顔になった。

「徳井のことはさ、まあ、好きだったんだと思う。でもあのころの姫ちゃん、こういうエロネタがふれる感じじゃなかったんだよね」

「そ……そうなのかな」

「うん、ほんとに乙女全開で。そのうち手編みのセーターでも編むんじゃねえのとか思ってた、あはは」

いくらなんでもそれはと思ったが、否定できる立場ではなく、桜哉は黙りこんだ。

「ま、ゆっくり考えろって言ってくれてんだから、ゆっくり考えたらいいんじゃない？」

「う……ん」

なんだか釈然としないまま、桜哉はうなずいた。

急に邦海を意識している自分に戸惑っているのも事実で、否定はできない。けれどあまりにいろんなことがいっぺんに起きて、なにをどうすればいいのかわからない。

「自分で、決めることなんだよね」

つぶやくと、がりがりと氷を噛んでいた天野は、さらりと言った。

「それがわかってるなら、いいんじゃないの」

＊　＊　＊

邦海に対し、つきあうことを決めたと返事をだしたのは、天野に相談したその翌日。

あくまでも自分で決めるのだと理解し、熟考した末のことだった。

『え、ほんとに？　つきあってくれるの？』

電話で結論を告げると、邦海はひどく嬉しそうで、桜哉はなんだか申し訳なくなった。

「は、はい。でもあの、好き、とかはまだ、よくわかってないんですけど。二カ月、まずは、お試しでいいからって言ってくれたんで……」

『うん、それはわかってるからいいよ。徐々に好きになってくれれば』

ゆっくり待つからと言われ、なんとなく顔が赤くなる。桜哉がもじもじしていると、邦海は気遣うような声で『それとね』と言った。

『例の検査だけど、一応あいつも問題はなかったそうだから』

「あっ、もうわかったんですか」

『うん。俺が知りあいの病院に連れていったんで、こっちにも連絡くれるように頼んでおいた。だから間違いないよ、安心して』

邦海の報告に、内心ではかなり心配だった桜哉は心からほっとした。よかった、と胸を撫でおろしていると、邦海は苦い話題を切りあげるように声のトーンを変えた。

『じゃ、心の重石も取れたところで、デートしよう』

「デ、デートですか」

『うん。まずはもっとちゃんと知りあわないとね。そのためにはいっしょにいなきゃだめだろ？　いつなら都合がいい？』

「いま、春休みだし。講座があるとき以外は、用事はないです。邦海さんにあわせます」

『バイトとかはしてないの？』

問われて、うっと桜哉は言葉につまった。沈黙に悟ったのだろう、邦海はため息をつく。

『もしかして、徳井にバイトやめろとか言われた？』

「言われた、わけじゃないんですけど。いつ呼びだされるかわからなかったから」

相手の都合にあわせるため、時間が拘束されるアルバイトはやめるしかなかった。一度、シフトがあると断ったら、ひどく不機嫌になったからだ。邦海は苦笑こそしたけれど、そのことについて非難めいたことは言わず、『どういうバイトだったの?』と問いかけてきた。

「姉の知りあいの洋菓子店で、お手伝いしてました。レジとか、イートインもあったんで、ウエイターみたいなこと、とか。あ、でも、もともと忙しいときだけって感じだったから」

いいかげんなことをしたと思われたくなくて口早に言うと『じゃあ、またお手伝いすることもあるのかな』と邦海はやわらかくつぶやく。

『ちゃんと用事があるなら、断ってくれていいからね。将来的にどんな仕事に就くにせよ、接客を経験しておくのはいいことだし』

「は、はい」

『はは、いいこのお返事だ』

くすくすと笑われて、桜哉が赤くなっていると『ところで、お姉さんかお義兄さん、いるかな』と訊《なず》ねてくる。

「いますけど、なんでしょうか」

『契約の件で、ちょっと補足説明があるんだ。次に作成してもらう待ち受けの契約に、保護者の承認もらわないといけないんで……いらっしゃるなら、おうちの電話にかけなおすよ』

そのあとは、週末のデートの待ちあわせ場所と時間を決め、詳細はメールで送ると言われて電話を切った。数分も経《た》たないうちに家の電話が鳴り響き、階下で姉の声がした。邦海からの連絡だろうと察して、桜哉はぱたんとベッドにひっくり返る。

「……デートかあ」

あんなにきっちり段取りを踏んで誘われたのは、はじめてだ。憧れてはいたけれど、いざあらたまって言われると、とても恥ずかしいものなのだなと思った。

それにしても邦海はまめだ。つきあおうと言われてからきょうまできっちり一週間、メールも電話も欠かさずあった。適当に開いたメールのやりとりは、たわいもないものだ。

【桜哉くんのお姉さん、瑞喜さんって言うんだよね。字は違うけど、あれってハナミズキから？　もしかして姉弟みんな、花の名前？】

【そうです。生まれ月にちなんで、父が菖蒲《しょうぶ》から尚武《しょうぶ》、一番目の姉は菘《すずな》からとって鈴菜《すずな》です。本当ならぼくは桃の季節なんだけど、亡くなった祖母が桃《もも》だったので、ちょっとずらして桜になりました】

プレッシャーをかけるような内容ではなく、日常的な話やその日あったおもしろいこと、邦海の仕事のことを教えてくれた。むろん桜哉が学校でなにをしているか、ともだちとどんな話をしたかも、ちゃんと聞いてくれた。

徳井とつきあった二カ月より、もっとたくさんの話をしたように思う。

（なんか、不思議）

数日後には、初デートだ。そこでいったい、どんな話をするのだろう。不安もあるが楽しみで、桜哉はひとり、ふふっと笑った。

「なあーに、ひとりで笑ってるの」

いきなり声をかけられ、びくっと飛びあがる。部屋の入口にもたれかかり、腕を組んだ瑞喜がにやにやと笑っていた。

「お、お姉ちゃん。ノックくらいしてよ」

「しましたよ、何度か。んでさ、桜哉。小島さんとおつきあいするってほんと？」

桜哉は「えっ」と言うなり真っ赤になった。答えは顔から読みとって、瑞喜はにんまりと笑う。

「オッケーオッケー。元晴さんも心配してたけど、そういうことなら問題ないわ」

「そ、そういうことって、なにが、なにっ？　いつ言ったの⁉　あ、さっきの電話⁉」

「ええ、保護者にきっちりご連絡くださったわよ。週末、デートなんだって？　『責任を持ってお預かりします』ってさ。いいな、あたしもひさしぶりに旦那とデートしよっかな」

てっきり契約書についての話だけだと思いきや、邦海は元晴を相手に交際の許可を求めたらしい。完全に埋まった外堀に、桜哉は「あああ」とベッドに突っ伏した。瑞喜はしばらくけらけらと笑っていたが、悶える桜哉の隣に腰かけ、そっと背中に手を置いた。

「……あんたこの間の夜、ほんとは英貴さんとなんかあったんでしょ」

びくっとした桜哉に、顔をあげなくていい、と教えるように姉は背中をたたいた。

「もう十九だし、つきあいに口をだす気はないの。詮索《せんさく》もしない。ただ、あいつのことだから、なにするかわからなくて心配だった」

あいつのひとあたりがいいのは見た目だけだし。苦々しく吐き捨てた言葉にこもる憎悪に似た感情は、姉がはじめて漏らしたものだった。

「お姉ちゃん、なんでそんなに英貴さんがきらいなの？」

桜哉が布団に突っ伏したまま訊ねると、姉は重たいため息をついた。

「四年まえ、あいつがあたしからもらおうとしたのは、お金だけじゃないってことよ」

「な……」

まさか姉にまで言いよっていたのか。がばっと顔をあげると、真剣な顔をした瑞喜がじっと桜哉を見つめていた。

「この話は元晴さんにもしてないから、秘密ね。ひとりでいるとき言いよられて……っつうか押し倒されそうになってさ」

「そんな、お姉ちゃん」

桜哉から見ても、瑞喜はかなり美人の部類にはいると思う。姫路家全員がそうであるように身長は低めだがめりはりのある体つきで、いわゆるトランジスタグラマーというやつだ。

そんな小柄な姉が、一八五センチの男に押し倒されたら。ぶるっと震えた桜哉に「だいじょうぶ、未遂だから」と瑞喜は笑った。

「頭きたから、思いきり股間蹴りつけてやったの。次はつぶしてやるって言ったら、それからしばらくはこなくなったけどね。数年経ったらしゃあしゃあとあんたに連絡とってきて、ほんとにつぶしてやろうかと思った」

「なんで、そんな……言ってくれたら、ぼく」

「……言えないわよ。わかるでしょ」

桜哉が憧れている彼に対し嫌悪感を剝きだしにすれば、夫にも言えずひとりで抱えた秘密に触れずにはいられない。目を伏せた瑞喜に、桜哉はどうすればいいかわからなくなった。

「ごめん、なさい」

「なんであんたが泣くの。泣き虫おーちゃん」

涙ぐんだ桜哉を、瑞喜は子どものころと同じ愛称でからかいながら両頰を思いきり引っぱる。「痛い、痛い」と桜哉はうめき、違う意味で涙目になった。

「だからさ。あたしはあんたが、あいつじゃなく小島さんとおつきあいするって聞いて、ほんとによかったと思ったの。あのひとはいいひとよ。信頼できる」

うん、と桜哉がうなずいたところで、姉はようやく手を離す。立ちあがったときには、彼女はいつもの勝ち気な笑みを浮かべていた。

「元晴さんは心配しすぎて挙動不審だけど、しばらく見逃してやんなさい。いまから娘ができたときの予行演習だって言っておくから」

「……だから娘扱い、やめて……」

引っぱられて赤くなった頬に両手を添えての桜哉の抗議を、瑞喜は一刀両断した。

「なに言ってるの、我が家でいちばんお姫さまな性格なの、あんたでしょ」

ついでにべちんと額をたたかれ、桜哉はまた「いたい！」とわめく。瑞喜は愛情のてんこもりになったいじめをほどこし、素直な反応に満足の息をついた。

「ブラコンの姉としてはですね。うちの姫君は、借金まみれの最悪のナンパ野郎じゃなくて、王子さまにさらってもらわないと納得がいかないんですよ」

「だから、姫とか変だし、邦海さんだって、お、王子……とか……」

王子はちょっと否定できない、かもしれない。邦海のきらきらのルックスにあまい声、スマートで上品な雰囲気は、たしかにそう言われてもおおげさではない。

もごもご口ごもった桜哉をまえに、瑞喜はにやにやした。

「かっこいいもんねーえ、小島さん。やさしいし大人だし、桜哉の大好きなタイプよねえ」

「う、うるさい。だいたい、ぼくのタイプとかなんで知って」

「あんたの好きな芸能人見てりゃわかるわよ。それにあのひとは、英貴さんみたいな張りぼてじゃないからね。オーラが違うのよ、オーラが。あんたも見る目養いなさい」

最後に毒を吐いた姉は「初デートがんばれ」と言い残して部屋をでていく。

残された桜哉は、どうして自分の周囲には、なにからなにまでお見通しの人間ばかりなのだろうかと、顔にでやすい自分を棚にあげてこっそり嘆くしかなかった。

＊　＊　＊

週末になり、日曜日。邦海との初デートの日がやってきた。

行き先は江ノ島水族館。もちろん邦海は「どこにいきたい？」とリサーチしてくれた。

いままでは徳井に呼びだされるばかりだった桜哉は、自分のいきたい場所を訊かれて、逆におたおたしてしまい、答えがでたのはデート前日の土曜日。

【水族館で、クラゲが見たいです。次の待ち受けのモチーフ、クラゲにしたいので】

後半の理由はかなり言い訳がましい気がしたのだけれど、邦海はあっさりＯＫだった。

「じゃ、あの、いってきます」

「いってらっしゃーい」

朝から車で迎えにきてくれた邦海と桜哉を見送ったのは、にやにやする瑞喜に母、そして微妙な顔の元晴だ。いちばん心配そうな顔をして、何度もちらちらと邦海を見ている。

「桜哉くん、気をつけていってくるんだよ。なにかあったら電話して」

「は、はい」

「八時には帰ってくるんだよ。もし遅くなるようだったら、さきに携帯に連絡を——」

「はいはい、お父さん、もういいから！　野暮《やぼ》言わないの！」

「まっ、まだ話が！　あっ、小島さん、ほんとに桜哉くんをよろしくお願いします！」

姉に耳を引っぱられながら家に戻される義兄も、この日はたしか夫婦プラス母でお出かけのはずだ。しかし桜哉の初デートで、それどころではないらしい。「承りましたので、ご安心ください」という邦海の声を聞いて、やっと玄関の扉を閉めた。

「……なんか、すみません。騒がしくて」

「いや？　いいご家族じゃない。大事にされてるんだね」

過保護ぶりが恥ずかしくなってうつむいていると、邦海が笑いながら「どうぞ」と助手席のドアを開けてくれた。エスコートされるのもまた新鮮で、姉の言った『王子』の二文字がちらちら浮かぶのを振り払いつつ、シートベルトをつけた。

「いまから出発すると、お昼ぐらいにはつくかな。逗子マリーナの近くにおいしい海鮮丼を出すお店があるから、そこで食事して湘南近辺ちょっとまわって、それから水族館にいこうか」

湘南付近はまったく不案内な桜哉は「おまかせします」と言うしかない。

助手席に乗ってのドライブは、とても楽しかった。カーナビもあるけれど、邦海は道を確認することもなくすいすいと車を走らせる。

「湘南、よく行くんですか？」

「学生のころ、しょっちゅう通った。ウインドサーフィン部にはいってたんで」

「え、サーフィンするんですか、すごい！」

「べつにすごくないよ。卒業してからは、ボードも持ってないし、レンタルするほどでもないかなと思って、ぜんぜんやってないけど……桜哉くんは、スポーツは？」

「……できると思いますか」

恨みがましい声をだすと「ごめん、思わない」と邦海が答える。ふざけてぶっ真似をした桜哉を笑った邦海に逆に頰をつついてからかわれたりしていると、途中で追い抜いていった車にクラクションを鳴らされて驚いた。

ぎょっとしてそちらの男四人が乗った車を見ると、なぜか中指を立てている。

「な、なにいまの」

「ああ……冷やかしだろ」

「えっ、冷やかしってなんで」

きょとんとした桜哉を横目に見て笑った邦海は、すぐに視線を前方に戻した。

「あのね、遠目に見ると桜哉くんて、たぶん女の子にしか見えないよ。で、俺らのやってたことって、はたから見たら立派なバカップルじゃない？」

桜哉は「あ」と口を開けて真っ赤になった。せいぜい兄弟のじゃれあいくらいに見えるだろうと思っていたのだが、傍目《はため》からはいちゃいちゃしてるように映るのだ。

「桜哉くんがかわいいから、独り身のあいつらはむかついたんだろ」

「むかつくって、ぼく男なんですけど」

彼らが本当のところを知ったら、ばかばかしくなるのではないか。眉をさげた桜哉に、邦海はなぜかふふんと笑った。

「でもカップルなのは事実だし、俺はかわいい子が隣にいるのはいい気分だから、ざまあみろって感じかな」

またもくらった邦海の『かわいい攻撃』に赤面した桜哉は、車中に満ちたあますぎる空気に煩悶しつつ、神奈川へと運ばれていった。

一時間ほどして、邦海の車は逗子マリーナのある小坪港《こつぼこう》にたどりついた。漁港のはずだがあまり生臭いにおいもなく、ちょっとだけ海を眺めたあとに邦海のお勧めの店へとはいる。

ちいさなそこは、一見ありきたりな定食屋のようだけれど、隣接した魚屋が直営していて、目のまえの海で捕れた新鮮な魚を使った料理は、感動的においしかった。

特選海鮮丼のセットを頼んだところ、桜哉の顔がはいりそうなくらいの大きなお椀《わん》にたっぷりのおみそ汁、めかぶとあえたサラダにおつけものもついている。海鮮丼はごりごりのサザエに甘エビ、タイ、イカ、マグロにウニイクラ、その他もろもろがどーんと載っていて、かなりがんばって食べないとはいらないボリュームたっぷりのものだった。

邦海も同じものにくわえ、カレイの唐揚げを注文していた。桜哉もつつかせてもらったけれど、からっとあがったカレイがこれまた美味だった。

「あー、揚げ物あるとビールほしくなるなあ。車あるから無理だけど」

「あの、じゃあ、今度は電車できませんか？　駅から遠いなら、バス使えばいいし」

せっかくならおいしく味わってほしいと桜哉が提案したところ、邦海はひどく嬉しそうに笑う。

「な、なんですか？」

「ん？　次の約束、桜哉くんから言いだしてくれたから」

だからそのあまい笑顔は勘弁してほしい。ただでさえおなかいっぱいなのにと、桜哉は行儀悪く箸《はし》のさきを噛んでしまった。

胃袋がはちきれそうになりつつ、逗子から江の島へと移動する。見慣れない海沿いの街を車窓から眺め、あちこちをまわって楽しみながら、ようやく本日の目的地である江ノ島水族館へと到着した。

展示ルートをたどり、まず向かったのはこの日の目的でもある『クラゲファンタジーホール』だ。解説には半ドーム式の空間はクラゲの体内をイメージしたものだ、とあり、照明を受けて青く輝く水で満たされた水槽に、桜哉はため息をついた。

「うわ、きれい。でも本当はクリオネ見たかったんですよね」

北にすむクリオネは展示時期が寒いころに限られるため、いまは見られないと桜哉が言えば、邦海はちょっとひとの悪い顔で笑った。

「クリオネの補食光景って、かなりえぐいよ。知ってた？」

知らない、とかぶりを振ると、邦海はわざらしくと低い声を作った。

「獲物が近づくと頭がばっくり割れて、触手みたいなのがどわっとでてきて、まるでエイリアンみたいに食べちゃうんだ」

「え、うそでしょ？」

「ほんとほんと。どっかにないかな……食べてるやつ」

携帯をとりだした邦海は、動画サイトを呼びだしてわざわざ見せてくれる。

しばらく経ったのち、桜哉の悲鳴がクラゲの漂う空間いっぱいに響きわたり、ほかの客から白い目を向けられたふたりはあわてて逃げる羽目になった。

「もう、邦海さん、いじわる禁止！」

「はい、ごめんなさい」

とりあえず『クラゲファンタジーホール』を脱けだしたのち、『ペンギン・アザラシ・オットセイゾーン』へ向かう。今春孵化《ふか》したばかりのフンボルトペンギンの雛《ひな》はかわいらしく、ここでは声をあげてもさほど怒られなかった。

続いての『相模《さがみ》の海ゾーン』では、マイワシの群れを見て「あ、おいしそう」とつぶやく邦海に桜哉が大笑いした。

「さっき、おなかいっぱいって言ってたのに」

「イワシは食べてないよ？」

きれいな顔でとぼけたことを言う邦海を軽くたたいたあと、展示ルートに沿って歩きながら、桜哉はちいさな声で「ありがとうございます」と言った。

「ん、なにが？」

「じつはこういうデートはじめてで、すっごく緊張してたから。でも、ぼくずっと笑ってばっかりで、すっごく楽しい」

だから、ありがとう。はにかんで告げた桜哉に、邦海も笑みを返してくれる。なんだか照れくさくなり、桜哉はすぐに目を逸らして目のまえの水槽を見ているふりをした。

「でも邦海さん、すごく段取りいいですよね。まえにここでデートとか、したんですか？」

なにげない質問だったのに、なぜか返事がない。振り返ると、邦海はなぜか苦笑していた。

「一応答えるけど、水族館とかはきたことないな。段取りいいのは下調べしたから」

「……ぼく、なんか変なこと言いました？」

「んー、デート中にむかしの相手の話訊かれるとは、想定外だったんで」

桜哉は「あ」と口に手をやった。どうやら思いきり、ルール違反なことをしたらしい。あわてて「ごめんなさい」と頭をさげたが、邦海はさっきの桜哉と同じく、水槽を見ながらつぶやいた。

「いや、いいよ。そもそも、お互いマエカレが同じなわけだしね」

さらっと言われたけれど、桜哉はふたりの間の空気が微妙になってしまったことを感じ、うろたえた。いくら『お試し期間』とはいえ、いまつきあっている男の元恋人と初恋の相手が同じ人物というのは、やっぱり複雑なのだとあらためて思う。

（デートって、むずかしいんだ）

せっかく邦海がじょうずに遊ばせてくれたのに、自分でそれをだめにしてしまった。しょんぼりとうつむいていると、桜哉の頭に彼の手のひらが載せられる。

「変なふうに気を遣わなくていいよ。言いたいことは言っていいし、訊きたいことも訊いて。お互いこれから知りあうための時間なんだから」

雰囲気をまずくしたのは桜哉なのに、邦海は相変わらずやさしい。「でも……」と目を逸らしていると、彼のほうが「じゃ、俺から質問」と指を立てた。

「初デートってほんと？　徳井とは、しなかったの？」

「こういう感じのはないです。いつも、いきなり呼びだされてただけで、それをぼくがデートだって思いこんでただけ、なので」

まだ口にするには苦い思い出に、桜哉の目が歪む。邦海はふっと息をついて「ほんとに手抜きな男だな」とぼやいた。

「邦海さんは、英貴さんとデートしましたか？」

「おなじく、こういう感じのはしてないね。もっとぜんぜん、即物的だったから」

「そくぶつ……？」

一瞬、意味を摑みあぐねていると、邦海はちょっと悪い顔をして笑う。その笑顔でようやく理解し、桜哉は目をまるくして赤くなった。

（あ、そっか。大人のデートって、そういうことか）

要するに会ったらセックス、という流れだったということだ。気づいたとたん、脳裏によみがえったのは天野の言葉だった。

——確認したいんだけどさ。邦海さんって、タチのひとなん？

（わあ、だめ、だめだめだめ）

またあのもやもやした想像がこみあげてきて、桜哉はぶるぶるとかぶりを振る。その仕種を誤解したのか、邦海が静かな声で「ごめんね」と言った。

「あいつの話とか、聞きたくないよね」

「あ、えっ、違います。むしろ聞きたいです」

あわてていたせいか、心の声がそのままでてしまった。あわ、と口を手でふさいだけれども時遅しで、邦海はしかたなさそうに笑っている。

「ほんとに桜哉くんは、素直っていうか、そのまんまっていうか」

「ご、ごめん、なさい」

「いいよ。俺が言ったことだし。なに知りたい？　なんでも話す」

なんだかあきらめたような顔をしている。申し訳なくなりつつも、ひとり悶々とするのも限界で、桜哉は思いきって訊くことにした。

「えと、本気のつきあいじゃない、とか、言ってましたけど。どういう経緯《いきさつ》で、その、英貴さんとおつきあいするようになったんですか？」

「わあ、ほんとに直球できた」

邦海は今度こそ眉をよせて笑ったけれど、はぐらかしたりはしなかった。「どっから話そうかな」と言いながら、水槽を眺めつつゆっくりしたペースで歩く。隣の桜哉は、言葉を待ちながらそれについていった。五分ほど経って、大きな水槽のまえ、比較的にひとのすくない場所に立ち止まった邦海は、やっと口を開いた。

「まえにも言ったけど、俺は高校のころ、あいつが好きだったわけ」

「そのころ、つきあってたんですか？」

「いや、ただのともだち。いろいろ、自分のこと自覚したばっかりで悶々としてた」

へたに友人なぶんだけ、悩みは重たかった。知られたらどうしよう、自分はおかしいのか。ただでさえ神経過敏な十代の時期に抱えた秘密は、本当に怖かったと邦海は言った。

「すごく、わかります」

似たような覚えがあるだけに、桜哉は深くうなずいた。邦海は遠くを眺めるような顔で水槽を見ている。だが視線のさきに魚の姿はきっと映っていないだろうことは知れた。

「入学してから、同じクラスになってね。はじめて見たとき、うわって思った。顔とか体つきも、性格も、ほんとに理想だったんだよ。ちょっと子どもっぽいところとかも、そのころはどうしようもなく好きだった。いま思えば、好みの基本かも」

「……基本？」

「うん。好きになるのって、あのころのあいつみたいな感じのタイプが多いからね」

初恋はいつだって特別なもの。それは理解できるけれど、感傷的な声で彼が語るのは、かつて自分も好きだった男のことだ。

「昔あんまり好きだったから、変わった部分にも目をつぶれると思ってたんだよ。間違いだったって、本当はすぐに気づいてたのに」

苦々しい声が胸に痛い。遠くを見ているような目をする邦海のことが、なんだかまっすぐ見られなかった。

桜哉は、共感と微妙な嫉妬が入り混じった感情を持てあまし、無意識に胸を押さえた。

徳井の外見に惹《ひ》かれた、と言われれば、桜哉もおなじくだ。まったく否定できないだけに、感情の行き場がない。そして、なにかが引っかかる。

（なんか、やな感じする。

もやもやしたものに胸をふさがれ、桜哉は自分でもなにが言いたいのかわからないことを口走った。

「えっと……英貴さんて、そもそもノンケなのにモテますね」

「ああ、あいつちょっとゲイ受けする顔なんだよね、たぶん」

それってどんな顔。桜哉は思ったが、なんだか微妙な返事が返ってきそうで訊けなかった。けれど茶化すような言葉で彼の受けた痛みをごまかしているのだとすれば、なんだかせつなくなってくる。

邦海と徳井は同学年で同い年、いまは二十六歳。高校に入学してすぐ、ということは、およそ十年まえ。桜哉が徳井を偶像化して思っていた時間の倍以上になる。まだ二十歳にもならない桜哉には、気の遠くなるような年月、報われないと悩んだのだろうか。

水槽の青い光を受けた邦海の横顔は、本当にきれいだ。なんでこんなきれいなひとに、徳井は気づいていなかったのだろうかと腹だたしくもなり、それもまた変な話だとも思う。

頭のなかが、ごちゃごちゃだ。けれどただ、やさしい邦海が幸せになればいいのに、と、それが桜哉の感じた、いちばん強い気持ちだった。

「邦海さん、ずっと英貴さんのこと好きだったんですね」

純愛だ、と桜哉はしんみりつぶやく。だが邦海は桜哉の感傷をよそに、皮肉に笑った。

「すっかり自分語りでごめんね。でも、ずっと好きだったとか、そんないい話じゃないんだ。誤解されるのいやだからさ、そこだけはわかっておいて」

「誤解って……」

「いまもまだ、あいつのこと引きずってるとか思われたくない。あと、桜哉くんに『お試し』って言ったのも、あくまで猶予期間だから」

振り返った邦海は、強いまなざしで桜哉を見つめた。熱っぽいそれになぜか気圧されて桜哉がびくっとすると、彼は困ったように眉をさげ、ふっと口もとだけで微笑む。

「……まあいい、経緯だったね。とりあえず、高校卒業してからは進路も別れて疎遠になってた。けど、二年くらいまえに、関連業種になったあいつが俺に仕事まわしてくれって連絡してきたのがきっかけで再会して……なんか、くすぶってたのに火がついちゃったんだよね。いま思うと、ただの未練なんだけど」

それだけ話しただけで、邦海はこめかみを長い指で揉《も》んでため息をついた。さきほど桜哉を見つめた熱っぽいあまさのかけらもない口調に戸惑いつつ、黙ってうなずくしかない。

「しばらく素知らぬ顔で友人づきあいしてた。で、その夏かな。あいつが彼女にふられたとかって言ってたとき、気晴らしに、『コントラスト』に連れてったんだよ」

邦海は会社でもカミングアウトをしていたため、セクシャリティは知られていたのだそうだ。物見高い徳井をそんな場所に連れていくのは賭《か》けでもあったが、おもしろそうだから連れていけとねだる男に逆らえなかった。そして問題は、そのあとに起きた。

「やたら、昭生さん……『コントラスト』のマスターがかっこいい、きれいだとか言って。あれなら俺もいけるとか言いだすからさ、欲がでてつい告っちゃったんだよ」

可能性があるなら、と思う気持ちは理解できる。桜哉もまた、徳井と再会したのがゲイイベントでなければ、勘違いなどしなかっただろう。

「それがきっかけで、つきあったんですか？」

「いや。最初は『おまえはあり得ない』って、きっぱりふられた。『そういうつもりであの場に連れてったのか』とか。もっとひどい言いかただけど。さすがにあのときは泣けたな」

苦笑しながら語る邦海の泣く姿など想像はできないが、目が覚めた瞬間の、徳井の暴言を思えばなにを言ったか想像にかたくない。ずいぶん傷つけられたのだろうと考えるだけで桜哉は瞼《まぶた》がじくじくした。だが次の言葉に、そんな感傷は吹っ飛んだ。

「でもさ。それだけひどい振りかたしておいても、仕事はくれって言うし」

「……は？」

「おまけにまた『コントラスト』に連れていけって言うんだよ」

さすがに笑うしかなかったと邦海は自嘲する。だが桜哉はとても、笑えない。

「なんですかそれ……ひどい、そんなの！　頭おかしいんじゃないですかっ」

どういう神経をしているのか、と桜哉は徳井に呆れ、邦海のために憤慨した。ある程度予想はついていたけれど、いくらなんでもひどすぎる。わなわなと肩を震わせていると、邦海がひどくやさしい声で訊いてきた。

「怒ってくれるんだ？」

「あたりまえです。だって、そんな勝手な……そんなの、あんまりだ」

好きだと言ってくれた相手に、なぜそこまでひどいことができるのだろう。そう考えて、自分もまた利用されたひとりだったことを思いだした。

（あのひとなら、やるか）

急に苦い顔をした桜哉の胸の裡《うち》を読んだように、邦海がぽんぽんと頭を撫でてくれた。

「……こうなりゃ、最後まで話すね。聞いてくれる？」

ささくれた気持ちがふっとやわらぎ、桜哉が目を伏せる。頭に手を置かれたまま、桜哉は「はい」と答えた。

「で、その後。男とのやりかた教えろとか言ってきたから、俺とつきあうなら実地で教えてやるって言ったんだ」

試したいだけなら俺にしておけと誘い、身体で落とした。あっという間にめろめろになった徳井は、昭生に未練を残しつつも邦海とつきあいだしたという話にはさすがに閉口したが、聞きたいと言ったのは自分だと桜哉はこらえた。

「だから、一応はつきあってる形にはなってたよ。あのときまで」

しかし浮気癖は直らず、あちこちの女にこなをかけては邦海と大げんか。合間に昭生に迫って邪険にされることばかりだったという。

「抱きあえたらそれだけでいいなんて思ってたけど、じっさいには空《むな》しいもんだよ」

あっさり言うけれど、当時の邦海のつらさを思うと、桜哉のほうが苦しくなった。口で言うほど、彼はドライな人間ではないだろう。そうでなかったら、桜哉にこんなにやさしくできるわけがないのだ。

(最初だって、このひとはぼくのために怒ったんだ)

裏切りの現場に乗りこんできて、浮気の片棒をかついだ相手のことを思いやれる人間など、そういるわけがない。だというのに徳井はいったいなにをしているのか。理不尽すぎて、腹がたって、なんだか泣きたくなってきた。

「桜哉くんがそんな顔しなくても、もう平気だよ」

「でも……」

「ほんとにふっきれてるから。ね」

痛みをこらえて笑みさえ浮かべる彼を、桜哉はぎゅっと抱きしめたいと思った。慰めてあげたいし、なんでもしてあげられたらいいのにと感じた。

すこしまえまで、徳井の言うことも片っ端から聞いてはいた。けれど、あれは舞いあがったせいで判断能力が狂ったのにくわえ、「そうしないときらわれる」という気持ち——不安と怖さから、言いなりになっていたのだといまならわかる。

(でも、これは違う)

やさしくしてくれたひとに、やさしくしてあげたい、そんな純粋な気持ちでそっと手を伸ばし、いつもしてくれるように邦海の頬に触れた。その手のうえから、包むように彼の手のひらが重なってくる。

「慰めてくれてるの?」

「だって邦海さん、哀しい顔してたから」

眉をさげて桜哉が言うと、ぎゅっと手を握りしめた邦海は「ありがとう」と笑った。

「でも、もう過去だ。初恋だったし、引きずってたから、なんとなく再燃した気がしてたけど……だんだん本性見えてきて、うんざりもしてた」

だから本当に気にしてないよと言われても、そのまま受け取れない。

「だって、それってやっぱり、十年も好きだったってことじゃないんですか?」

ものすごく我慢したけれど、桜哉の目はやっぱり潤んでしまった。その表情に目を細めたあと、邦海は「うーん、そうでもない」と、妙に軽い口調になった。

「ずっと継続して好きだったってわけじゃないからね。それなりに、べつの相手とつきあいもしたし。そのときどき、ちゃんと本気で好きなひとはいたよ」

「べつの……」

なぜだか、その言葉がずきりと胸に響いた。顔をしかめた桜哉に、邦海は「どうしたの」と問いかける。さっきも失言したばかりで訊いていいものかと思ったけれど、なんでも言えと言われたのだから、と桜哉は開き直ろうとした。

「いや、何人くらい、つきあったのかなって……」

「何人って、そんなに多くはないよ」

邦海はさらっと言うけれども、余裕の態度が言葉を裏切っている。また、あのもやもやが胸を占領しはじめて、桜哉はすこし足早に歩きはじめた。

「桜哉くん？」

「次、見にいきませんか？」

多くはないが、複数とつきあっていたのは間違いない。好みのタイプや、そうでないタイプだとか、比較して分析できる程度の人数というのはどれくらいのものだろう。

（タイプか。タイプってなんだろ）

初恋が徳井で、そのままぼんやり好きでい続けた桜哉は、どんなのが好みとか、そうじゃないとか、なにもわからない。なんだか不公平な気がした。

（あ、地味にへこんできた……）

気づけばすごい勢いで進んでいた桜哉は、展示物も水槽もなにも見ないまま、ずかずかと歩いていた。

「桜哉くん、桜哉くん、待って。そのままいくとコーナー、終わっちゃうし」

「あ」

あとを追ってきた邦海に腕をとられて我に返ると、目のまえには出口が近づいていた。

「ご、ごめんなさい。戻りますか？」

「いや、俺はべつにいいんだけど」

あわてて振り返ったけれど、邦海の顔が見られない。うつむきがちに「すみません」と詫びた桜哉を眺め、邦海はおかしそうに言う。

「……あのさ、ひょっとしてやきもち？」

「そんなんじゃないです！」

語尾をかぶせる勢いで即答したとたん、邦海の声が、なんだか楽しそうになる。

「じゃなんで、ほっぺふくれてるの」

「ふくれてとか、ないです！」

思わず顔をあげた桜哉が声を荒らげると、そこには嬉しそうに笑っている邦海がいた。赤くなりつつ、「なんで笑うんですか」と睨みつけたけれど、彼はますます笑みを深める。

「嫉妬してくれる程度には、意識してもらえてるから？」

「だから、してないって言ってるのに！」

腕をふりほどき、ぷいとそっぽを向いて歩きだした桜哉を「ごめん、待って」と追いかけてくる。ふたたび腕を摑まれても今度は振り返らず、そのままずんずんと桜哉は歩いた。

ここが水族館で、暗くてよかった。たぶん顔は赤いし、みっともない表情になっている。

「からかいすぎた、怒らないでって」

なにより、彼の言葉によって呼び覚まされた疑問も、桜哉の胸を苦しめる。

（なんでなのかな）

徳井が好みだと言うのならば、なぜまったく違うタイプの自分につきあおうなどと言ったのだろうか。やっぱりその場の勢いで、からかわれているのだろうか。

「桜哉くん？　やっぱり怒ってる？」

黙りこんでいると、邦海が心配そうに声をかけてくる。こんなにやさしい彼を疑うような考えをもつこと自体、恥ずかしいことかもしれない。

機嫌をとるような邦海の声を聞きながら、桜哉はひどく恥ずかしかった。

「怒ってないです」

追いかけてくれて、気持ちを気にかけてくれることがこんなに嬉しいことだとか、知ってしまっていいのだろうか。

（よくないな。べつに、好きとか、わかってないのに）

溢れるほど与えられる邦海の思いやりとやさしさ。これをなくしたら、とてもさみしく思うだろう。まだ邦海に対しての気持ちがわからないままなのに、それだけは、たしかなことだとわかっている。

はっきりしない自分が、ひどくずるい人間になった気がする。そう思って、桜哉はふと、邦海はどうなのだろうと思った。

——もう一回キスしたいかなあと思う程度には好きだけど。

——徐々に好きになってくれれば。

そんなことを言っていたけれど、果たしてそこから、彼の気持ちは動いたのだろうか。

立ち止まって考えこんでいた桜哉を、邦海が不思議そうに覗きこんでくる。

「桜哉くん？　どうした？」

「え、あっ、なんでもないです！」

あわててかぶりを振り、桜哉は次の目的地へと小走りに急ぐ。妙な物思いに捕らわれて、せっかくの時間をふいにするのはいやだ。考えるのは、ひとりになってからでも充分できる。

「次、深海コーナーいきましょう！」

「また怖いのいるかもよ」

邦海にからかわれ、ふくれて見せつつ、残りの時間を桜哉はしっかりと楽しんだ。

そんなこんなの初日のデートは、言い渡された八時きっかりに自宅へと送り届けられ、つつがなく終了した。

＊　＊　＊

四月になり、二年の前期授業がスタートした。新入生研修や、体験入学の実施などもあり、校内は活気づいている。

午前の授業を終え、桜哉《おうや》と女子三人は学生食堂へとおもむき、昼食をとっていた。さすがに新入生でごった返すため席を確保するにも一苦労で、どうにか端のテーブルを陣取った。

学生食堂の隣には、教材や画材を販売する売店が併設されている。ちいさな売店のため、提携している画材ショップのほうが品揃《しなぞろ》えはいいのだが、講師が執筆した講義で使うテキストや参考書はここにしか売っていないため、そちらもなかなかのにぎわいをみせている。

ひとだかりを眺め、三河《みかわ》がしみじみとつぶやいた。

「この時期がいちばん、学校にひと多いよね」

「うちの学校、卒業式で使うホールのキャパ、入学式の半分になるってのは有名だからね」

地方から上京してくる学生たちのなかには、単純に『東京に行きたい』という理由だけで入学してくるものもいる。むろん、東京近辺の学生も例外ではない。

入学したものの目的意識を失ったり、考えていたのと違う、という理由で退学してべつの学校にはいりなおしたり、はたまた単純に学校にこなくなって除籍になるものもいる。

大学にしても似た状況はあるだろうけれど、無試験であるためか、ドロップアウトをためらわないものや、途中抜けする人間は確率的に多いようだった。

「金払ってんだから、きっちり二年ぶんモトとればいいのにな」

ばかばかしい、とパックジュースを飲みながらぼやいたのは天野《あまの》だ。

「そんなまじめなの、天野ちゃんくらいだよ。どんだけ講義とったのさ」

「んん、とりあえず今週はサウンドクリエイションの授業とってるから。あしたは実習所で、映像科のほうと合同実習やってくるよ」

「すげえ、真似できない」

三河と長家《ながいえ》が感心するともあきれるともつかないコメントをするなか、桜哉はぽちぽちと携帯でメールを打っていた。

【昨夜は寝ちゃってメールできなくてごめんなさい。きょうの待ちあわせですが、何時】

「なにやってんの？」

「わあっ」

遠慮のない三河に書きかけのメールを覗《のぞ》きこまれ、桜哉はあわててフラップを閉じる。おおげさなリアクションに、目のまえの友人たちは全員、にんまりした表情を浮かべた。

「あーそう、あーそう。ラブメールか。ごめんね見てないよ」

「つーか飯食ってんだから、あとにしなよ姫《ひめ》ちゃん」

「えっ、えっ、相手はあのひと？　あれからどうなった？　進展した？」

いっせいに攻撃され、桜哉はあうあうと口を開閉する。

邦海《くにみ》とつきあって一カ月近くがすぎた。最近めっきり増えたのは、友人たちのこの手のからかいだ。

「え、えと。きょう、夕方から待ちあわせ、なんだけど。時間決めるまえに、ぼく、寝落ちしちゃったから」

「えっ、平日なのにデート？　あれ。たしか毎週末デートしてるよね？」

「いや、週末だけじゃないって。たしかきのうも邦海さんと食事してたよ。きょうも？」

「まじで？　すっごいマメだよね。社会人なのに毎日会ってんの？」

ひとこと言うと三倍、どころかさらに倍、という勢いで言葉が返ってくる。

「ち、違うよ。待ち受けの件で、新規のお願いしたいっていうから、打ちあわせを」

「そんなん、メールで充分でしょ。つうかきのうは打ちあわせしなかったのかよ」

「え……と、きのうは、会社帰りにちょっと、会っただけだから」

初デートのあとも、元晴《もとはる》に注意されたからというわけではないだろうけれど、至って健全なデートは続いていた。それも、いま友人たちが指摘したように、けっこうな頻度でだ。

さすがに夕方からの待ちあわせの場合、八時門限とはいかず、徐々に帰宅時間は延びているが、本当にふつうに食事して帰るだけのことだ。

「しかし、お正月からこっち、三カ月経《た》つよね。最初のころ盛りあがるならわかるけど、つきあってしばらくしてからデートの頻度あがってるってすごいわ」

しみじみと言った三河の言葉に、桜哉は一瞬気まずくなった。

(途中で相手変わってるんだよね、これが)

邦海と偶然行き会ったときに、三河と長家はそれが桜哉の『初恋の彼』と思いこんでしまった。誤解を解こうと思ったけれど、止めたのは天野だ。

——あいつら、どうせもともと徳井《とくい》のこととか名前も知らなかったんだし、ほっときな。いちいち細かいこと説明するほうが、めんどくさいよ。

言われてみればそのとおりなので、桜哉も助言に従っている。しかしこういう突っこみをくらうと、もともと正直な桜哉は言葉につまってしまうのだ。

(やっぱり言わないほうがいい？)

目だけで天野に問いかけると、彼女はジュースのストローをくわえたまま、無言でかぶりを振った。

「ねえって。その盛りあがりはなんなの？　やっぱ、エッチしたからとか？」

「なっ、そっ……し、してないよ」

長家の質問に対し、真っ赤になってぶんぶんとかぶりを振る桜哉に「あ、こりゃしてないね」としたり顔をする三河。天野は我関せずとばかりに、三つ目のパンを頬張《ほおば》って、しっしっと犬を払うように手を振った。自力で切り抜けろということだと悟り、困り果てた桜哉は意味もなく笑ってみせた。

「え、あ、えへ……」

「えへってなに、えへってー！」

「あやしー！」

テンションの高くなったふたりに追及され、もうどうしたものかと桜哉がうろたえていたところ、「うるせえよ」と不機嫌そうな声が水をさした。

「くっだらねえ話、大声でべらべらべらべら。騒音だっつうの」

低いハスキーな声にびくっとして振り返ると、うしろの席に座った、金色の髪をした男が、いらだたしそうにこちらを睨《にら》んでいた。

「あ、す、すみません」

思った以上に声が大きかったらしい。どこまで聞かれてしまったのだろうかとあわてつつ桜哉が謝罪すると、彼は、舌打ちひとつでそっぽを向いた。

背が高くて痩《や》せている。鋭い目、顔だちは整っているけれど、表情の剣呑《けんのん》さがすさまじすぎて、およそハンサムだという印象が持てない。

（あ……このひともミントのにおいがする）

邦海のように爽《さわ》やかなそれではなく、もうすこしきついものだ。なんだろう、と無意識に目で追っていると、彼が胸ポケットから煙草をとりだした。

「あの、ここ、禁煙……」

思わず声をだした桜哉は、じろっと睨まれて口をつぐんだ。女子三人は、不愉快そうに顔を歪《ゆが》めて態度の大きな男を睨みつけ、小声でささやきあう。

「なにあいつ、むかつく。感じ悪い」

「……あれ？　あいつ」

「どしたの、天野ちゃん」

「いや、たしかあのひと、うちの学生じゃないよ。芸大だか武蔵美《むさび》か忘れたけど、そこの一年のはず」

学生向けのデザイン展で賞をもらっていた記事を見た覚えがあるという彼女に、全員が首をかしげた。

「え？　なんでそんなのがここにいんの？」

「わかんないけど……あれ？」

謎《なぞ》だとつぶやいた桜哉は、さきほどまでにぎわっていた売店のなかからでてきた青年の姿に気づいた。清潔な黒髪に、穏やかそうな顔をした、二十代とおぼしき販売員だ。

（あ。店員さん、交代の時間かな）

昼食でも食べるのだろうかと思っていると、彼はまっすぐこちらに向かってくる。あれ、と思っていたところ、すぐ近くで彼は立ち止まった。

「こら。佐光《さこう》くん。禁煙だって何度言えばわかるの」

(わあ、言っちゃうんだ)

青年が話しかけたのは桜哉たちではなく、さきほどの金髪の彼だった。なんて怖いもの知らずな、と桜哉は青ざめたけれど、佐光と呼ばれた彼は、なぜか桜哉が注意したときのように睨んだりはしなかった。

「火はつけてねえじゃん」

「そういうことじゃないよ。だめなものはだめ、没収」

ため息をついた青年は、佐光の手から煙草をとりあげてしまう。見かけによらず度胸のある彼をこっそりうかがい見たところ、胸のプレートには『高間《たかま》』という文字が見えた。

「もう、せっかく大学はいったんだから、ちゃんと学校にいきなさいって」

「いってる。きょうは休講」

「ほんとかなあ、もう……とにかく煙草はここではだめ、いい?」

「わかったっつの。飯食うんだろ、さっさと買ってこいよ」

ぶつぶつ言いながら、売店のお兄さんは食堂の食券売り場へと向かう。その背中を、佐光はじっと目で追っていた。

（知りあい、なのかな？）

佐光と高間の、わざと悪いことをしてかまってもらっているかのようなやりとりが意外で、桜哉はしばらくじっと見てしまった。

「……なに見てんだよ」

「あっいえ、なんでもないです」

気づいた佐光にまたもや睨まれ、桜哉はあわてて目を逸《そ》らす。その後、四人は顔を見あわせると、その場をそそくさとあとにした。

「な、なんだったんだろ、あれ」

「さあ……」

小声でささやきあう長家と三河をよそに、天野は無言で考えこんでいたが、突然「あっ」と声をあげる。

「あーそうだ、思いだした。さっきの佐光正廣《まさひろ》だ。たしか略歴に、うちの学校はいったけど退学して、大学に入り直したって書いてあった」

「あ、だから売店のお兄さんと知りあいなのか」

いったんは納得したものの、桜哉はしかし「あれ」と首をかしげる。

「でもさ、なんでべつの大学いってるひとが、うちの学校でお昼食べてるの？」

「それ以前に、売店のお兄さんってともだちになる？」

「……わかんない」

けっきょくその日は、謎のもと学生、佐光についてひとしきり勝手な憶測を繰り広げ、桜哉が夕方から邦海と会うことについての追及は、うやむやに終わることになった。

佐光くんと高間さん、どうもありがとう。桜哉は胸のなかでつぶやいた。

＊　＊　＊

その日の邦海との待ちあわせは、夕方の六時。二度目に会ったときとおなじく、池袋駅だった。

「お待たせ、桜哉くん」

「あれ、邦海さん、その格好」

手を振って近づいてきた邦海は、スーツではなかった。

「うん、きょうはちょっと会社で引っ越し作業があったから、汗だくになっちゃって。いっぺん家に帰って着替えてきた」

シャワーを浴びてきたのだろう、いつものあまい香りがする。もちろん、ミントも。やっぱり煙草のそれより、邦海の香りのほうが好きだと桜哉は唇をほころばせた。

「どうしたの、ご機嫌？」

表情に気づかれ、桜哉は「なんでもないです」とごまかした。

「それより着替えてって、早くあがれたんですか？」

「打ちあわせから直帰しますってことにしたんで」

「……まあ、嘘《うそ》では、ないですね」

でしょう、と首をかしげる邦海に笑ってしまう。背が高いからか、妙にかわいらしく感じる邦海の仕種《しぐさ》が、とても好きだ。

「さて、ちょっと早いから喫茶店で打ちあわせして、そのあとごはんにしよ」

邦海の提案で、向かったさきは『皇琲亭《こーひーてい》』となった。二度目に訪れても、やっぱり高級そうな雰囲気には慣れなかったが、初回よりはリラックスすることができた。

「えっと、これがラフです」

先日、江ノ島水族館にいったおかげでクラゲのイメージも摑《つか》みやすかった。いくつか作ったラフ案をプリントアウトしたものを見せると、邦海は「いいね」と褒めてくれた。

「クラゲの笠《かさ》の部分を時計っぽくアレンジしたのより、俺はこっちの、ふわふわ動いてるほうが好きかなあ」

「あ、ぼくもそれが気にいってます」

「でもこっちの電気クラゲも、いいね」

電池残量を示すメーターがクラゲの脚になっているものも面白いと褒められ、結局はそのふたつを両方作ってみる、ということで話がまとまった。

「それじゃ、いつまでにできるかな」

「あ、えーと……イラストの素材はもうできてるから、あとは加工だけなので。ゴールデンウイークくらいまでに、たたき台はできると思います」

「じゃあ、それでよろしくお願いします」

あれこれ訂正事項を書きこんだプリントアウトは桜哉のほうで持ち帰り、修正してデータをメールすることになった。

「ところで桜哉くん、待ち受けだけじゃなくて、壁紙とか、グリーティングカードとかもやってみない？　もちろん、勉強に支障がでない程度でいいけど」

「あ、や、やりたいです！」

「ありがと。じゃあ、そっちの作成料はまた、メールで連絡するよ」

アイデアやイメージなどの話について、邦海は直接話したほうが相手の意見を取り入れやすいと、電話や直接会っての打ちあわせをしてくれる。だが金額や日時など、詳細なことについては、必ずメールなどで文章を残すようにと教えてくれた。

「正式に契約書を作るわけじゃなくても、数字に絡んだことは、間違いがあるといけない。確認するためと言質《げんち》を取る意味でも、ちゃんと残すようしたほうがいいよ。最悪、途中で条件変えられることがないためにも」

「は、はい」

講義のときに使っているノートの端にそれを書きつけると「まじめだね」と邦海が笑う。

「覚え悪いから、書いておかないとだめなんです」

「記録をつけるくせがあるのはいいことだと思うよ。……あ、いい時間だな。いこうか」

打ちあわせはつつがなく終了し、ふたり揃って店をでた。そのまま長い脚で歩く邦海について歩きながら、桜哉はふと、彼がめずらしく向かうさきを口にしなかったことに気づいた。

「えっと、きょうはどこでごはん食べるんですか？」

「うん、ちょっとゆっくりできるとこ、いこうかと思って」

だから、どこ？　桜哉が邦海を真似て首をかしげたところ、彼は「んん」と目をあわせないまままうなった。

「んー、とね。じつはちょっと、昭生《あきお》さんとこにいこうかと」

「昭生さん、て、『コントラスト』ですか？」

「うん。いや？」

いやではないが、どう反応していいのかわからない。言葉を探していると、邦海がまじめな顔で言った。

「じつは徳井のことで、あのひとに話しておかないといけないこともあるんだ。できれば、桜哉くんにもいっしょにいってほしい」

それはどういう話なのだろう。邦海の結んだ唇は、とりあえずここでは訊《き》かないでくれと告げている気がして、桜哉は「うん」とうなずいた。

邦海が言いたくないのなら、それでもいい。たぶん悪いことにはならないはずだし、邦海はそうさせないはずだ。そう信じたい。

「え、と。おなかすいちゃいました！　『コントラスト』って、どっちでしたっけ？」

わざとらしく桜哉が明るい声をだすと、邦海は一瞬目をまるくし、そのあとふんわりと滲《にじ》むような笑みを浮かべた。

「南口。だから、駅に戻ってちょっと歩くよ」

「だいじょうぶ、歩くの平気です」

歩くのは平気だけれど、昭生に会うのは平気かどうかわからないです——とは言えないまま、桜哉はひとり、こっそりと、覚悟を決めた。


池袋駅の南口から少し歩いた住宅街、二階建てマンションビルの一階にカフェバー『コントラスト』はあった。

「いらっしゃい……って、あれ」

ドアを開いたとたん、昭生が目を瞠《みは》った。

「昭生さん、こんばんは」

「こ、こんばんは」

ぺこんと桜哉が頭をさげる。昭生は、くわえていた煙草を指にはさんで軽く灰を落としたのち、さらりとした声で邦海へと問いかけてくる。

「詮索《せんさく》する気はねえけど、なんか連れの組み合わせが毎回違うんじゃねえ？」

「うん、まあね」

あいまいに笑いながら、邦海は、桜哉をカウンター席へとうながす。自分も隣に座りながら昭生へと小声で問いかけた。

「……あいつ、きた？」

ぴくり、と昭生のきれいな眉《まゆ》がよった。「やっぱりね」と邦海がため息をつく。

（あいつ、って英貴《ひでき》さんのこと？）

桜哉がとっさに邦海を振り仰ぐと、彼はかるくかぶりを振って質問を止めた。

「その件含めて、ちょっと相談があるんだ。できれば伊勢《いせ》さんにアポとってくれないかな」

「伊勢を？　そこまできなくせえ話になってんのかよ」

（伊勢さんって、誰だろ……）

小声で交わされる会話の意味がよくわからず、桜哉はふたりを見比べる。視線に気づいた昭生が、細い顎《あご》をくいとしゃくった。

「その子に聞かせていい話なのか」

「当事者でもあるし、一応はだいじょうぶ」

本音を言えば、半分くらいはよくわからないままだったけれど、桜哉はいきおいうなずくしかなかった。

「つーか、どういうつながりだ、そこ」

「いま俺がつきあってるのがこの子。姫路《ひめじ》桜哉くん」

問いかけた昭生へといきなりぶっちゃけた邦海に、昭生は目をしばたたかせ、桜哉もまた目をまるくした。

「い、言っちゃうの？」

「なんで？　事実でしょ」

けろりとしている邦海に、それはそうだけど、と桜哉は口ごもった。連れだって現れたことで、状況は言わずもがな、なわけだけれど。

（にしても、やっぱりすごい状態じゃないのかな、これ）

一応、いくと言われて覚悟はしていたものの、徳井の好きなマスターと、そのおかげで振りまわされたふたりとが一堂に会している状態に、さすがに気まずさを感じてしまう。

しかも桜哉は以前、なにも知らないまま昭生を徳井に紹介されている。途中で朗《あきら》が現れたことで、桜哉はそちらとばかり話していたから、昭生自身とはほとんど口をきいていないのだが――。

(どう考えても、変だよね)

それからさほど経ってもいないのに、もうつきあう相手が変わってる桜哉のことを、昭生はどう思っているのだろうか。ちらりと上目にうかがうと、あまり表情の変わらないきれいな顔の男は、煙草をふかしながらじいっと桜哉を見つめていた。

「な、なんでしょうか?」

「なに飲む?」

思いのほかやさしい声で問われて驚く。隣の邦海が「一応未成年なんで、アルコールなしで」と言い添えると、昭生は確認するかのように桜哉を見た。

「あ、早生まれなんです。誕生日、三月で、十九歳になったばかりなんです」

「なるほどな。じゃあ……」

緊張した桜哉が訊かれてもいない話をすると、昭生は背後の棚から瓶をとり、大きめのグラスのなかに何種類かのものを混ぜていく。

「桜の季節ってことで、スイートメモリー。ノンアルコールで」

細めのグラスに満たされた、かわいらしいピンク色の液体と、縁にちょいと引っかけるようにして飾られたミントの葉。いかにも春らしい色合いに桜哉は「わ、かわいい」と声をあげる。

「昭生さん、こういうかわいいカクテル、レパートリーにあったんだ」

茶化した邦海を、昭生がじろりと睨む。

「何年バーのマスターやってると思ってんだよ。ひととおりは作れる」

桜哉はグラスを手に興味津々で「なにがはいってるんですか？」と問いかけた。

「グレナデン——ざくろのシロップとヨーグルト。本当はジンとか焼酎ベースだけど、今回はレモンジュースで代用してみた」

おずおずと口をつけてみた桜哉は、さっぱりとした酸味のあるあまさに「おいしいです」と顔をほころばせる。煙草をふかした昭生はふっと微笑《ほほえ》んだ。

「そりゃ、よかった」

（わあ……）

愛想はあまりないけれど、笑うと本当にきれいなひとだ。徳井がぐらりとくるのもわかる気がする、と桜哉は変な感心をしてしまった。

「小島《こじま》はいつものだろ」

「どーも。あ、あとなんか食べるものお願いします」

邦海のまえにだされたのは、桜哉のきゃしゃなそれとは違い、幅広のタンブラーにまるい氷と透明な液体が満たされたグラスだった。香りだけでも強そうなのがわかる。添えられたライムを搾った邦海は、水でも飲むようにそれを口にした。

じっと見ていると、邦海は「なに？」と顔をかたむけてくる。

「お酒って、おいしいですか？」

「まさかと思うけど、いちども飲んだことない？」

邦海の問いに、こくりと桜哉はうなずいた。前回連れてこられたのは昼間、カフェ営業の時間で、桜哉が口にしたのは軽食とジュースだけだった。

「アルコール、完全にだめなんです。洋酒の効いたお菓子とかでも気分悪くなるので」

口にはださなかったけれど、邦海のグラスから漂う香りをかいだだけで、桜哉は軽くめまいを覚えたくらい、酒に弱い。

桜哉が中学生のころ、いまは家をでている次姉が冗談めかしてワインをなめさせたところ、倒れて意識を失ったことがあったというと、邦海はかなり驚いていた。

「気絶したの？　それやばくない？」

「はい。びっくりして病院に連れていかれて。パッチテストしたら、アルコール分解の酵素が、まったく働かない体質だったそうで。かなり気をつけないとまずいんです」

検査の結果わかったのだが、桜哉は日本人の一割ほどいるという完全な下戸《げこ》体質だった。ほんのすこしのアルコールでも泥酔してしまう。義兄も含めて家族は全員それを知っているため自宅では料理酒の扱いも気をつけるし、むろんアルコール類はまったくたしなまない。

「だって、クラブとかいったんじゃないの？　学校で、飲み会とかは？」

「ともだちが止めてくれるので……」

桜哉の体質を天野に話したところ、自分の目の届く範囲ではぜったいに飲ませないと宣言された。そう告げると、邦海はますます目をまるくする。

「飲ませないって、どうやって」

「彼女はものすごくお酒好きだし、強いんで、お酒の席とかでぼくにまわってくると、代わりにぜんぶ飲んでくれちゃうから」

「……それは頼もしいけど。そっか、俺も気をつけないとだめだな」

未知の味に好奇心はあるだろうけれど、倒れてしまうのではどうしようもない。顔をしかめた邦海に、桜哉は首をすくめた。

「気を遣わせてすみません。迷惑かけないようにしますね」

「そうじゃなくて、うっかり変なやつのまえで意識失ったら危ない……」

ぶつぶつ言いだした邦海は、はっと気づいたように桜哉を見た。

「ていうか、待って。そんな状態なのに、あいつのこと迎えにいったりしてたわけ？」

「あ、ええ。ぼくが飲むわけじゃないから」

「でもにおいだけでも、かなりきついんだろ。あのとき、部屋のなか酒臭くて強烈なことになってたじゃないか」

言外に、あの日のことをほのめかされ、桜哉はごまかしきれずにうつむいた。

泥酔した徳井にはじめてのセックスを迫られたとき、抵抗できなかった理由のひとつには桜哉の体質のこともあったのだ。

むろん、好きな相手から手をだされたのは単純に嬉《うれ》しく思ったのだけれど——彼のあまりに酒臭い息にめまいがして、逃げきれなかった部分もないわけではない。

「無理強《むりじ》いされたわけじゃないだろうね」

邦海がうなるような声で問う。怒っている彼のあらぬ疑惑を晴らそうと、とっさに桜哉は「違います」と答えた。

「べつにその、乱暴されたりとかはなかったです」

朝起きて、徳井が正気に戻るまでは、とくに暴力を振るわれた覚えもない。だから気にしないでくれというつもりだったのだが、ますます邦海の顔は歪んだ。

「それはそれで、なんかなあ」

「え、あ、え……お、怒ってるんですか？　なんで？」

さっきよりも機嫌を損ねたふうな彼に、どうすればいいのかわからず桜哉はうろたえた。

「ご、ごめんなさい……？」

「べつに怒ってないし、疑問系で謝らなくてもいいけどさ」

むすっとした顔の邦海に桜哉がおろおろしていると、いままで無言だった昭生が、カウンターのなかからぼそりと言った。

「ほっとけばいい。こいつの心が狭いだけの話だ」

「え？」

「乱暴されたと言われれば、許せなくて腹がたつ。かといって、合意で身を任せたと言われればこれも複雑で不愉快。ようは男の勝手な理屈ってやつだろ」

そんなことを言われてもどうしたらいいのかわからない。困り果てていると、隣の邦海がかすかに顔を赤らめた。

「昭生さん！　いちいちひとの心を解説しなくていいから！」

抗議した邦海を、昭生は鼻であしらった。

「うっせ、ばーか。いままで散々泣き言垂れてったおかげで、おまえの心理状態なんざ、お見通しなんだよ。こなれてもねえくせに大人ぶるから無理がでるんだ」

邦海が「うぐ」と口をつぐむ。いつもの余裕はどこへやら、昭生に完全にあしらわれている彼が新鮮で、桜哉はぽかんとしてしまった。

桜哉のまえでからかわれたのが気まずいのか、邦海はすこし口早に話題を変える。

「もういいだろ。……さっきの話。もし次にあいつがここにきたら、連絡くれる？」

その言葉に、昭生はぴくりときれいな眉をよせた。桜哉はその反応に、さっきと同じだと思った。

「えっと……あのひとのことぎらいですか？」

さきほどは邦海に止められたが、今度は桜哉の言葉のほうが早かった。あちゃ、という顔を邦海がしたけれど、昭生は不愉快さを隠さずに吐き捨てる。

「好きなやついんのか、ああいう無神経。……つうか、悪い。おまえら、そうだったか」

カウンターをくらって、桜哉は黙りこみ、邦海は「それ言われると痛いなあ」と苦笑する。

「いまつきあってるなら、ふたりして目が覚めたんだろ」

「マスターは、なんで、その」

桜哉が懲《こ》りずに問いかけようとしたところで、「昭生でいい」と告げられる。

「昭生さんは、なんで、きらいなんですか？」

「おまえの周囲で、あいつのこときらいなやつ、ほかにいないか？」

しばし考え、桜哉は瑞喜《みずき》を思いだした。「います」と答えると、昭生は軽くまばたきをしてうなずく代わりをする。それと同じ、という意味だ。

無言になった桜哉のまえで、昭生は手早く手を動かし、さきほどから作っていたなにかを皿に盛っている。いいにおいがふわっと漂い、桜哉の胃が反応した。

「ひとりがひとりをきらってるとか、トラブルがあるってときは、相性や行き違いもあるだろ。けど、ひとり、ふたり、三人って増えていった場合には、きらわれてる当人になんらかの問題がある。……できた、どうぞ」

口と同時に手を動かしていた昭生がだしてくれたのは、赤いスープに、濃い色のトマトとツナ、香草を使ったパスタだった。「いただきます」と手をあわせ、スープをひとくち含むと、姿もかたちもないのにトマトの味が口のなかに拡《ひろ》がる。

「おいしい！　これ、トマトスープですか？」

「セミドライトマトの戻し汁にコンソメいれた。パスタにつかったのは、その戻したのをオリーブオイルに漬けたやつ。味が濃くて、うまいだろ」

パスタを口にいれ、しんなりしたトマトを口にいれると、言われたとおりこちらも濃厚な味わいだった。おいしくてにこにこした桜哉を眺め、煙草に火をつけた昭生は、さっきカクテルを作ってくれたときとおなじく目を細めている。

「小島。趣味、改善したんじゃね？」

「改善とか言わないでいいから。素直にかわいいでしょ、この子」

いきなりの発言に、桜哉は喉《のど》にパスタをつめそうになる。おまけに昭生が表情も変えないまま「たしかに、かわいい」とうなずくので、ついには噎《む》せた。

「もっ……ふ、ふたり、とも、からかうの、やめっ……げほ」

「いや、やっぱりかわいい。うん」

「うんうん、かわいいかわいい」

涙目になった桜哉は、にやにやする大人ふたりを睨みつけたあと、桜色のカクテルをやけくそのようにがぶがぶ飲んだ。

そのあとは、意外なことにそれなりに楽しい時間をすごした。時計を見た邦海が「そろそろ」と言ったときには残念で「え」と声をあげてしまったほどだった。

「またくればいい」

「あ、じゃあ、ごはん食べにきていいですか？　おいしかった」

ぱっと明るい顔になった桜哉を見つめ、昭生は長い睫毛《まつげ》をふんわり伏せる。

「なんか悩むこととかあったら、話くらいは聞いてやる」

「……え？」

意味深な言葉に、どういう意味だろうと桜哉は目をしばたたかせる。

「つきあいの深いやつより、他人のほうが言いやすいこともある。ここは、そういう場所だ。遠慮はすんな」

昭生はそれっきり煙草をふかして、口を開くことはなかった。

「じゃ、昭生さん。伊勢さんの件、よろしく」

「了解。電話させる」

短い言葉を交わして、邦海は桜哉に店をでるよううながした。しばらく、夜の住宅街を無言で歩いていたけれど、もやもやするのが苦手な桜哉は直球で疑問をぶつける。

「あの、伊勢さんって誰ですか？」

「あ、ごめん。説明してなかった。昭生さんの彼氏で、弁護士さんやってるひと」

「へえ、弁護士……って、あ、彼氏？」

桜哉は目をまるくする。そういえば、ゲイのひとが集まるバーのマスターなのだから、彼氏がいてもおかしくはないのだ。

「そんなに驚くとこ？」

「いや、なんか意外で。意外っていえば、なんで悩むことあったら、とか言われたのかな」

特にそんなものはないのだが、と首をかしげた桜哉に「朗くんのこと思いだしたんだろ」と邦海は言った。

「朗くん、桜哉くんと歳も近いしね。ちょっと雰囲気が似てる気がする」

「似てますか？　あちらのほうが、ぼくよりしっかりしてると思うんですけど」

明るくて小柄で元気な朗は、一見子どもっぽいように見えても、とても気を遣うひとだった。ぼうっとしている桜哉とは違い、ひとの感情を読むのがうまいし、目端が利くのはすぐにわかった。そう言うと、邦海はすこし眉をさげる。

「うん、苦労してるからね。気を遣う子なんだよ。で、やなことあっても明るく振る舞って、そのぶん、なかにためこんじゃうタイプらしい」

「ああ、そういうのわかるかも」

強気で明るいひとは、苦しさがあってもあまり表にださない。姉の瑞喜も同じで、桜哉のようにぼんやりした人間は、なかなかそれに気づいてやれないのだ。

「昭生さんって、叔父さんなんでしたっけ。朗さんのこと、大事にしてるんですね」

「うん、すごくね。それに、ああ見えて面倒見はいいんだよ。一見クールだけど情に篤《あつ》いひとでね」

邦海はなにを思いだしたのか、苦笑した。桜哉が目顔で問いかけると「昭生さんは、生理的に徳井みたいな男のことがきらいなんだよ」とつけくわえた。

「昭生さんはまじめで一途《いちず》だから、浮気とか不実な男とか、本当に毛嫌いしてる。常連の間では有名な話」

——あのひとに、ちくってやる。出入り禁止になりやがれ。

ようやく邦海の放った言葉の意味がわかった。徳井が本気で好きな相手に軽蔑《けいべつ》されてしまえと、そういう意味だったのだ。

「それにしても、まだうろついてるとは思わなかったな」

「英貴さん、ですか」

「うん。釘刺したつもりだったんだけど、ぜんぜんきいてなかったみたいだ。……そっちも本格的に、伊勢さんに頼らないとだめかも」

そっちも、という言葉から、おぼろに話の道筋が見えた気がした。

——俺の個人的に貸した金については、知人の弁護士にも相談して、きっちりカタをつけたいと思っています。

(あれがたぶん、伊勢さんのことなんだろうな。でも、まだとりかかってなかったのか)

正直言えば、最近は邦海といるのが楽しすぎて、ことの起こりをほとんど忘れかけていた。まだ出会って一カ月とちょっと、お試しのつきあいは一カ月弱。なのにもう、徳井のことは遠い昔のように感じていた。

けれどじっさいにはなにひとつ終わっていなかったことを思い知らされ、なんだかやだな、と桜哉は思った。

徳井のことを話したときの、邦海の苦々しげな表情や声。もう心を残してはいないと言っていたし、本心からいやがっているのはわかるけれど、それだけ深い嫌悪感は、強い感情の裏返しではないのだろうか。

(ぼくは、もう忘れてたのに。でもこれって、単に薄情なのかな)

邦海が情の深いひとだというのは、ひと月足らずのつきあいでもわかる。だったら長い間引きずっていた相手のことを、桜哉のようにあっさり忘れられない可能性はある。

もしかしてまだ徳井に心を残しているのだろうか。急にこみあげた不安に、桜哉はうつむきがちになり、歩みも遅くなった。

気づけば、並んでいた邦海から、距離ができていた。なんだかそれが心の距離のような気がして、桜哉は眉をさげてしまう。

「桜哉くん？」

すぐに気づいて振り返ってくれる、邦海のやさしい顔を見ていたら、なんだかこみあげてくるものがあった。

「お試しって……」

いつになったら、この『おつきあい』は、ほんとになるんだろう。二カ月がすぎたら、本当の恋人になるんだろうか。無意識につぶやいた言葉は聞こえなかったようで「え、なに？」と邦海が訊き返してくる。

「どうしたの、疲れた？」

「いえ、だいじょぶです」

「でもなんだか、哀しい顔になってるよ」

そっと頬を撫《な》でられて、桜哉は目を伏せた。胸が苦しくて、痛い。邦海の手が触れた部分だけ熱くて、それ以外は寒い。

目をあけると、邦海がじっと心配そうに見つめている。近いのに遠くて、なんだかぐらぐらした。スキンシップはあってもそれ以上にならない距離がもどかしかった。

（なんで邦海さんは、キス、しないのかな）

桜哉がときどき混乱するのは、この健全すぎるおつきあいに、なんらの進展もないままだからだ。

はじめて会った日、舌までいれてきたくせに、邦海は一向に手をだしてこようとしない。それは、かつて徳井に振りまわされていたときと同じ、はぐらかされているようななにかを想像させた。

──だいたい、俺がおまえなんかとやるわけねえだろ！　ガキなんか好みでもねえってのに！

連鎖的に思いだした罵倒《ばとう》に、きゅっと心臓が縮こまった。徳井の存在は忘れかけていても、与えられた痛みはこうしてときどき、記憶の底から顔をだす。

「桜哉くん？」

気遣う声に胸が苦しくて、桜哉は「なんで」とちいさくつぶやいた。けれど、「なんでって、なにが？」と問い返されると、とても訊けるわけがない。

だから桜哉は、ある意味では訊きたいことのひとつへと質問をすり替えた。

「あの……なんで、きょう、昭生さんのところにきたんですか？」

「……やだった？」

「訊いてるの、ぼくです。伊勢さんのこととか、訊きたかったからですか？　でもそれ、きょうじゃなくてもよかったですよね？」

答えを先んじたのは、言い訳をされそうだと思ったからだ。けれど邦海は、この質問をはぐらかす気はなかったらしい。

「うん、そっちがついで、ていうか言い訳かな」

ちょっと困ったように、邦海は首をかしげる。

「徳井のことが話題にでて、桜哉くんが複雑に思うのはわかってた、ごめんね。でも俺は、昭生さんはあいつよりずっと深いつきあいの友人だし、紹介したいとも思ってたから」

「紹介、ですか」

「うん、俺のつきあってる子だって、ちゃんと。……まあ、まだお試しだけど」

真剣な目をした邦海は、その真剣さをこそごまかすように、軽く茶化した。

「桜哉くんのご家族には成り行きもあって挨拶《あいさつ》しちゃったけど、俺は、けっこう嬉しかったんだよね。みんな桜哉くん大事にしてて、すごくいいなって……こういう関係って、あんまり家族の理解は得られないから」

理解を得られなかったのは、あなたもですか。問いかけようとして、桜哉は口をつぐんだ。聞かなくても、邦海の伏せた目の翳《かげ》りが、答えを教えてくれたからだ。

水族館でしたように、桜哉は邦海の頬へと手を伸ばした。目を伏せた邦海もまた、あの日と同じように、桜哉の手に自分のそれを重ねる。

「なんで、キスしないんですか？」

考えるよりさきに言葉がこぼれ、邦海が目を見開いた。桜哉はその反応の鋭さに焦ったけれど、ままよと続けた。

「あの、お試しって、二カ月経たないと終わらないんですか?」

「桜哉くんは、俺のこと好きになった?」

じっと見つめて言われて、逡巡《しゅんじゅん》ののちに「……わかんないです」とうつむく。

「わかんないか。正直だね」

邦海はおかしそうに笑ったけれど、続けた桜哉の言葉に、その笑みは霧散した。

「……でもキスしたい、くらいには、好きかも、です」

今度こそごまかせない。夜道にたたずんだままうなだれた桜哉の、真っ赤になったうなじを、長い指がそっと撫でる。ぴくんと震えた桜哉の顎を、首筋からすべらせた指が掬《すく》いあげ、

「意外と悪い子なのかな」と邦海はささやいた。

「それとも、俺が悪いのかな。つけこんじゃっても、いいのかな」

問いかけるようでいて、そうではない。ゆっくりと距離が近づいて、邦海のきれいな顔しか桜哉には見えなくなる。心臓が跳ねて暴れて、もう限界、と思った瞬間目を閉じた。

そして、唇が重なった。

はじめてされたときとは違う、ゆっくりで丁寧なキスが桜哉の慣れない唇を覆う。こすりつけて、そっと吸って、でも舌ははいってこない。触れるたび、ときどきすうっとする。またあのミントを嚙《か》んだのだろうか。

（むずがゆい。でも、キモチイイ）

邦海そのもののような、じれったくて、予想できない口づけ。耳が熱くなって、身体《からだ》が落ちつかなくなる。息苦しさにほんのすこし唇を開くと、その隙間《すきま》を一瞬だけ舐《な》められた。

「ふ、わ……」

びくっと震え、声が漏れる。とたん、邦海は「ああ、ごめん」とキスをやめてしまった。

びっくりして見あげると、かすかに顔を赤らめた彼は口もとを手で覆っている。

「ごめん。路上でやりすぎるとこだった。やばかった」

「う、あ、いえ……」

やりすぎるって、どんなことだと訊けるわけもなく、桜哉も真っ赤になってうつむく。そっと痺れたような唇を手で押さえると「だからやばいって」と邦海がすこし乱暴に言った。

「桜哉くん、口さわるの禁止」

「え、なんで」

「なんでも。いくよ」

目をしばたたかせていると、邦海が手を取って歩きだす。すこしためらったあと、ぎゅっと邦海の手を握り返すと、広い肩を揺らした彼が指を絡めるように握り直してくる。

長い指が熱く湿っていて、邦海も照れているのかなと思った。見あげた顔は平静だけれど、ちょっとだけ耳が赤い。

「……えへへ」

「笑わない」

めずらしくぶっきらぼうな口調に、桜哉はにこにこしてしまった。

(邦海さんも、照れるんだ。そっか)

いつも余裕の彼が、ちょっとうろたえている。それがなんだか楽しい。かわいい、とも思う。こういう気持ちで「かわいい」と言ってくれているなら、嬉しい。

(ちょっとずつ、だよね。うん)

べつに、身体を重ねるばかりがつきあいではない。初心者だし、徐々に徐々に、進んでいけばいいのだ。そう考えた桜哉は、不意に、気がついた。

徳井が手だしをしてこないときは、どこかで「おつきあいとは、そういうもの」という刷りこみがあった。けれどいざことに及んで、終わったあとにはがっかりする気持ちを必死にごまかす自分がいた。痛かったから、気持ちよくなかったから、そんなことではない。桜哉はべつに徳井とセックスをしたいわけでは、なかったからだ。

あれが邦海だったなら——痛くても快感がなくても、たぶん、ぎゅっとしてもらうだけですごく、心が気持ちいいだろうと思う。

(そっか。……好きなんだ)

わからない、なんて答えてしまったけれど、桜哉は邦海が好きだ。とても、好きだ。

だから、キスが途中で終わったことを残念に思うし、この次に期待してしまう。

きれいな首筋、やわらかい髪、ミントの唇。ぜんぶにときめく。いっしょにいると楽しくてあったかい。徳井のときのような、のぼせあがった感覚ではなく、全身が磁石に引っぱられるように邦海のほうを向いている。

そのことを、どう伝えるべきなのかわからない。さっきのいまで、いきなり好きですと言っても、伝わらないかもしれない。

「……どうしたの？」

無意識に手に力がこもった。ほんのささいな強さ、その違いに気づいてくれる邦海に、胸がきゅんとした。

「なんでも、ないです」

かぶりを振ると「そう？」と目を細めて首をかしげる。この角度がすごくいいな、好きだな、と思って、またきゅんきゅんだ。ちょっと自分で持てあますくらい、気持ちがうるさくてばたばたしている。たぶんこんなテンションで告白したら、とっちらかるに決まっている。

(今度、言おう。次にキスしたとき、好きですって言おう)

ちゃんとわかってもらいたいから、そうしよう。桜哉は邦海に見えないよう、ちょっとだけうしろにさがってひとり、何度もうなずく。

次第に人通りが多くなってくる。周囲は夜のとばりが降りて、だいぶ暗くなったとはいえ、繁華街のネオンはふたりの姿をくっきり浮かびあがらせるはずだが、桜哉はこの手を離す気にはなれなかった。

(でも、うん、いいや。ぼく、女の子に見えるって言われたし)

かつてはコンプレックスにも思えた容姿だが、こういうときは開き直ったもの勝ちだ。

目的地につくまで、その手は一度も離れなかった。そのことが、とても嬉しかった。

嬉しかったのだけれど——次のキスまでの距離が、予想をはるかに超えて遠いことまでは、このときの桜哉には想像すらついていなかった。

＊　＊　＊

桜が咲いて、散って、若葉が目にまぶしい季節になった。

つい数日まえまでは日が陰ると寒いくらいだったのに、日中には薄着でも汗をかきそうになる。

ゴールデンウイークを目前にして、邦海と約束していたクラゲの待ち受けは、たたき台と言わずほぼ完成品ができあがった。

『うん、いいね、すごくかわいい。桜哉くんはほんと、センスがいいよね』

「……そうですか。よかったです」

データを送信したあと、確認したという電話をくれた邦海は、がんばった桜哉を褒め、できあがった作品を褒め、とにかく褒めてくれた。だというのに、答える桜哉のテンションは低い。

『どうしたの、根つめたから疲れた？　無理させちゃったかな』

「いえ、いまの時期、授業もわりと実習ばっかりでゆるいんで。だいじょうぶです」

気遣われているのに、快く対応できない自分が心苦しかった。けれども、どうしても桜哉はにこやかな返事ができない。

電話であるのをいいことに、アヒル口もへの字に曲がったままでいる。

『ところでさ、あしたからの連休なんだけど……ちょっと忙しくなりそうなんだ。だから、あんまり会えないかもしれない』

「え……」

つい先日、また江ノ島水族館にいこうと話していたばかりだ。約束が反故《ほご》になり、桜哉はちょっとだけショックを受けた。だが忙しい邦海にだだを捏《こ》ねるわけにもいかず、できるだけ冷静になろうと心がけた。

「休日出勤、ですか？」

『うん、まあ、それもある』

邦海にしてはめずらしく、言葉をにごしている。これは徳井関係のなにかがあったのだろうなあ、と桜哉は察した。

「英貴さんの件、なにかあったんですか」

『それについては、答えられない。だから訊かないでくれるかな』

つまり正解。というよりも、邦海がはっきりした物言いをしないのは、それ以外にないのだ。いっそごまかして嘘でもついてくれればいいのに、誠実な邦海はそうしない。

「わかりました、訊きません」

『……ごめんね』

「いいです。あの、それで、いつなら会えるんですか」

『ん……なんとか、週末だけでも空けるようにする。無理だったら』

「謝らなくていいですから」

桜哉は急いでいった。邦海にはもう謝らないでほしい。怒りたくないのに、怒ることが正当な気がしてしまうからだ。

『それと、電話もあんまりできないと思う。いまも昼、抜けてきただけだから……』

ごめんと言いかけた邦海はいったん言葉を切り、『メールするよ』とつけくわえた。

「わかりました、待ってます。……それじゃ」

電話を切った桜哉の口から、「はあああああ」と長く重苦しいため息がこぼれる。とたん、向かいからなにかちいさなものが飛んできた。

「いたいっ」

「姫ちゃん、うっとうしい」

頬にぶつかったのは、スナックの包み紙をまるめたものだった。「ポイ捨て禁止」と口を尖《とが》らせると、天野は読んでいた文庫本から顔をあげ、あきれたように鼻を鳴らした。

この日、天野と桜哉のふたりはモーショングラフィックス、2Dムービーの授業を受けていたが、長家と三河は3DCGを専攻したために、べつの実習所のほうにいる。

机に向かいあい、さきほど昼食を食べ終えたところだが、なぜか天野のまえにはスナック菓子やチョコレートが数種類並んでいた。彼女曰《いわ》く、本を読むとおなかがすくのだそうだ。

「デートつぶれただけで、この世の終わりみたいな顔するからでしょ。だいたい、春からこっち、ほとんど毎日会ってたくせに。数日会えないくらいでへこむってどうなの」

「……そういうことじゃないんです」

桜哉は天野の投げたごみを拾いあげ、ごみ箱へと捨てにいった。しょげた背中に気づいた彼女は、読書用のメガネを押しあげて「なんかあったの」と言った。

「最近、らしくもなくいらついてるじゃん。この間までこの世の春って感じだったのに、どうした？」

「べつに……」

「べつにってなに、そんな欲求不満ですって顔さらして」

なにげなく言われた言葉に、桜哉はびきっと固まった。図星を刺してしまった天野は「あれれ」と唇を曲げる。

「あ、そう。そうか。姫ちゃんは乙女ちゃんでも男子だもんね。へぇえ」

「……ごめん、からかわないで。まじめに悩んでるから」

どんよりした桜哉の声に、天野は表情をあらためる。

「んじゃ、まじめに訊くわ。どうしたよ？」

ことの起こりから相談し続けていた天野に水を向けられ、桜哉はここ半月ほどの懊悩《おうのう》について、打ち明けるべきか否かと逡巡したあげく、ぼそぼそと声を発した。

「なんにも、ないんだ……」

「ないって。あれですか。恋人同士の間における、合意に基づく性的関係ってやつですか」

ずばっと言った天野に、桜哉はなかばキレながら「そこまでいってないよっ」とうめいた。

相変わらず邦海はまめでやさしいし、そのことに不満はない。あちこち連れていってくれたり、デートもしてくれる。それはそれで楽しいけれども。

「もう、ほんとに、なんもない。会ってお話しして遊んでごはん食べておしまい！」

やけくそのように言って、机に突《つ》っ伏《ぷ》す。さすがに想定外の返答だったのか、動じない天野の声もかなり驚いていた。

「キスもないの？　え……つかだって、つきあってどんだけ経つよ」

「……一回だけした。あとは手つなぐくらい。それも最近、あんまりない」

邦海と『コントラスト』へ訪れた日、桜哉はやっと彼のことを好きだと気づいた。次にキスをしたときには、そのことを打ち明けようと考えた。

しかし、そのチャンスは一度としてめぐってこないのだ。

たしかに、徐々にゆっくり進んでいけばいいとは思ったけれど、その『徐々に』が、恋愛初心者の桜哉をもってしても、とんでもなく遠い道のりであることまでは、さすがに想定できなかった。

「もう、なんで？　ほんとにわかんない。それともこういうこと考える、ぼくが変？」

「いや、ま、やりたい盛りの年齢だし……いや姫ちゃんに似合わない形容ね、これ……まあおいといて、ふつうだと思うんだけど」

「そうだよね？　あの、ふつう、したいって思うよね？」

言いづらいのをこらえ、恥を忍んで——いまさらのことだが——打ち明けた桜哉の悲愴《ひそう》な表情に対し、天野の言葉はどこまでも軽かった。

「んー、やっぱぱウケなのかなあ、邦海さん」

しかし、こっそりと心の奥底に横たわっていた疑問を言い当てた言葉でもある。桜哉は勢いこんで「なのかなっ？」とすがりついた。

「やっぱり、ぼくから動くの待たれてるのかなあ？　天野さんも、そう思う？」

言ったとたん、べちんと額をたたかれ「いたい」と桜哉はおでこを押さえた。

「関係ない他人の意見、鵜呑《うの》みにしてんじゃねーっつの。あたしが言ってるのはあくまで可能性。そんなもん、自分でたしかめるしかないじゃないのよ」

「た、たしかめるって、どうすれば」

「知るか、訊くなり襲うなりすりゃいいじゃん。やりたいならばーんと押し倒すくらいしなさいよ」

しれっと言って、天野は目のまえのプリングルスのケースを揺すり、なぜか五枚まとめて摑《つか》んで口に入れた。もしゃもしゃと咀嚼《そしゃく》しつつ、不明瞭《ふめいりょう》な声で彼女は言う。

「姫ちゃん。蒸し返すけど、ほんとに邦海さんに抱いてくれって言われたらどうすんの？」

「どう……どうって」

どうするのだろう。自分より背が高くて、大人でしっかりしている邦海を相手に、桜哉が太刀打《たちう》ちできるのだろうか。

邦海に欲情するのはたしかだし、できるものなら頑張りたい。けれど哀しいかな、処女ではなくても抱く側としては経験値ゼロの桜哉が、それを完遂するかと言われれば。

「じ、自信ない……無理かも……」

涙目になった桜哉を、天野はひとことで切り捨てた。

「泣くな童貞」

「天野さん、まえから思ってたけど、はっきり言いすぎると思うよ!?」

もっと中庸を愛する日本人的に、包んでぼかしてソフトに言ってはくれまいか。そんな涙の訴えも、天野は当然蹴散らした。

「だから相談役に向いてんのよ。ごにょごにょごまかし言ったって、らちあかないじゃん」

おっしゃるとおりで、桜哉はまた撃沈する。机に沈んだ後頭部を、天野はうりうりと指でつついた。

「焦るのもわかるけどさあ、あのひと責任感強いみたいじゃん。姫ちゃん未成年だし、それで遠慮してるとかってことはないの？」

さすがにいじめすぎたと思ったのだろう、フォローを試みる天野に「それも考えた」と桜哉はつぶやいた。

「まえに、英貴さんのこと怒ったとき、それっぽいこと言ってたから」

――未成年は未成年だろうが。

徳井をそう言って咎《とが》めた邦海のことだから、モラルを重んじているのかもしれない。けれど、桜哉のほうがもう、それだけでは足りない。

なにより、本当の本当に桜哉が引っかかっているのは、セックスができるできないだとか、そんなことではないのだ。タイミングをはずしたせいで宙ぶらりんの告白、気持ち。そしてどうしても去らない、心の刺《とげ》。

「邦海さん、英貴さんが理想のタイプだって言ったんだよ」

「それがどうしたの」

「……ぼくとぜんぜん違う、背が高くてかっこいいひとのことが初恋で、何年も経ってやっぱり好きになったんだって。つきあう相手、みんな英貴さんみたいなタイプだったって」

結局のところは、そこなのだ。桜哉がなによりもいちばん気にしているのは、自分がまるっきり、邦海の好みでもなんでもないという事実だった。

──顔とか体つきも、性格も、ほんとに理想だったんだよ。

──好きになるのって、あのころのあいつみたいな感じのタイプが多いからね。

徳井は背が高くて男らしいハンサムだ。自信満々で、相手を振りまわす言動も多い。反して桜哉は、きゃしゃで背もそう高くないし、顔だちも女の子っぽければ、性格も自己主張も強くない。

「……『思い出って嫉妬《しっと》ぶかいものよ』、か」

「なに、それ」

桜哉がぐすんと鼻をすすって問う。天野は「寺山修司《てらやましゅうじ》。名言集より」と、机のうえに重なった本のひとつを指さした。

「まだ徳井が好きなのかなって考えちゃう？」

「それもだけど……ほんとに、ぼくでいいのかなって。好きになってって言われたけど、邦海さんからは『キスする程度には好き』って言われただけなんだよね。それで……キス自体、ずっとしてもらってない」

ことの成り行きが成り行きで、ある意味流された自覚もあるだけに、邦海の気持ちがたとえ自暴自棄の勢いだとしても、責められた立場ではないのだ。

「やけくそで、こいつでいいや、みたいな、そんなのだったらどうしよう」

今度はほんとに、じわじわきた。真っ赤になった目を見たのに、天野は今度は、泣くなと言わず、やさしい目をして問いかけてきた。

「好きになっちゃったのに、好きだと思ってもらえてるかわかんなくて、哀しい？」

「……うん」

「好きなひととエッチなことしたい？　できなくてつらい？」

こくん、と桜哉はうなずく。天野は頬杖をついたまま、おもしろそうに唇をカーブさせ、なめらかな声で手もとの本を読みあげる。

「『ただいちばんのさいわいに至るためにいろいろのかなしみもみんなおぼしめしです』」

顔をあげた桜哉は「今度はなに」と顔をしかめる。天野は、いま手にしている本のブックカバーをめくってみせた。――銀河鉄道の夜、宮沢賢治《みやざわけんじ》。

「先人の言葉は深いやね。ま、なにが言いたいかっつうと、要するに」

「要するに？」

「あたってくだけろ」

ぜんぜん要してない、と桜哉は突っ伏し、天野はまたプリングルスを五枚一気に放りこんで、ばりばりと嚙んだ。

＊　＊　＊

桜哉が邦海と会うことができたのは、それから数日後、ゴールデンウイークがあと一日で終わりという、土曜日の夕刻になってからだった。なんとか土日休みは確保できたから、という連絡がきたときにはほっとした。

今回のデートコースは、ふたたび湘南。前回にはいけなかった江島《えのしま》神社辺津宮《へつみや》や、鎌倉の小町通りなど、定番の観光コースをまわった。お参りもして、穴場のおいしいレストランにも連れていってもらって、今回もまたパーフェクトなデートだったと思う。

けれどあれから悶々《もんもん》と悩み続けたために、桜哉のテンションはあまりあがらなかった。できるだけ、そんな拗《す》ねた様子は見せないようにと思っていたけれども、もともと顔にでやすい桜哉のごまかしなど、邦海にはお見通しだったらしい。

一日遊んだ帰り道、高速を降りて一般道を走る車のなか、桜哉がふっとため息をついたとき、邦海はぽつりと言った。

「ずっと連絡できなくて、ごめんね」

「……いえ、忙しかったんだから、謝ることないです」

かまわない、と言いかけた言葉が宙に浮き、なんとなく気まずい沈黙が訪れる。邦海と会っていて、こんな微妙な空気になることなどほとんどなく、それもこれも自分のせいなのだと桜哉はひっそり落ちこんだ。

（こんなふうに、したいわけじゃないのに）

本当はもっと話したいし、笑っていたい。邦海にも笑っていてほしいのに、桜哉のぎこちなさが移ったように彼もまた表情が硬い。どうしたらいいのかわからず、またため息をつくと、車が減速した。

うつむいて外を見てもいなかった桜哉は、はっとして車窓へと顔を向ける。とくになにがあるわけでもない住宅街へ向かうまっすぐな道の途中、邦海は車を路肩に停めた。

「あの、邦海さん？」

「ん。ちょっと話そうか」

ハンドルに手をかけたまま、邦海は桜哉をまっすぐ見つめる。

「きょう一日、様子がずっと変だったよね。どうしたのかな」

「べつに、なに、とか。ただその、会えなかったから、ちょっと残念だったし」

言いながら自分でも苦しい言い訳だと思った。残念だったというなら、会えたときには嬉しいと顔中にだしてしまうのが桜哉だ。案の定、邦海はずばりと指摘する。

「その程度で拗ねるような性格じゃないよね、桜哉くんは。聞きわけが悪い子でもないし、わざとふてくされて気を惹《ひ》くほど、ひねくれた器用さもない」

褒められているのかけなされているのか微妙な言いまわしだったけれど、見抜かれているのはたしかだ。おもしろくないのと、自分をよく知ってくれているのだという嬉しさがマーブル状に絡まって、桜哉はますますうつむいてしまった。

「なにがあったの？　それとも、俺が、なにかした？」

「なにもないです」

即答は肯定と同じだ。今度は邦海がため息をつく番で、桜哉は薄い肩をさらに縮めた。

「もしかして、徳井のことで言えないことがあるって、あれを気にしてる？」

当たらずとも遠からずのそれに、桜哉は反応しまいとした。けれどどれだけこらえても、ぴくりと動いた肩やこわばった表情でばれてしまったらしい。邦海は「やっぱりか」とつぶやき、桜哉の髪をそっと撫でる。

「そんなに、あいつのことが気になる？」

「それは……」

昔、あなたが好きだったひとなのだから。まだ未練があるかもしれない相手だから——。

「まだ未練ある？　あんなことされても、まだ、好きなのかな」

「え？」

続けようとした台詞《せりふ》をまるっと邦海にさらわれ、驚いた桜哉は顔をあげた。真剣な目をした邦海がこちらをじっと見つめていて、どきりとする。

片手の肘《ひじ》をハンドルに引っかけたまま、もう一方の手で桜哉の髪に触れる邦海は、かすれた声でささやくように言う。

「面倒ごとだし、いやな話だから聞かせたくないのもあった。けど正直なところ、桜哉くんがそういう顔するから言いたくないいんだよ」

「そ、そういう顔って、どんな」

「寂しそうで、せつない顔。なに考えてるんだろうなあ、って思うと、もやもやする」

単純なことに、桜哉はそのひとことで、一日鬱々《うつうつ》としていた気分がさあっと晴れていくのを感じた。

「邦海さんも、もやもや、しますか？」

「するよ。言ったじゃない、妬《や》けるって」

だってあれはまだ出会ったばかりのときのことで、冗談めかしていて、とても本気だと思えなかった。けれどいま、薄暗い車内で桜哉を見つめる邦海の目には、ほの暗い感情が滲んでいる。すこし怖くて、けれどその倍以上に、桜哉の心を乱すまなざしだった。

紅茶色の虹彩《こうさい》が翳っている。ときどき近くを通る車のライトに照らされると、まるで肉食獣の目のように光るのがきれいだと思った。

　無言で見とれていると、桜哉の髪から手を離した邦海は両手をハンドルのうえで組み、そこにもたれかかったまま、顔だけをこちらに向けて桜哉を見た。

「ねえ、なに、考えてる？」

　斜めにねじれた視線とかすれた声は、なんだか途方に暮れたような、あまえてるような響きだった。そしてとてつもなく、色っぽかった。好きなひとの流し目に思考のぜんぶを奪われて、くらくらしたままの桜哉は、とりつくろうこともできないままに答えていた。

「邦海さんは、どうしてなんにもしないのかなって」

「え？」

「あれから、キスもしないから。あの……ぼくだと、なにも、したく、ないのかなって」

　口にしたあと、桜哉はかあっと頬が熱くなるのを感じた。

（言っちゃった。言っちゃった！　ばかじゃないのか、ぼく！）

　結局ぶちまけるのなら、もっとストレートにさっさと言っておけば、こんな緊張感を味わわずにすんだかもしれないのに。相変わらず考えるよりさきに内心を口走るおのれの素直さを呪《のろ》っていると、邦海は「ん？」とかすかに笑った。

「なにもしないの、不満だった？」

「え、いやべつに、不満とかじゃ」

「ならなんで、そんなこと訊いたの？」

ちょっと上目遣いになっての問いかけ、こくんと首をかしげる仕種に、桜哉は内心で悲鳴をあげた。

（やめて、それやめて、かわいいから！）

まえから思っていたけれど、好きだと気づいてからの邦海の仕種は、心臓に悪すぎる。意味もなく叫びそうになるのをこらえて口もとに手をやると、邦海がとろりとした目つきになる。

「それ禁止って言ったのに」

言いながら、桜哉の口を覆った手を握られる。人差し指のさきだけをつまんで、弾力をたしかめるように転がされた。たったそれだけの接触だけれど、ものすごく意味深で、桜哉はどっと汗をかく。

焦りまくる桜哉の内心を知ってか知らずか、邦海は指をもてあそびながら言った。

「桜哉くんは、どうしたいの？」

「え……」

「俺に、なにかされたい……？」

じっと見つめられ、答えに窮した。質問で質問に返すのはずるいと思うけれども、答えを明確に持っているわけでもない。そして邦海の問う真意もまた、摑めなかった。

イエスと言っていいのだろうか。そうしたらさきに進めるのだろうか。ぐるぐるまわる頭のなか、またもや水を差したのは天野の言葉だ。

——邦海さんに抱いてくれって言われたらどうすんの？

脳内にしつこくはびこるその疑念を無視できず、桜哉はめまぐるしく考えた。

（これって、ただの確認？　それとも、本当は自分がしてほしいんだけどって、ほのめかされてる？　どっち⁉︎）

なにしろ経験がなさすぎて、言葉の裏を読めない。邦海といるといつもは安心しているのに、こういうときだけはものすごく、わかりづらいのだ。

なにより、いつもはかっこいい邦海のことを、かわいくて色っぽいと感じてしまうから、自分の立ち位置すら見失いそうになる。かっこいい大人の男のひとに、かわいいと思ってほしい、そういうセクシャリティが本当は間違っているのかとすら感じはじめて、桜哉は一気にパニックになった。

（これ、どう答えるべきなんだろう。なにが正解？　ていうか、してほしいって言ったら、邦海さんどう思うんだろ）

なにがなんだかわからなくて、ちょっと涙目になっている桜哉にも、ひとつだけ、はっきりしていることがある。

邦海が本当はしたくないのに、無理にそういうことさせるのだけはいやだ。それからこれは、ずるいとわかっているけれど、天野のようにずばんと言える性格ではない桜哉は、中庸を愛する日本人だった。

「ぼ、ぼくはべつに、どっちでも……」

必殺、イエス・ノーを決めないグレーな答えでごめんなさいしようとしたのに、邦海は追及の手をゆるめなかった。

「どっちでもって、どういう意味？」

こういうときだけ容赦のない彼氏が——関係性は暫定だけれども——ちょっと恨めしい。

唇を噛んで、桜哉はまたぐるぐるした。

（やっぱり、言わないとだめなのかな？　それとも、ぼくが抱いてもいいですって言うべきなのかな？　でも、やっぱり、できる自信ないんだけど……！）

桜哉が脳内であたふたする間も、邦海は、じっと静かに待っていてくれる。おかげでよけいに焦りがつのり、あさってのほうに思考が走っていった桜哉は、思いついた言い訳をそのまま口にした。

「や、やっぱりその……し、しなくてもいい、か、なあ」

天野の声で、ばかあほへたれ、と聞こえた気がした。自分でも本当にそう思って、桜哉はがっくりとうなだれる。しばしの沈黙のあと、邦海はなんだか茫然《ぼうぜん》とした声で言った。

「え……そう、なの？」

「はい。だから邦海さんも、無理しなくていいですから」

言ったとたん、邦海はなんだか変な顔をした。

「無理ってなにが？」

「あ、いやえっと、ぼくに気を遣うっていうか、なんていうか、えっと……と、とにかく、しばらくはしなくてもいいです！」

口早にまくしたて、桜哉は目を逸らした。視界の端でほんの一瞬、邦海が落胆したように見えたのは気のせいだろうか。それともなにか言葉を間違えたのだろうか。

「……ここでする話じゃないな」

「そ、そうですね」

やっと解放されるとほっとした桜哉は、車のエンジンをかけた邦海の言葉に、さらなるパニックを起こしそうになった。

「じっくり話したいから、俺の部屋にいくよ」

「……え？」

「いまの話、俺的にまったく納得いかない。桜哉くん、なんかごまかしてるでしょう」

こちらを見ない邦海の真剣な横顔に、桜哉はさあっと青ざめる。

「話が終わるまでは、帰さないから。遅くなるって……いや、泊まるからって、おうちに電話して」

今度の流し目は、色っぽいというより怖かった。

かくして、桜哉が邦海とおつきあいしてから、はじめてとなるお泊まりは、そんな顛末《てんまつ》で決定したのだ。

義兄に「帰ってきなさい」と言われることを期待しながら自宅への連絡をいれたところ、幸か不幸か、電話をとったのは姉だった。

『お泊まり？　あら、そう……ふふふ、いいわよいいわよ。ゆっくりしてらっしゃい』

なんだか楽しげに言われて、「あの、元晴《もとはる》さんは」と桜哉がすがりついたところ、本日は休日出勤、しかも残業で遅くなるという返事があった。

無言のふたりを乗せた車は邦海のマンション駐車場へとたどりつき、やはり無言のままの邦海が助手席のドアを開け、顎をしゃくって降りるようにうながすと、桜哉の手首を摑んで歩きだす。

ちらりとうかがった邦海の顔は、どこか引きつったようにこわばっている。らしくないと感じるほど強引な手つきに、桜哉の困惑と不安はさらにひどくなった。

（どうしよう、なんか、邦海さん怒ってる？）

いったい、自分はどこでなにを失敗したのか。いやそもそもすべてが失敗の気がする。どうしていいのかわからないまま、はじめて会ったとき以来の邦海の部屋へとあがらされた。

到着してから、ようやく口を開いた邦海の言葉は、玄関のドアを開けるなりの「さきにいって」のひとことだ。桜哉はもはやどうしようもなく、おずおずと靴を脱ぐ。

「おじゃま、します」

邦海は桜哉の背後で、玄関を施錠する。さきに桜哉をいかせたのは、まるで逃げるのを防ぐためかのようで、ひどいプレッシャーで肩が重かった。

うしろにいる邦海の視線に気圧《けお》されるまま、居間へと足を運ぶ。

「さて」

大きく息をついた邦海は桜哉をソファに座らせ、自分も隣に腰かけて手をとった。

「桜哉くんて、セックスあんまり興味ないひと？」

部屋に戻るなり、いきなり話の続きがきた。ふだんの邦海ならばお茶のひとつも勧めてくれただろうけれど、今夜、彼に気遣いを捨てさせたのは桜哉自身だということくらいはわかっている。

「え、あ、ど、どうだろ、わかんない」

ストレートな問いかけと強い視線に、桜哉はしどろもどろになった。そして、問われる内容に面食らっていたけれど、冷静に考えるとなにかが変だ。あれ？　と思っているうちに、邦海はどんどん話を進める。

「わかんないって、自分のことだろ。べつに責めてるわけじゃないから、そこ教えてくれないかな」

「教えてって、なんでですか」

「無意識にいやなこととか、傷つけることとしたくないんだ。だから、ちゃんと言ってほしい。セックスしたくないのは、なんで？」

「いや、だから、なんでって……」

訊いていたのは桜哉のはずなのに、気づけばいつの間にか完全に問われる立場だ。しかもいつの間にか『桜哉がしたくない』ことが決定事項になっている。

（なんでって、なんで？　話がずれたよ。ていうかこの会話は想定外だよ）

そもそもは邦海がどうして手をだしてこないか、と問うたのであって、桜哉のほうが拒否しているわけではないのだが。そう考えて、はっとした。

もしかしてこれは、桜哉がするほうだという前提での話の流れなのか。だとしたら、正直な答えは『したいけれどできると思えない』となる。

――エッチ方面の不一致って、けっこう大変らしいじゃん。

本当に天野の言葉は正しかったのかもしれない。おのれの未熟さと考えのあまさを痛感し、桜哉は涙目になってしまった。邦海ははっとしたように目を瞠る。

「ごめん、いやなことを訊いたのかな。焦りすぎた？　ごめんね」

「ちが……いやとかじゃなくて」

「……なくて？　言ってくれないとわからないよ」

濡《ぬ》れた目もとを、邦海の指先がこする。気遣われてますます情けなくなった桜哉は、まわらない頭をどうにか動かそうと必死になった。

(邦海さんと、したくない理由って、どう言えば……セックスが、いやな理由……あっ)

追いつめられた桜哉はもはや深く考えることもできず、思いついたなかでいちばんもっともらしい理由にすがりついた。

「えーと、いや、だって、その、痛かったから……」

「え？」

「英貴さんに、その、されて……なんかもう、ああいうの、しばらくいいかなって。思ったよりよくなかった、っていうか、痛いだけだったし」

半分は事実だったが、本当は二度といやだというほどではなかった。それでも、ほかにとりつくろう言葉も見つけられなかった。

(うん、痛いから、いや。シンプルだよね？)

取り乱すあまり、残念な状態になってしまった桜哉の頭では、その問いにしろ答えにしろ、そもそもの本題から大きくはずれ、かけ違っていることには気づかなかった。

とにかくいちばん、もっともらしい返答だと思えたのだ。この理由なら『傷つけたくない』という邦海は引いてくれるのではないかと思った。

ところが、邦海は桜哉の言葉にはっとしたように目を瞠り、むしろ食いついてくる。

「痛かったって、あのとき？　やっぱり相当ひどくされてた？　赤くなってたけど、薬つけたからだいじょうぶだとばっかり」

「いっ、いえあの、あのときのはすぐ治ったから」

またもや想定外の反応をされた。真剣な顔で案じられると、よけいに恥ずかしい。

（そうだよ、そういえば、見られちゃったんだよ！）

「わっ、忘れてください！」

あまりの恥ずかしさに記憶の底へ埋めておいた事実を思いだし、桜哉は声を大きくした。

（もうやだ、ぼくのばか）

適当なことを口にした自分を呪った。

羞恥《しゅうち》にまた涙が滲んで、顔は真っ赤だし、本当に身の置き所もない、消えてしまいたいと縮こまる。その反応を、またもや邦海に勘違いされてしまったらしい。

「本当は、ひどく痛かったんだね。我慢してたんだ。……かわいそうに」

しんみりと言われて、むしろ申し訳なくなった。自分が言いだしただけに違うとも言えない状況が呪わしかった。どうしていいのかわからない。パニックを通り越し、放心状態になっていると、邦海がそっと頭を撫でてくる。

顔をあげると、心配そうな邦海の目と目があってしまって。桜哉は反射的に「ごめんなさい」と叫びたくなった。思わず開いた口に、邦海の指が触れ、謝罪の言葉は引っこまざるを得なくなってしまった。

そして気づけば、距離が近い。頭を撫でていたはずの手は、いまはもう頬へと移り、指が長いせいで首筋と耳にも触れている。反射的に逃げかかる身体は、邦海の手が腰を抱くことで固定されてしまった。

こつん、と額《ひたい》に額を押し当てられる。ミントの香りの吐息が顔をくすぐって、桜哉はくらくらしてしまった。

「……あのね。ほんとのセックスは、あんなんじゃないんだよ」

「そ、そうなんですか？」

声がとろりとあまくて、なんだかエッチな気がした。ぞくぞくするような感触に首をすくめる。そのくぼみにも指を這《は》わされ、気を抜くと変な声がでそうだった。

「きちんと準備して、相手の体調とかに気をつければちゃんと気持ちいい。はじめてだと、その辺はむずかしいけど、覚えたらすごくよくなる」

ささやく邦海の声に酔わされそうになりながらも、桜哉はまた考えていた。

（実感こもってるなあ……やっぱり経験者だからなのかな）

そんなひとを相手に、『きちんと準備』して『体調とかに気をつけ』ながらのセックスなんて、絶対にできるわけがない。

「あの、ぼく……」

ちゃんとできる自信がないです、と白旗を掲げようとしたところで、邦海が大きくため息をついた。

「やっぱりほっとけないな。様子見ようと思ってたけど、そんなに怖がってるんじゃ、トラウマになりかねない」

「えっ？」

「いやなら、途中でやめてもいい。でも、あのことが怖いだけなら、俺と試してみない？ 痛いことは絶対にしない。気持ちよくだけ、してあげるから」

やさしい手つきと声にうっとりしかかっていた身体がまたもや不安で緊張しはじめる。よけいな予備知識さえなければ、桜哉はそのままとろんとなって、うなずいていたと思う。けれども邦海のあまりの色っぽさに、却《かえ》って「だめだ」と思ってしまった。

「く、邦海さんはしたいんですか？」

「うん……ごめんね、したい」

あああやっぱり、と桜哉はなかばパニックになる。邦海の熱っぽい目のなかには、快楽への期待がたしかにあった。けれど桜哉はその期待に応《こた》えるすべなどなにも持っていない。

いやだと言えば邦海はたぶん引いてくれるだろう。けれどそれでいいのだろうか。

（がっかりさせたくない）

そもそも、変なごまかしをするからいけなかったのだ。ちゃんと話せばきっと、邦海はわかってくれるはずだ。もしかしたら、いっしょに方法を考えてくれるかもしれない。あさっての方向にずれたまま、桜哉はようやく、おのれの真実に向きあう覚悟を決めた。

（がんばるんだ、へたでもたぶん、がんばればなんとか！）

いままで邦海が見せてくれた誠実さに応え、最低限の努力をするべきだと思った。そのためには、とにかく正気でいなければ。せめて、できないなりに努力をしなければ。

「あの、じゃあ、ぼ、ぼくがします。どうすればいいですか？」

思いきって言うと、邦海は驚いたように目を瞠ったあと、やさしく笑って桜哉の髪を撫でてくれた。

「変なふうに気を遣わなくてもいいよ。経験ないくせに」

口調こそあまいけれども、ストレートにすっぱりと言われ、ぐさっときたが事実だ。けれどできないなりにがんばるべきだ。桜哉は自分をふるいたたせ「できること、あると思います」と宣言した。

「くわえるだけ、なら、できると思います。あとはあの……申し訳ないけど、邦海さんがいいように使ってくれれば」

「……使う？」

なけなしの知識を総動員し、懸命に言った桜哉に対して、邦海はひどく怖い顔をした。あれ、と思うより早く、両肩をがっしり摑まれ、厳しい表情の邦海に睨みつけられた。

「使うってなに？　なんでそういう、似合わないこと言うの。ひょっとして、徳井にそんなふうに仕込まれた？」

「え……ち、違います」

あまりの剣幕にたじたじになると、突然長い指に顎をとられ、怖い顔で叱《しか》られる。

「うかつなこと言うと、このちっちゃい口に本当に無理に突っこむよ。そんなのいやだろ」

ふるふる、と桜哉はかぶりを振った。それ以外なにもできないでいると、邦海は険しい表情で唇を歪める。

「いやなら、もっといやな顔しなよ。ちゃんと抵抗もして。されるままとか、そんなのだめだからね。そういうのは、やさしいのとは違うんだよ、桜哉くん」

邦海は誤解している。いくら桜哉だって、ただ流されっぱなしなわけじゃない。無理にかされるなんて、怖いし、いやだ。じっさい徳井にされそうになったときには、怯《おび》えて逃げた。

怖いのはきらい。なのに、きつく顎を摑んでくる邦海をまえにしていると、どきどきするのはどうしてだろう。――答えなど、考えるまでもない。

「……邦海さんなら、いいです」

「え？」

「ぼくに、なにしても、いいです……」

邦海が息を呑《の》み、なんだか痛いものをこらえるような顔をした。突然、顎を捕らえていた手が離され、桜哉の身体が彼の腕にぎゅっと抱きしめられる。

「ひどいことしたくなるから、あんまりそういうこと言わないように」

「え、そ……あっ」

そういうことってなんですか。問いが口にできなかったのは、抱きよせてきた邦海が桜哉の耳をぬるりと舐めたからだ。耳朶《みみたぶ》を含んでくちゅくちゅと音を鳴らしながら、味わうようにしゃぶられる。首筋や頬にも息がかかったり、邦海のいいにおいのする髪が触れたりして、桜哉はどんどん敏感になっていく。

「……逃げないの？」

耳に吹きこまれた吐息混じりの声に、背筋が一瞬で溶けた。なんだか怖くて、すがるものがほしくてしがみついたのは、しなやかで逞《たくま》しい邦海の肩だ。

「だから桜哉くん、それじゃだめだろ」

首筋を咎めるように噛まれて、「やっ……」と声がでてしまう。とっさに自分の手で口をふさぎ、違う、とかぶりを振った。

「なに。声でたの恥ずかしい？」

「じゃなくて、えと、……やじゃない」

「え？」

「いやじゃない、から」

邦海の顔から笑いが消え、あ、キスされると思った瞬間には唇が重なっていた。やわらかくしっとりと吸いついてきたかと思うと、角度を変えて何度も嚙まれた。

清潔でやさしげな邦海の印象とはまるで違うキスは、記憶のとおりに激しくあまい。

あの日と同じ、ちょっと怒っているような顔の邦海だ。あっけにとられていたのに、ちゃんと覚えている。そして思った。

（やっぱり、ぜんぜん違う）

徳井のキスはただ乱暴なだけで、本当は酒臭くて痛くて、いやだった。けれど邦海の唇は、ミントの香りとあまさに満ちている。唇を嚙むといってもすこしも痛くはなくて、おいしそうに、いとおしげに味わわれている感じがして、桜哉はぽわんとなってしまった。

「んんう……っ」

力強く舌で口腔《こうこう》を割られ、そのままの勢いで粘膜をねぶられた。だし入れするような動きがいやらしいのに、きらいじゃないと思う。上顎のあたりを舐められたとき、ひくんと腰が弾んだのを見逃さず、邦海は桜哉のもがいた脚を割って腿《もも》をはさませてくる。

（くち、が、溶けそう）

桜哉はいやがるどころか、細い腿で邦海のそれをきゅっと締めつけた。口のなかにあった舌がぴくんと反応し、潤んだ目をそっと開けると、なんだか楽しそうに目を細めているきれいな顔がアップで飛びこんでくる。

「な、んれ、笑うんですか」

唇を離され、しゃべったとたんに口から唾液《だえき》が伝った。あわてて拭《ぬぐ》おうとするより早く、邦海の指が桜哉の唇を撫でる。

「いやがってないから、嬉しい」

邦海の唇もまだ濡れていて、思わせぶりに舐める仕種に頭が沸騰しそうになる。目を逸らし、真っ赤な顔をした桜哉は、それでも声を絞りだした。

「いやだなんて、言ってない……」

「うん、だからそれ、ほんとなんだなと思って。桜哉くん、キスするとほんとに気持ちよさそうだ」

鼻先で頬をこすられ、さっきまでキスされていた耳をまるごと包むようにいじられる。熱くなったそこに、邦海の指はずいぶんひんやり感じられた。

「……もっと気持ちいいこと、しない？」

「あっ」

内腿に手を這わされ、弱みを知られた耳にささやきかけられて、桜哉はなにがなんだかかわからなくなってくる。

（だめ、だめなはずなんだけど……）

なにがだめなんだっけ。

「だめじゃないよね」

どうやら内心のつぶやきは口にでていたらしい。邦海の長い指は脚からするすると這いのぼり、もうきわどい場所にさしかかっている。

「だってこれ、ぜんぜんだめじゃなさそうだし」

「うあ、やっ」

ボトムの前立てをめくるようにして、ファスナーのラインに爪を立て、したから撫でてくる。かりかりという音とごくかすかな振動に、ざわざわと首筋が粟立《あわだ》ち、股間《こかん》が反応した。

「舐められたことある？」

ぶんぶんと桜哉はかぶりを振る。舐めるどころか、徳井はほとんどそこに触れてもこなかった。口にはだせなかった言葉を、邦海は正しく読みとったらしい。

「あいつだけだもんね。あるわけないか。どうせろくにいじりもしなかっただろうし……」

「なっ、なんで」

お見通しの理由は言わずもがなだ。たぶん邦海のほうが、徳井のセックスをよく知っている。なんだか複雑な気分になって眉をさげると、意味深に笑った邦海がまたもや答えにくいことを問いかけてきた。

「もしかして、あいつとしたとき、いってないんじゃない？」

「……っ、そんな、言えない」

ふるふると髪を揺らした桜哉に、邦海はにっこり微笑んだ。

「てことは、そっか。ひとにいかされるのは、俺がはじめてだよね」

なんでそんなに嬉しそうなんですか。という言葉を口にするより早く、ファスナーがおろされた。下着の布も押しあげ、窮屈そうに顔をだしたそれが、ひんやりした手に捕らわれる。

「やだっ、待って、あっあっ、待って邦海さんっ」

「待ってもいいけど、こっちどうする？」

「どう、どうって、どう……っ」

手を動かされて、ぷちゅ、と音がした。すでに濡れている自分に気づかされ、桜哉は両手で顔を覆う。まったく制御できなくなった身体が恥ずかしく、そのせいでよけいに過敏になって、いまは邦海の手のひらの指紋さえ感じ取れる気がした。

「やりにくいかな。ちょっとこっちに脚持ってきて」

「え、あの、えっ」

桜哉をいじるのとべつの手で脚を開くようにうながされ、抵抗してみせても急所を握られて揉《も》まれていては、むずかしい。

「だ……め、ソファが、よ、よごれ、ちゃ……」

「だいじょうぶ、汚さないようにするから」

言うなり、指の動きが複雑に激しくなった。自分でするとき、そんなに刺激的なやりかたをしたことのない桜哉は驚いてしまい、「やっ、やっ」と短く叫んで邦海の胸を手のひらで押し返す。

くすりと笑った邦海が額に唇を押し当ててきて「怖くないからね」とささやいた。

「だから、緊張しないで。まかせて。ね？」

「でもっ、でも」

恐慌状態になった桜哉に「しー……」と告げ、あえぐ唇にキスが降りてくる。ぬるぬるしているのは、桜哉を握った手と舌の両方になり、おまけに上下する動きと舌のだし入れを連動されて、いやでも卑猥《ひわい》な妄想がひどくなる。

「んー、んー……！」

舌のさきを吸われながら、敏感な先端を撫でられる。

「いっぱい濡れてて、かわいいね。色きれいなのに、ちゃんと剝《む》けてる」

「ひ……！」

邦海はキスの合間に、きれいな顔でものすごいことを言った。もう脳が完全に煮えた桜哉は、無意識のままかくかく揺れる腰を止められず、キスをする彼にしがみつく。上唇と下唇

を順番に吸われ、ゆるんだ唇の裏から、歯列、顎、頰の内側、とにかく全部舐められた。

邦海のキスは気持ちよすぎて、ミント味の、すこしすうっとする舌にずっと口のなかを舐めていてほしくてたまらなくなる。

(やばい、だめ、どうしよう)

邦海が舌のさきを嚙みながら「んん……?」と色っぽい声をだす。「どう?」と問われているのはイントネーションでわかったけれど、答える余裕などどこにもない。

「ふっ……うう、んんんっ」

うずうずする身体が火照《ほて》って汗ばむ。気持ちよくて苦しくて、涙がでてきた。もうとにかく、口のなかも邦海の手のうちにあるそれもめちゃくちゃで、全身ががくがく震えはじめる。

「あ、も……っ、いっ⁉」

もういく、とくぐもった声で言いかけたとき、痛いほどにぎゅっとペニスを摑まれた。衝撃に驚いて目を開くと、ぬらりと濡れた唇を舐める邦海が、ミントの香りの息を吹きかけながら言う。

「いまみたいなキス、ここにしてあげようか」

端整な顔に、興奮の汗が浮いていた。しっとりした肌は上気して、笑っているのに目だけが怖いくらいに鋭い。たぶん、根もとを締めつけられていなかったら、この顔だけで桜哉は射精したと思う。

「どうする桜哉くん。これでも、いやって言う？　ねだってくれたらなんでもする」
すっごく気持ちよく、いかせてあげるよ？

音にならない吐息でささやかれ、桜哉は完全に思考を放棄し、邦海が望んだとおりの言葉を口走った。

「お、お願い。し、して、口で」
「舐めてほしい？」
「うん、うんっ……あっ、……あぁあっ！」

ぬるぬるして熱い舌が絡みついてきた瞬間、桜哉はソファに斜めに倒れこんだ。

（あつい、のに、すうすうする）

体感がちぐはぐな気がするのは、ミントのせいだろうか。熱くてたまらないのに、ときどきひやっとして、それが強烈な刺激になる。いつの間にかすっかりはだけていたボトムが邦海の力強い手に引きおろされ、中途半端に絡んだ衣服に拘束されたまま、桜哉は全身を痙攣《けいれん》させた。

（いきたい、いきたい）

頭のなかはもうそれだけで、身も世もなく悶《もだ》える。腿に邦海のさらさらの髪が触れて、むずがゆく恥ずかしいけれど、惜しみなく与えられる愛撫《あいぶ》に、快感への期待がつのった。

けれど数分後、約束が違うと桜哉はさらに泣く羽目になっていた。

「も……も、やだあ、やだ……っ」

舌先で桜哉をいじめる邦海が「んん？」と喉奥で笑う。いじわるな男の髪を摑んで、桜哉は「ひどい」としゃくりあげる。邦海はぎゅっと桜哉を握って口を離した。

「なにがひどい？　ちゃんと舐めたよ」

「違う、い、いかせて、いかせてくださっ……っ、ふあ、あっ」

桜哉のおねだりに対して、たしかに邦海はちゃんと応え、口でしてくれた。

けれど、ぎゅうぎゅうに根もとを指で締めつけたまま、延々としゃぶられ、吸われ、あま嚙みされるのは、経験のない桜哉には拷問に近かった。

「ひ、ひどい、ひど……」

「ああ、泣かせてごめんね。たいしたことしてないのに……ほんと、かわいいな」

邦海はひいひいと声をあげ涙ぐんでいる桜哉に頰ずりする。その間にも桜哉のペニスをいじりまわし、達しない程度に刺激することをやめてはくれない。

「も、だめ……もう……」

「うん、のんであげようと思ったけど、顔見たいからそれは今度」

「こ、今度って、えっ、ああ、あああ！」

もうなにをされたかわからなかった。邦海が十本の指を全部使って、桜哉をぐちゃぐちゃにいじりまわしはじめ、数秒も待たずに待ちこがれた瞬間が訪れた。

「ほら、いっていいよ」

「あん！　あっ！　あ！」

全身をバウンドさせて声をあげた桜哉の精を、邦海の大きな手のひらが受けとめる。びゅくびゅくと溢《あふ》れるものがきれいな手を汚していくのが恥ずかしい。

涙ぐみながらあえいでいると、「かわいい」とささやく声がすぐそばで聞こえた。

「ふぁっ、あっ……み、見ない、で」

瞼《まぶた》を閉じていても、その一部始終をじっと見られているのがわかった。桜哉は邦海の身体に両手を突っ張って、ひいひいとすすり泣く。邦海は弱々しい抵抗など無視したまま、熱っぽい目で桜哉を見つめ続け、ゆっくり絞るように手を使う。

「いくときも泣くんだね。まだでるのかな」

「や、やぁ、さわ、んないで」

「我慢しないで。いっぱいだしていいから」

「うー……っ！」

愛撫の手が止まらないおかげで放出後にも何度か波が訪れる。桜哉は背筋を反り返らせるようにして快感に耐えながら、最後の一滴まで搾り取られた。

(なに、いまの……)

引き延ばされただけ快楽は長く尾を引き、二度か三度、いっぺんに射精したような強烈な感覚にめまいがした。

ふだん、自慰をしたときの排泄的な快感とは較べものにならなかった。指先までびりびりと痺《しび》れ、全身の肌が過敏になっている。まだ痙攣が止まらず、ソファのうえで不規則にびくびくと震える桜哉は、茫然と目を見開いていた。

「ちょっと待ってて」

機嫌のよさそうな声をだした邦海が、離れていくのがわかる。けれど指一本動かせないまま横たわる桜哉は、しばらくして戻ってきた彼の手に濡れたタオルがあるのに気づいた。

「じぶ、んで」

始末くらいはすると言いたかったのに、ろくに声にならなかった。それでも邦海にはたぶん聞こえたはずなのに、彼は完全に無視したまま、やさしい手つきで拭っていく。タオルの目地が敏感な粘膜をこすり、びくっと震えると「ごめんね」と頰に口づけられた。

「ちょっと嬉しくて、やりすぎた」

言葉どおりの表情をした邦海の唇からは、いつものミントの香りがする。腫《は》れぼったくなった唇に何度かやわらかにキスをされ、あえいで乾いた口腔を軽く舌で湿らされて、ようやく声がでた。

「嬉しいって……なんで？」

ぼんやりとした声の問いに、やっぱり意味不明な言葉が返ってくる。

「わかんなくていいよ。なにか飲む？」

どういう意味か考えるのも面倒で、桜哉はこくりとうなずいた。きれいにされた股間はすでにファスナーまで元通りで、全身が重《おも》だるく汗をかいていなければ、なにもなかったかのような気にさえなる。

「起きられる？　水がいいよね」

ペットボトルの水を持ってきてくれた邦海に助けられ、どうにか自力で水を飲んだ。ボトルの蓋《ふた》を開けたとき、一度ゆるめてあったのに気づいて、至れり尽くせりだなあと思いながらごくごくと喉を潤した。ふあ、と気の抜けた声を漏らすと、肩を抱かれて胸によりかからされる。

しばらく無言で髪を撫でられ、とろとろと眠くなりそうだった。あまやかされている時間がとんでもなく心地よくて、ちょっと危ないかもしれないと思う。

「危ないって、なんで？」

また、心の声がでていたらしい。桜哉はうとうとしながら、ろくに考えられずにそのまま答えた。

「なんか……邦海さんの、中毒になる、気がします」

彼がミントを手放せないように、自分も邦海なしでいられなくなる。もともとがあまったれなのに、こんなにされたら完全に落ちてしまう。

「なればいいのに。うんとかわいがってあげるけど？」

「ん……それも、だめ」

「だめって、なにが？」

邦海がどんな顔をしているのか見たいのに、もう瞼が開かない。眠りに引きこまれながら、桜哉は必死に口を動かした。

「邦海さん、かわい……言うの……心臓、が」

ときめいて壊れそうになる。なのにもっと言ってほしいと思う。そういうのはよくない気がするから、やめて。

「あますぎる、のは、身体に、毒……」

「桜哉くん？」

名前を呼ばれたときには、桜哉はすでに夢のなかに落ちていた。

＊　＊　＊

五月もなかばをすぎて、季節はいよいよ夏に近づいていく。

「いい天気だねえ」

ひさしぶりに授業が重なり、仲間全員が集ったうえに、午前中だけでカリキュラムは終わりとあって、桜哉と女子たちの四人は、連れだって日当たりのよいカフェへとちょっと贅沢《ぜいたく》なランチを食べにきていた。お互いの皿をつついてシェアしつつ、にぎやかに感想を言いあう長家と三河の声をよそに、相変わらず天野はがっつりと大盛りパスタを口に運ぶ。

「これおいしいよ、姫ちゃん。食べてみ？」

「え、あ……ありがと……」

ぽわんとした顔で昼食をつついていた桜哉は、小エビとそら豆のパスタを口に運ぶ。なんだか気だるい仕種をじっと見つめていた三河は、いきなりの突っこみをいれた。

「姫ちゃん、あのさ。ちょっと訊きたいことあるんだけど」

「え……なに？」

「邦海さんとエッチした？」

ぼうっとしていた桜哉は、沈黙の果てに見せた赤面でもって問いに答えてしまった。長家は目を爛々《らんらん》と輝かせ、天野は「あーあ」といわんばかりに片手で顔を覆う。

「あ、やっぱり！　やっぱりだよね！　連休明けから、なんか雰囲気変わったもん！」

「……三河、あんたそれセクハラだから」

自分こそ直球番長のくせに、天野は他人の言動にはうるさい。彼女なりのライン引きがあるのだろうなと思いつつ、桜哉は熱くなった顔をぱたぱたと手であおいだ。

（女の子って、どうしてこういうカン、鋭いのかな）

連休中忙しかった邦海だが、ゴールデンウイークが明けてからは通常営業に戻り、まめまめしく空いた時間のすべてを桜哉のために費やしてくれている。

そしてあの日から、桜哉のデートコースには邦海の家がラストにつけくわえられることになった。平日も、以前のように外に食事にいくのではなく、彼の部屋でゆっくりすごす。

——覚えたらすごくよくなる。

思えばかなりな宣言だが、言葉に嘘はなかった。なにも知らないも同然だった桜哉の肌は、この二週間足らずですっかりといろいろ覚えこまされ、ときどき自分でも持てあますほどになりはじめている。

（邦海さんて、思ってたよりすごく、やらしいんだ）

あんなに王子さま然としたルックスのくせに、邦海の愛撫はかなりしつこい。おまけにかなり独創的で、フェチっぽい。でも、すごく、すごく気持ちがいい——。

思わず反芻《はんすう》してぼんやりしていた桜哉は、三人がこちらを凝視していることに気づいた。

「あ……なに？」

「なにって、姫ちゃん。その顔のほうがセクハラ」

「昼間は、邦海さんのこと考えるの禁止。ていうかやっぱりやったんだ……」

「えっと、ノーコメントです」

完全に遅きに失した桜哉の言葉など、もはや三河も長家も聞いてはいない。お互いをつつきあっては興奮気味にくすくすと笑うふたりに較べ、天野はいたって冷静だった。

「……一応、うまくいってるんだ？」

こっそりとささやかれた言葉に「うん、なんか考えすぎたみたい」と桜哉も小声で返す。

「だったらよかったよ。……ごめんね、いらない話して」

「え？」

「ほら、タチとかウケとかさ」

天野にじっと見つめられ、べつにやましいことがあるわけでもないのにぎくりとしたのは、「うまくいっている」かどうかに、本当は自信がないからだ。

「ああ……うん。まあ……」

淡い桜色に染まっていた桜哉の頬が、すっと色をなくす。気づいた天野は軽く眉をよせたけれども、追及しないでほしいと訴える気配に気づいてか、口を閉ざしたままだった。

徳井といろいろあって、それでもこうして笑いながら冷やかされることができるのは、間違いなく邦海のおかげだ。総体的に見れば、幸せな現状だとは思う。けれど、気だるい快感の余韻が残る身体と裏腹に、桜哉の気持ちはまだどこか、こわばっていた。

（気持ちいい、し。いっぱいしてくれる。あまやかしてくれてる、でも）

肝心のことはなにも、解決したような気がしない。どころか逆に問題がややこしくなった気がする。

問題のひとつめは、天野が言うところの『性の不一致』についてだ。

あれから何度か触れあっているが、まだ一線は超えていない。しかも、いつもいかされるのは桜哉だけ。「痛くていやだ」などと言ったせいか、邦海は自分はいいと言って、挿入はいっさいしない。それどころか、せめて手とか口とかと申しでてもなにもさせてくれない。

――桜哉くんがいやじゃないってしっかり覚えるまで、ね。

そう言って、それはもうあれやこれやのサービスをしてくれる。おかげで身も心もとろとろのへろへろ状態にさせられ、邦海といる間には疑問を差しはさむ余地はいっさいない。けれど、一方的に気持ちよくされるばかりの状態が、本当にいいのかどうかわからない。

(へんな言い訳しなきゃよかった)

いくら取り乱していたからといって、あんな意味不明な言い訳を鵜呑みにする邦海もどうかと思う。後悔はてんこもりにしているけれど、だからといって、いまさら「してください」とも言いにくい。

それから、問題のふたつめ。徳井を理想のタイプだったと言いきられた事実は、存外しつこく桜哉の胸にはびこっている。なにより、徳井の名前をだすたび怖い顔になる邦海は、いったいどれだけ彼を気にかけているのかと、ひねくれたことを思ってしまう。

(やっぱり、ぼくじゃその気にならないのかな。好みと、違うし)

それとも邦海はやはり抱かれたいほうなのだろうか。ため息をつきつつ、問題のみっつめ。

これは桜哉の努力不足だが、いまだに好きだと言えていない。

次にキスをしたら、好きだと言おうと思った。けれどそのキスのあと、とんでもない展開になったせいで言いそびれ、自分の決めたルールがあえなく崩壊したことで、言いだすきっかけを失った。

問題、ラスト。むしろ、これがいちばん比重としては大きいのだが——邦海は結局、桜哉のことを好きなのかどうか、よくわからないのだ。

（言ってくれなきゃわからないって、自分で言うくせに）

勇気がなくて告白できないことを棚にあげ、桜哉は恨みがましく思う。けれどそもそも、口にされたところで、それは望んだものなのだろうか。

あまやかし放題あまやかされている自覚はある。好意も感じる。けれど問題のすべてを総合してみると、どう考えても自分に都合のいい答えがだせなくなってしまう。

どうしたものかわからなくて、悶々と考えてばかり。そうこうしているうちに、いまさら好きだと打ち明けていいものかどうかすら、わからなくなってくる悪循環。

（楽しいし、気持ちいいし、幸せなんだけど）

でも、なにか肝心のものが足りない、気がする。贅沢ではあるけれど切実な悩みに疲れ、「はあ……」とため息をついた桜哉を、三河が覗きこんできた。

「どしたの、姫ちゃん」

「あ、うん、なんでもない。ちょっと疲れただけ」

考えすぎて、という意味だったのだが、なにを誤解したものか、三河と長家は「ぎゃー！」と鼻息荒く騒ぎたてた。

「なにそれー、愛されすぎて困っちゃうってこと？」

「贅沢！　えっち！　でもやっぱり萌《も》えっ」

ばしばしとたたかれて、桜哉は「そんなんじゃないったら」と逃げまどう。思わず天野に視線で助けを求めるけれど、彼女はきれいな爪をひらひら振ってみせただけだ。

「のろけたの姫ちゃんだから、自業自得」

「ち、違うよお……」

弱々しく言ったものの、本音を言えない以上はどうしようもなく、しばらくの間桜哉は揉みくちゃにされた。

「やめ、やめてほんとに、髪がぐちゃぐちゃに」

「なによ、きょうはべつに邦海さんに会うわけじゃないでしょ」

「……えーと」

一瞬の間を空けた桜哉に、三組の目が向けられる。じいっと見つめられ、桜哉は「このあとも、会う予定になっていて」と、もそもそ答えた。

「ここで、待ちあわせする予定、なんだよね」

三人の目がまったく同じ形――半眼になり、桜哉は意味もなく愛想笑いを浮かべた。

「なんかほんとラブラブなんだね。いいなあ」

「やっぱし日参かよ……だから恋に浮かれたやつの悩みとか、聞くだけあほだって」

「つうか、なんか心配したのアホらしくなってきた。帰るべ」

言いたいだけ言って、三人ともが席を立った。さっと伝票を取りあげた天野は、「ここ姫ちゃんのおごりで」とそれを桜哉に押しつける。

「えっえっ、そんな！」

「ごちでした。ダブルの意味で」

天野はぱんっと両手をあわせ、残るふたりもまったく同じポーズをする。だがその向かったさきは桜哉ではなかった。

「……なに？　三人揃ってなんで拝礼？」

女子三人に拝まれたスーツ姿の邦海はきょとんとした顔で、頭を抱える桜哉と彼女たちを見比べていた。

＊　＊　＊

打ちあわせをして、食事をして、彼の部屋を訪れる。

いつものコースでたどりついた邦海のベッドはミントの香り。けれど最近そこに、自分の汗のにおいが染みついてしまったような気がする、と桜哉はぼんやり考える。

「あ……あ……っ、いや、あ」

背後から抱えられるかたちで胸をこねまわされながら、桜哉は切れ切れにあえぎ、泣く。最近とくに彼がこだわっているのは、薄ピンクの乳首だ。

「ここもね、覚えて。そのうち、ここだけでいけるようにしてあげるから」

裸の背中に感じる邦海のシャツのボタンが痛いのに、それすらも過敏になった肌は刺激へと変換し、桜哉は「ひんっ」としゃくりあげた。

「よくなってきたよね。最初は、痛いかくすぐったいだけだったのに」

邦海はそんなことを言いながら延々と胸のちいさな尖りをいじり続け、桜哉自身を愛撫する。とにかくたっぷり時間をかけて、ねっとりじっくりいじめられたそこは、真っ赤になって硬く凝っていた。

「あっあっあん！　や、つめ、いや」

「ん、どっち？　乳首？　それとも……これ？」

耳を舐めながらささやく邦海は、胸のうえにぷつんとなったちいさな粒と、溢れる体液でぬるついた性器の切れこみに同時に爪を立てた。桜哉は声もなくのけぞり、邦海のシャツを後ろ手にぎゅっと摑んだまま、はしたなく脚を開いてがくがくと震える。

だめ、飛んじゃう、落ちちゃう。意味のない言葉を舌のうえで転がしていると、顎を掬いとられて斜めによじれるキスをした。ミント味の涼しい舌が、桜哉の唇をたっぷりいじめる。そして舌を吸われるのは、「いっていいよ」の合図だ。

「んんんー……！」

乳首をきゅうっとつねられ、全身をがくがくさせながら桜哉は達した。いつもいつも、射精するタイミングで邦海は乳首を刺激する。快感が連動し、パブロフの犬のように覚えてしまうのも、きっともうすぐだと、他人事《ひとごと》のようにぼんやり思った。

(終わった、のかな)

いいだけいじられてぐったりしていると、やわらかい手つきでベッドに寝かされる。きょうもこれでおしまいなのかと寂しく思いながら身体を伏せていると、ぬるっとした感触がお尻にあたって驚いた。

「な……に？」

「きょうはね、時間あるから、ちょっとがんばれる？」

だからなにを。肘をついて半身をよじり、着衣のままの邦海を振り返ろうとした桜哉は、そのままころんと仰向けにされて驚いた。

「軽いな。桜哉くんはちっちゃくて、ほんとにかわいい」

邦海が、薄い腹部に口づける。ざっと拭いただけでまだシャワーも浴びていないから、さきほど飛び散った精液が、乾きかけでこびりついているはずだ。

「え、あ……えっ、や、だめ！　さ、さっきのが……ああ！」

あわてて起きあがろうとするより早く、萎《な》えたばかりのそれが口腔に吸いこまれる。まだ余韻も去らないうちに、口内で強引に、それも過敏な先端だけをしつこく刺激され、桜哉は「いたい」としゃくりあげた。

口淫《こういん》される間じゅう、根もとを手のひらで揉まれ、あまった指がうしろに触れていた。圧迫感になぜかぞくぞくして、桜哉は無意識に腰をよじり、身悶える。徳井が指を突っこんできたときには痛いだけだったそこが、ときどきかすめる邦海の指でむずむずして熱い。熱くて、かゆくて――なにかよくわからないものがこみあげて、苦しくて、涙がでる。

「やああ、いくいく、いくいくいく！」

気づけばすごい声で叫び、ふたたび桜哉は射精していた。さきの比ではなく、全身ががくんがくんと跳ね、邦海が押さえつけていなければどうなったかと怖くなるほどの激しい反応を乗り越えると、全身に鳥肌が立っていることに気がつく。

「もうや、もう、や……っ」

泣きだすと邦海がやさしく声をかけ、いろんなことをささやきながら抱きしめてくれる。すぎた快感にかたかた震える自分の手が怖くて、指の背を噛むようにしていると、手の甲へと唇を押しつけてなだめられた。

「……くにみさん」

あえぎすぎて舌足らずになった声で名前を呼ぶと「ん？」とあの仕種で応えてくれる。

いまキスをしてくれたなら、きっと言えるのに。そんな桜哉の思惑は、邦海の冷静な言葉ではずされてしまう。

「キスは？」

「ん、……舐めたからね。あとにしよう」

本当は、舐めただけ、ではない気がする。最後の瞬間、邦海の口のなかがぐうっと狭まって、喉が動く音が、聞こえた気がする。飲んだの、とは訊けずに彼の喉に触れると、キスの代わりに人差し指をくわえさせられ、桜哉はそれを軽く噛んだ。

「ぼくも、したい」

がんばってそう口にして、おそるおそる彼の下半身へと伸ばした手は、邦海の大きな手で摑まれて、両方を背中にまわされてしまった。そのままぎゅっと抱きしめられたせいで、桜哉のショックを受けた表情を、邦海に見られることはなかった。

「いいの。しなくて。無理させて、きらわれたくない」

「……きらったりしません。あの、ちゃんと……がんばる、よ？」

震える声をこらえ、桜哉は抱っこのポーズのまま、邦海の真似をして小首をかしげてみる。

これをやられると、なんでも言うことを聞いてしまいたくなるのに、邦海は「ん、かわいい」とにっこり笑って頭を撫で、「お風呂にはいっておいで」と桜哉をあやした。

「きれいになったら、ごはんにしようね」

あまやかすようにつむじにキスを落とされたとき、桜哉の顔が泣きそうになっていたことなど、きっと邦海は気づいていないだろう。

台所に立ち料理をはじめた彼は、背中を向けたまま明るい声で言う。

「ああ、そうだ。あのね桜哉くん。ここ数日、ちょっと忙しくなるかも。だから、平日はあんまり会えないんだ」

「あ、は、はい」

「落ちついたら、もっとゆっくり会えると思うから。ごめんね」

手を洗い、野菜を洗い、刻む。リズミカルな音と動作に淀みはない。さっきまで桜哉を抱きしめて、あんなにいろんなことをしたのに、まるっきり平然としている。

桜哉はまだ、余韻に痺れた肌を持てあましているのに。

「ごはん用意しておくから、シャワー使っておいで。すぐできるから」

「……はい」

なんだか邦海を遠く感じて、のろのろと桜哉は立ちあがった。

＊　　＊　　＊

「ただいま、でーす……」

自宅の玄関で、桜哉は力ない帰宅の挨拶をした。

エッチなことだけではなく、あれから話もしてごはんを食べて、十時ちょっとまえには桜哉は自宅へと送り届けられた。歯を磨いた邦海は、車から降ろすまえにたっぷり長いキスをしてくれたけれど、ミント味がなんだか逆に、寂しく感じた。

ちょうど玄関のドアを閉めたあたりで、ぱらぱらと、外で雨が降りはじめる。空気の重たさは、天気のせいだと思いたかった。

(きょうも、やっぱりだめだった)

ベッドにいる間、邦海はシャツのボタンをひとつしかはずさなかった。それも動きにくいからという理由だけで、ボトムはベルトすらゆるんでいないままだった。

言葉で伝えた、指もくわえてアプローチした。けれどそのどれもがまったく通じていなくて、もう本当にがっかりだった。しかも、さわろうとまでして気づいたけれど、あれだけいろいろしていたのに、邦海の下半身はまったく、大きさを変えていなかった。

(なんかもう、ほんと……なんで?)

桜哉のことを好きでもなんでもない徳井ですら勃起《ぼっき》していたのに、邦海の無反応ぶりはショックなどというものではなかった。本当にこれは、逆の方向で覚悟を固めるべきかもしれないのか――逃避しかかった思考を、桜哉はかぶりを振って払った。

そういうことではない。要するに邦海は、桜哉に対してなにも欲情しない。それが現実だということだ。家に帰るまでこらえていた涙が、ぽろ、とこぼれた。

好きな相手から欲しがられないことが、こんなに惨めで情けないことだとは思わなかった。こんなことを思い知るくらいなら、してみたいなんて考えなければよかった。

「もうやだ。セックス、きらい……」

邦海に対して言い訳として口にしたはずのそれが、本当になりそうだ。毎回毎回、身体ばっかり満足して、心がどんどんささくれる。ぐすんと鼻をすすってのろのろと居間の脇の階段をのぼり、部屋へと向かう途中で、「桜哉、ちょっと」と瑞喜に呼ばれた。

「え……なあに?」

もう考え疲れて面倒くさいし寝てしまいたいのに、「いいから、いらっしゃい」とあらたまって言われては逆らえない。

渋々居間へとはいっていくと、そこには義兄と姉のふたりが沈鬱な顔で座っていた。桜哉は思わず背筋を伸ばす。彼らの表情から、ただごとではないことが起きたと知れたからだ。

「ちょっと、そこに座りなさい」

「な、なに? 遅くなったの、ごめんなさい。でも小島さんといっしょで……」

「わかってる。それは心配してない」

不穏な気配は、桜哉のせいではないらしい。それだけはほっとしたが、ならばなんだと言うのだろう。わけもわからないまま、桜哉は姉夫婦の正面へと腰かけた。

「桜哉くん、英貴から連絡はきてないか？」

「え、ない、と思う。だいぶまえに着拒したから、わかんないけど――」

「履歴、でる？　確認して」

切羽詰まった義兄の表情と急《せ》かすような姉の声に、桜哉はびくびくしながら携帯をとりだす。確認した拒否履歴は数件、いずれも徳井からのものだった。そのほとんどは三月の四日から五日、あとは不定期に数回、残りがここ十日ほどの間にかかってきたものだ。

「三月のは、たぶん桜哉くんの待ち受けを無断で売りつけたのがばれた話についてだな。でもこれは……」

「やっぱり連絡してきたわね」

不穏な空気と彼らの険しい顔つきに、桜哉は「いったいなんなの」と不安になった。

「どうせ連絡あったって、拒否してるし。問題ないでしょ？」

「連絡をしてきてる事実が問題なんだ。じつは、英貴はいま行方がわからなくなってる」

思いがけない話に桜哉はぎょっとした。いったいなぜそんなことになっているのだ。

「懲戒解雇になる予定だったが、後始末のためにもうしばらくは出社するはずだったのが、それを放りだして逃げたんだ」

「え、解雇？　厳重注意と、減俸って聞いてたのに」

邦海から聞いた話より重い処分だ。桜哉が顔をこわばらせると、元晴は疲れた声で説明してくれた。

「桜哉くんの待ち受けの件を発端にあいつの会社が調査をはじめたところ、じつはすでにデータの制作者から、自分の作品が無断で配信されているというクレームがはいっていたことがわかったんだ」

不幸なことにＷＥＢ関連の担当もまた徳井だったため、そのクレームは握りつぶされていた。おまけに直営のダウンロード販売サイトでの掲載で、邦海の会社のほうへは納品されず、事態の把握が遅れたのだそうだ。

そうなるともはや、どれが正式な使用許可をとっているのか定かではないということになる。コンテンツの制作者ひとりひとりに確認したために、全容を知るのに二カ月もかかった調査の結果、徳井の不正行為は予想以上にひどかったことが判明した。

「桜哉くんと同じように、知らずに利用されたり、契約料をごまかされたりして英貴の懐《ふところ》にいれられていた制作者が相当数いたそうだ。経費を上乗せしたり……それを追及されて飛びだしたのが一カ月まえ。携帯にもでないし、アパートにも、長いこと立ちよった気配がない」

「それ、失踪《しっそう》したとか、ってこと？」

「そうなるね。消費者金融であちこち借りまわしているようなんだ。まずいところに手をだしていなければいいと思っていたんだが……」

義兄が何度か確認しにいったところ、郵便受けには大量の請求書、そしていやがらせとおぼしき『金返せ』の張り紙などがべたべたと張られていたそうだ。

「あせって、これ以上ばかな真似をしなければいいんだが」

頭を抱えた義兄の肩に、瑞喜がそっと手を添える。「迷惑をかけてすまない」とうめいた元晴に、桜哉は「なんで謝るの」とかぶりを振った。

「元晴さんが謝ることじゃないよ。それにたしか、弁護士さんにも相談してるんだよね？伊勢さんだっけ。なんとかしてくれるんじゃない？」

「その伊勢弁護士が、請求書の束を確認して言っていたんだ。タチの悪い業者――闇金に引っかかった可能性がある。その場合、なりふりかまわずに金を作ろうとするだろうと」

陰鬱な声を発した元晴は、桜哉を心配そうに見た。まさか、と桜哉は失笑する。

「え、なに。ぼくのこと誘拐するとか、心配してる？」

「あり得ない話じゃない」

考えすぎだと笑おうとしたのに、元晴は真剣な顔でうなずく。顔をひきつらせ、桜哉は意味もなく自分の髪をいじった。

「そんな、だって。英貴さん、親戚で……そりゃ、ずるいことはしたけど」

「桜哉くん。あいつがやったことは、ただのずるじゃない。業務上横領だ。会社のほうも訴える構えで、刑事罰は免れないところまできてる。もう、犯罪者なんだよ」

犯罪という言葉に、ずしんと胃が重たくなる。

「これくらい、この程度、そう思っているうちにラインを超えたんだ。いちどたがはずれた人間は、次にはなにをするかわからない。なにより、ことの発端は桜哉くんの待ち受けの不正利用が発覚したことだ。きみさえ黙っていればと、逆恨みしている可能性だってある」

だからもう、あいつを信じるな。

不意に足下から寒気を感じて、桜哉はその場に立ちつくすしかなかった。

＊　＊　＊

ほとんど眠れないまま、桜哉は翌日、学校へと向かった。

まだ梅雨には早いのに、昨晩の雨のせいで空気はじっとりしている。薄曇りの空は、桜哉の気分を表すかのようにどんよりとにごっていた。

この日は午前の授業はなく、午後からの2Ｄ映像実習のため、編集スタジオのある上北沢の実習所へと向かう。ＪＲの新宿駅から京王線へと乗り換えるため、桜哉の家からはちょっとばかり時間がかかる。

ラッシュの時間帯をすこしすぎて、ひともまばらな山手線。揺れる電車のなかで、ぼんやりと桜哉は考えにふけっていた。

——学校の行き帰り、あまりひとりにならないで、不審な相手には気をつけて。

家族に言われたそれらは、まるで小学生の登下校時の注意事項だ。十九歳の男に言うことではないだろうと一応の反論を試みたが、そういう問題ではないと一蹴《いっしゅう》された。

——あいつときみでは、体格が違いすぎるんだ。力に訴えられたらどうする。

桜哉は自分の細腕を眺め、ぐうの音もでなかった。徳井との身長差は二十センチ近く、体重は三十キロくらい違う可能性がある。

(そういえば、突き飛ばされたとき、すごく痛かったし怖かった)

二カ月以上まえ、怪我をさせられたときの記憶はすでに薄れていたはずなのに、急に怖くなった。

あのときは邦海が乱入してきてくれたから助かったけれど、もしあのまま徳井が興奮状態になり、殴られていたらどうなったのだろう。想像し、ぶるっと桜哉は震えた。

(邦海さんがいなかったら、ぼくはどうなってたんだろう)

すぐに手当してくれたおかげで翌日には腫れも引いた。それにくわえ目のまえで報復してくれたことで、さして怯えずにすんでいた。連絡を取らないようにと忠告し、不正に使用されたデータもちゃんと、契約書まで作って、桜哉の権利を保護してくれた。

そうやって身体だけでなく、心もまるごと護《まも》ってもらった。だから感謝こそすれ、不満に思うなんてとんでもないことだ。けれど桜哉の気持ちは晴れなかった。

(どうして、邦海さん、なにも言わないんだろう)

元晴から聞かされた話を、当然彼も知っているはずだ。けれどつきあいはじめてから、ほとんど毎日のように顔をあわせていて、いくらでも話す機会はあったのに、徳井の現状についてはなにも聞かせてはくれなかった。

情報の片鱗《へんりん》として、伊勢弁護士の名前くらいは教えてもらったけれど、それだけだ。

(なんだろう。なんか、ひっかかる)

邦海は正直、元晴を笑えないほど過保護な面があると思う。気遣いも細やかだし、本当に大事にしてくれる。なのに、いちばん危険なはずの現状をいっさい耳にいれようとしないのはなぜだ。

——面倒ごとだし、いやな話だから聞かせたくないのもあった。けど正直なところ、桜哉くんがそういう顔するから言いたくないんだよ。

以前から、邦海が徳井の名前をだすたびに不機嫌な顔をして、話を打ち切ってしまうのが、気になっていた。おそらく、調査によって次々発覚した不正行為に腹をたてていたのだとは思うが、それにしても変だ。

——きみさえ黙っていればと、逆恨みしている可能性だってある。

元晴がほのめかした報復も、知らなければ自衛すらできない。そもそも、けんかなどしたこともない桜哉が、ひとりでどうやって身を護れるというのだろうか。

（……あれ？　待てよ）

自分で考えたことに、なぜか違和感があった。そもそもここしばらく、桜哉が学校帰りに完全にひとりになるのは、週のうちに何回あっただろう。

――まじで？　すっごいマメだよね。社会人なのに毎日会ってんの？

――やっぱし日参かよ……だから恋に浮かれたやつの悩みとか、聞くだけあほだって。

四月のなかばから一カ月近くの間、デート、打ちあわせ、なんとなく顔を見たかったから。理由はさまざまだったけれど、本当にほぼ毎日、邦海と会っていた。

（いなくなって、一カ月、って言ってた）

元晴は、調査のために二カ月かかったと言っていた。桜哉が邦海とつきあう『お試し』期間も同じ日数だ。

胸がざわざわした。そんなまさか、という気持ちが頭をもたげるけれど、まるで符丁のように邦海の行動を起こすタイミングと徳井の状況が変化した期間が一致しすぎる。

（いや、でも。そもそも知りあったのはあのときなんだし。きっかけが英貴さんなんだから、そういうことがあるのって当然だし）

理性的になろうと思うのに、まさか見張られていたのか、という考えが頭にこびりついて離れない。不整脈でも起こしたかのように鼓動が乱れて、桜哉は震える息をついた。

冷静になりたい。元晴の心配はただの杞憂《きゆう》で、邦海の行動に裏はないと信じたい。

ポケットのなかの携帯は、昨晩から静かなままだ。あんな話を聞かされたあとで、いくら着信拒否をしていても、徳井から連絡があったらと思うと怖くて電源をいれられなかった。

神経過敏になっている自分にいらだっていると、ばたん！　という派手な音が響いた。びくっとして振り返ると、傘を倒したひとが「すみません」と詫《わ》びている。

心臓がばくばくして、指先が震える。意味もなく怖がっていることが情けなくて、けれどどうすればいいかわからない。この不安を、誰かに打ち明けたい。聞いてほしい。

（でも、誰に？）

恋愛相談なら天野にしていたけれど、彼女に言うにはことが大きくなりすぎている。かといって、口を閉ざしている邦海に言えるわけもない。

『次は、池袋。池袋です。お忘れ物のないように――』

無機質なアナウンスが流れ、桜哉ははっと顔をあげた。

減速した電車がホームに滑りこむ。桜哉は深く考えるよりさきに、開いたドアの向こうへと走りだしていた。

衝動的に学校をサボったのは、はじめてだった。

——なんか悩むこととかあったら、話くらいは聞いてやる。

ぐちゃぐちゃになった頭のなかで、唐突によみがえったのは昭生の言葉だ。具体的に悩みを相談したいというより、彼に話し相手になってほしいと思ったのだ。

(この時間なら、カフェやってるよね)

簡易な地図がはいったショップカードは、先日訪れたときにもらっていた。それを頼りにうろ覚えの記憶で南口から『コントラスト』への道をたどる。夜に訪れたときとは、ずいぶん街の雰囲気が違ってみえて迷いそうになったが、どうにか目的地へとたどりついた。

「え……そんな」

桜哉は情けない声をあげる。訪れたコントラストは『店休日』のプレートがさがっていた。あわててカードを確認してみると、火曜定休のちいさな文字がある。きょうは金曜日で、定休日ではないはずだが、突発的な休みだろうか。

(どっちにしろ、無駄足か)

桜哉は脱力してしまった。そもそも、あんな言葉を真に受けて、他人を頼ろうとしたほうが悪いのだ。迷いかけてうろつきまわったせいで、肌が火照っている。こめかみのあたりに浮いた汗を手で拭い、ふるふると頭を振った。

(落ちつけ。だいたい、本当に英貴さんがなにかしてくるって、決まったわけじゃない)

邦海の行動に裏があるはずもない。疑うなんて失礼すぎる——自分にそう言い聞かせていた桜哉は、とにかく帰ろうときびすを返したところで、ひとの話し声に気がついた。

（あれ、この声）

ひょいと覗きこんだ店の裏手、ビールケースやゴミバケツが並んだ、隣の建物との幅が二メートルもない狭くて細い空間。その奥で煙草をふかす細いシルエットを見つけた。

「……から、たいしたことはねえって」

うんざりしたように手を振っているのは昭生だ。思わず声をかけようとした桜哉は、続いて聞こえてきた声に驚き、硬直した。

「なくないでしょう。こんな状況、伊勢さんは知ってるんですか？」

ため息混じりのそれは、邦海の声だった。なぜ彼がここにいるのかと驚き、心臓が跳ねる。

あせって顔を引っこめた桜哉は、もう一度そうっと彼らのいる場所を覗きこんだ。

昭生の向かい、こちらに背を向けるかたちで立っている人物は建物の影になってよく見えないが、広い肩と背中のラインでわかった。あれは邦海だ。

「ただふられただけにしちゃあ、執拗《しつよう》すぎる。なにがあったんですか、昭生さん」

聞き耳を立てる形になってしまった桜哉は、いまさらでていくこともできずにうろたえた。

目をこらすと、彼の足下には片づけたばかりと見える割れたガラスの破片があった。そして億劫《おっくう》そうに頬を掻《か》いた昭生の顔には、大判の絆創膏《ばんそうこう》が貼《は》られている。

「なにって、ばかが暴走してきたんで、返り討ちにしただけだ」

苦々しげな声に、桜哉は瑞喜のことを思いださずにはいられなかった。

「ちょっと……危ないから相手しないでって言ったじゃないですか！」

「相手するもなにも、突然、夜道で襲ってきたやつに、そんな理屈がとおるかよ」

煙草の灰を携帯灰皿に落としつつ、昭生はうんざりとかぶりを振る。

「とにかく、合法的に追いこみかけるっつってたから、あんまり騒ぐな」

「それじゃ、伊勢さんのほうはもう？」

「いろいろ調べてまわってるから、そっちについては安心していい。器物損壊に暴行罪までくっつけてやるって、あいつもキレてたけどな」

ふたりが話しているのは、やはり徳井絡みのことらしい。しかしその内容の剣呑さには、ぞっとしてしまった。

（英貴さん、昭生さんのことも殴ったの？　器物損壊って……）

あたりを見まわした桜哉は、店の壁面にあるガラス窓が割れていることに気づいた。これも徳井がやったということか。

元晴の心配を行きすぎと笑えない。徳井は本当になにかを踏み外してしまったのだ。

いや——学生時代にカード破産し、四年まえに姉を襲ったことがいい例で、もともとどこかが壊れていた人間だったのかもしれない。そんな相手を初恋だとのぼせていた自分の愚かさに、桜哉は血の気が引いた。

めまいを起こしそうになっている桜哉の耳に、「ところで」という昭生の声が聞こえた。

「おまえ、あの子のほうは平気なのか」

邦海が「桜哉くんですか？」と答えた瞬間、ぎくっと身体がこわばった。

「俺のことはいいんだ。なんとでもなるし、慣れてるから。けどあの子は、箱入りだろ。だいじょうぶなのか。状況ろくにわかってねえんだろ？」

「……だからできるだけ毎日会うようにしてるんです。いろいろ、困りものですけど」

桜哉の指先が震え、口もとにそれを押さえつけて手の甲を軽く噛む。どきんどきんと不安に騒ぐ心臓を静まるように念じていると、邦海はあの懸念を裏づけるようなことを口にした。

「困りものって、なんだよ」

「ちょっとさすがに、いろいろ大変ですよ。いままでの子とは勝手が違うっていうか」

「勝手が違うっていうより、毛色が違うんじゃねえの。おまえ、頼まれたんだろ？　あの子のお義兄《にい》さんに。面倒みてやってくれって」

「まあね。でも……正直ちょっと、あれは重たいですけどね」

ため息まじりの声に、がん、と頭を殴られた気がした。

相変わらず背中を向けているため、邦海の顔は見えない。だが邦海の声は、面倒ななにかを持てあましているように聞こえ、桜哉の鳩尾《みぞおち》を氷漬けにしていく。

「重たいって、なんだよ」

「いろいろね、わかってない子だから、徳井のことは話せないし。こっちの思惑と違うほうにいくし……とにかく、できるだけ行動はいっしょにするようにしてますけど、完全にガードするのはむずかしいし……」

桜哉は耳鳴りのような音を聞いた。邦海の声が急に遠くなり、意識的に聴覚をシャットアウトしたのだと気づいた。

いま聞いたことのすべてを、嘘だと思いたかった。妙な勘ぐりをする自分が、不安から疑心暗鬼になっているのだと、そう思いたかった。

けれど一連の言葉をつなげてしまえば、つきあおうと言いだしたのは、徳井に近づけないためだという結論以外にない。そしてまた、予想外の痛いおまけがついてきた。

(元晴さんに、お守り頼まれただけなのか)

——好きになってって言われたけど、邦海さんからは『キスする程度には好き』って言われただけなんだよね。

天野に相談したとき、まさかここまでの裏があるなんて思ってもいなかった。けれど、ようやく邦海のあいまいな態度の理由がわかった。

そういえば、邦海がつきあおうと言いだしたのは、『契約書絡み』で元晴との長い話しあいをしたあとからのことだ。突然なにを言いだすんだと驚いて、邦海のペースに巻きこまれて、わけもわからないまま気がつけば好きになっていた。

やさしくあまやかし、好きになってねと言ってくれた邦海を、本当に好きになったのに。

(重いって、いままでのぜんぶ、嘘なのか)

あんなに大事にしておいて、裏ではそんなふうに考えていたのか。ばかな子どもを押しつけられて、うんざりしていたのだろうか。だから本気で抱く気にもならなかったのか。

見開いた目から、なにかがこぼれた。ぐうっと喉が鳴って、桜哉はとっさに喉を手で押さえた。けれどしゃくりあげる横隔膜はこらえられず、ちいさな声が漏れてしまう。

「……っ、ひ……っ」

「誰だ!?」

誰何《すいか》の鋭い声に、桜哉はあわてた。その場を離れることしか考えられず、走りだす。

背後で、自分を呼ぶ邦海の声がしたような気がしたけれど、それはただの願望だったのかもしれない。

頭がぐちゃぐちゃだった。もうなにもわからなかった。闇雲に、行き先もわからず走り続ける桜哉は、涙でえずきそうな喉をこらえて唇を噛んだ。

*　*　*

めちゃくちゃに走ったわりには、桜哉は気づけば池袋駅にたどりついていた。

汗と涙でぐしゃぐしゃになった顔を道行くひとに凝視され、大あわてでトイレに飛びこむ。

とりあえず顔を洗い、腫れぼったい目もとを冷やすと多少はましになった。

どうすればいいのかわからず、家にも帰りたくない。なんとなく駅周辺をぶらついたのち、ドラマにもなった人気小説で有名な西口公園へと向かった。

円形の公園の端にあるベンチに陣取り、噴水をはさんで東京芸術劇場をぼんやり眺めながら、買ったばかりのペットボトルのふたを開ける。スポーツ飲料をごくごくと半分ほど一気に飲みくだし、ひんやりしたそれを目もとに当てた。

じんわりと冷やされる瞼の裏は、まだじくじく痛い。桜哉は肺の空気をすべて吐きだすようなため息をついた。

(二度目だ、これで)

たった二カ月。こんな短期間に、二度も、好きな男が自分を好きじゃないと知るなんて、自分はいったいどんな悪いことをしたのだろう。

邦海も邦海だ。ただガードするだけの目的なら、あんな真似しなければいい。

毎日のように会ってくれることを、彼の意思だとすっかり信じていた自分がおめでたくて笑えてくる。

「うえ……っ」

補充した水分がそのまま目からころがり落ちていく。もうやめようと思うけれど、哀しくて悔しくて、涙が止まらない。

大きく鼻をすすったその瞬間、痛いほどの力で肩を摑まれた。びくっと身体が跳ね、桜哉は急いで振り返る。

「邦海さっ……？」

彼が、追いかけてきてくれたのかと思った。けれどそこにいたのは、けっして会いたくない人物だ。

「よう、ひさしぶり」

「英貴、さん……」

にやりと笑われ、青ざめた桜哉は反射的に逃げようとした。だが強く肩を押さえつけられてかなわず、ベンチに座ったまま、汚れた初恋の相手を見あげる。

よれたシャツに無精髭《ぶしょうひげ》。かつて、あれほど身だしなみにうるさかったのが嘘のようにだらしない格好をした徳井は「なにしてんだよ」と煙草臭い息で問いかけてきた。

「なにして、って。それは英貴さんでしょう」

すさんだ目つきが怖くて、桜哉は震えそうになる。だがへたに刺激してはまずいことになると本能的に察して、できるだけ落ちついた声を心がけた。

ぎらりと彼の目が光り「立て」と強引に引っぱられる。よろけそうになりながら立ちあがると、腕を摑んで無理やり歩かされた。

「ちょうどいいや。なあ桜哉、身分証明書貸せよ」

いきなりの命令に、「なにするんですか」と桜哉は首をすくめる。

「キャッシングで金おろす。おまえの名義で借りてくれよ」

いったいなにを言っているのだろう。桜哉は啞然《あぜん》となった。

「あの、無理です。ぼく未成年だから、そもそも審査をとおりません。とおっても、たいした額はおろせないと思いますし」

余裕のなさに、そんなことすら忘れてしまったのだろうか。すさんだ徳井にうろたえていると、彼は「ばかじゃねえの」と桜哉をあざけるような表情になった。

「未成年でもできるとこがあんだよ。いいから貸せって。免許でも、保険証でもいい」

「め、免許はないです。あと保険証は、元晴さんが管理してるから持ち歩いてません」

徳井は血走った目でじろりと桜哉を睨み、舌打ちした。

「なんだ、それ。使えねえなあ」

「ご、めんなさい」

「いいや。とりあえずいくぞ」

ぐいぐい引っぱられ、転びそうになりながら連れていかれたさきは、公園近くのコンビニエンスストアだった。

買いものカゴのなかに山盛りにいれられたのは、おにぎりや弁当、数種類の酒に煙草、それからペットボトルの水にウェットティッシュやタオルを数枚。当然支払いは桜哉で、一万円近くの散財になった。

片手にごっそりと買いこんだそれらを詰めた袋を、反対の手には桜哉の肘を摑んだ徳井は、コンビニをでると、ごみごみした路地のほうへと進んでいく。

シャッターの降りたビルの建ち並ぶ裏びれた場所は人気《ひとけ》もすくない。いったいどこへ行く気だろうと怖くなっていると、徳井はとあるビルの一階にある駐車場で足を止め、汚れた車の助手席のドアをあけると「乗れよ」と顎をしゃくった。

「え……でも」

「飯食うだけだよ、心配するな、ほら」

足を踏ん張ってかぶりを振ると、骨が軋《きし》みそうなくらいに腕を摑まれた。逆らえばなにをされるかわからず、桜哉は震えながら車に乗りこむ。運転席に乗りこんだ徳井がドアを閉めたとたん、ばちん、という音を立ててすべてのドアがロックされた。

車内には、饐《す》えたにおいがこもっていて、息苦しくなってくる。まったく気にした様子もなく、徳井はがさがさと袋の中身をあさった。

「あー、よかった。腹減ってたんだよな」

場に似つかわしくない陽気な声で言いながら、ウェットティッシュで手を、水で濡らしたタオルで顔を拭く。いずれもべったりとついた汚れは真っ黒で、桜哉は顔をひきつらせた。すさまじい勢いでおにぎりにかぶりつく様子は、まるっきり路上生活者だ。車内のひどいにおいが、徳井の身体から漂うものだと気づいて、顔が歪んだ。

食事をする間中も、徳井は逃がすまいとするようにじっと桜哉の顔を睨みつけている。その目つきはやはり尋常ではなく、桜哉は恐怖のため、全身に鳥肌が立っていた。

(逃げたい、でも、どうやって……)

桜哉はごくりと喉を鳴らし、ふたつめのおにぎりをビールで流しこむ徳井へ声をかけた。

「どこにいたんですか？　みんな心配してたんですよ」

米粒を飛ばしながら怒鳴りつける徳井に小突《こづ》かれて、桜哉は肩をすくめる。

「心配？　嘘つけよ！」

「どうせ事情は知ってんだろ」

「……みんな、探してます」

「だろうな。弁護士からの呼びだしまでするくらいだからな。ったく、訴えるってどういうことだよ。取り立てだけでも面倒だってのに……」

飲み終えたビールの缶を握りつぶし、げっぷをした徳井は後部座席へと放った。不潔かどうかの感覚すら狂っているらしいが、風呂にはいっていないため身体がかゆいのだろう。やたらと頭を掻いていて、よく見れば爪のなかも真っ黒だった。

すさみきった男の捨て鉢な態度がおそろしく、これからいったいなにをされるかわからなくて、桜哉の心臓は狂ったように動いていた。

助手席でちいさく身を縮めていると、かこかことという音が聞こえた。おそるおそる隣をうかがうと、食事を終えた徳井が携帯を操作している。メールを打っているらしい。

ほんの一瞬目にはいった文面の一部は【代わりが見つかった。例の部屋で準備を】というものだった。

(拉致《らち》になるんだよね、これ。やっぱり、身代金……とか、言うのかな)

どうにか、この隙に逃げられないだろうか。そっとドアレバーに手をかけたとき、徳井が携帯に目を落としたまま、ばん！　とダッシュボードを殴りつけた。逃げるなという威嚇に硬直していると、彼はメールを送信してフラップを閉じる。

「なあ桜哉。おまえ、俺のこと好きなんだろ。だったら、なんでもするよな？」

にたにたと笑う徳井からできるだけ距離をとりたくて、桜哉は車のドアに背中をぴったりつけ、顎を引く。

「なにしろって言うんですか」

「そんなむずかしい話じゃねえよ」

うかうかと捕まってしまったことに震えあがりながら、悲惨な想像をしていた桜哉だったが、徳井は桜哉の考えなど及ばない、とんでもないことを言いだした。

「脱いでエッチっぽい真似するだけでいいんだよ。ちょっとビデオと写真撮らせてくれれば」

突拍子もない言葉に、桜哉は「……は？」と目を瞠った。

「顔はモザイク処理するからさ。素人もの、いま人気あるんだよ。ビデオっていってもAVってわけじゃねえから安心しろ。ゲイ向けのネットアイドル系サイトにアップするんだ」

なにも怪しいことはない。モデル料はそれなりの値段になると言いだす徳井に、桜哉は声を裏返した。

「充分怪しいでしょう！　なんでぼくがそんなことしなきゃならないんですかっ」

「ひとのこと、あちこちにちくったのはどこの誰だよ」

「言いつけてなんかいません。それに悪いことしたのは英貴さんでしょう」

冗談じゃない、と桜哉は憤慨する。もうなりふり構ってはいられず、どこかにロック解除のボタンはないかとドアを探り、窓を拳《こぶし》でたたいた。

「助けてください、誰かっ！」

叫んだとたん、いきなり腕を摑んで振り向かされ、腹を殴られた。

「い……っ」

暴力を受けたショックもあいまって、桜哉は硬直してしまう。痛みでうめいているうちに、びちゃりと湿った布を顔に押し当てられた。

（え、なに、なにこれ、なに⁉）

妙にひんやりする感触とにおい。なにがなんだかわからず桜哉がじたばた暴れていると、徳井がささやきかけてくる。

「おとなしくしてろよ、変なもんじゃないからさ。ただのウォッカだ。おまえ、においだけで酔うんだろ？」

正体を明かされて、よけいにぞっとした。桜哉が酒に弱いことは、当然ながら徳井も知っている。まだ浮かれていたころ、世間話の流れでアルコールがいっさいだめな体質のことも話していたからだが、まさかこんな悪用をされるなんて予想外だ。

（やばい）

布があたった部分の皮膚がじわじわと熱くなり、かゆみを覚えた。息を吸いたくないのに、こらえた反動でさらに深く吸ってしまう。鼻腔《びこう》に独特の香りが突き刺さったとたん、ぐらんと視界が揺れた。揮発したアルコールと、パニックによる呼吸困難も起こし、めまいを覚えた桜哉の動きは鈍くなる。

「へえ。いちかばちかだけど、効くんだな」

ひとの体質をおもしろがるような声に、桜哉は恐怖した。

（どうしよう、逃げなきゃ……だめだ、目がまわる）

このままでは拉致されてしまう。恐慌状態に陥った桜哉の両手がガムテープで拘束される。

その準備のよさにおそろしくなり、青ざめているうちに助手席の背もたれが倒された。がくんと身体がかしぎ、後部座席にあるゴミの山におぞけだつ。さきほど放り投げたのと同じようなビールの缶がごっそりとたまっていて、そこから漂うアルコール臭により吐き気と頭痛をもよおして、桜哉はさらにダメージを負った。

「おとなしく言うことをきいてれば、乱暴な真似なんかしねえのに……」

ぶつぶつ言う英貴は、血走った目で桜哉を睨みつけ、エンジンをかける。飲酒運転にもかまわず車を走らせながら、歪んだ笑みを浮かべた。

「まあ、偶然とはいえそっちから近づいてきてくれて助かったよ。あいつは言うこと聞かなかったし」

「あい、つ……？」

「あの野郎、ふざけてる。この俺を何度も袖《そで》にしやがって。自分が誘うみたいな顔してるくせに、なんだっつうんだよな」

まさか、昭生のことか。池袋周辺をうろついていたのも、彼が目的だったのか。アルコールの影響で朦朧《もうろう》とした桜哉の顔を楽しそうに横目で見やり、徳井は本当の目的を口にした。

「最近だと、ゲイビデオもけっこう金になるらしくてさ。裏モノのビデオを製作して国内外に売れれば、それなりの金になるんだってよ。素人ものはとくに需要がある」

最悪の事態に、桜哉の全身にぞっと鳥肌が立った。青ざめたままもがこうとするけれど、どうにも力がはいらない。あえぎながら、どうにか言葉を発した。

「なんで……昭生、さんのこと、好きだったんじゃない、の？」

「俺のものにならねえやつなんか、好きじゃねえし！」

徳井はハンドルを殴りつけ、その拍子にクラクションが鳴った。騒音が頭に響き、桜哉はきつく目をつぶる。

「あんまり言うこときかねえから、ちょっとこらしめてやろうと思ったのに失敗した」

なおもぶつぶつと文句を言ったあと、徳井はいきなりにんまりと笑った。

「まあ、でも、おまえは俺のこと好きなんだもんな。金も貸してくれたし、ギャラはすこしわけてやるよ。あと、どうしてもっつうなら、俺が相手してやるからさ。もう経験してんだし、それならたいしたことないだろ」

たいしたことありすぎる。というより言っていることがめちゃくちゃだ。

ふられた腹いせに、好きだった相手でビデオを撮影しようとするなんてどうかしている。そして、昭生の『身代わり』になるのは、間違いなく桜哉なのだ。

目的地はさほど遠いところではなかったようで、残念ながら検問にも引っかからず、十分足らずの恐怖の酔っぱらい運転は終了した。

「ほら、降りろよ」

「い……や」

そこは古びたラブホテルだった。目隠しのついた駐車場に車を停めた徳井は、桜哉を無理やり車から引きずりおろす。拘束した腕がわからないよう、彼のジャケットで上半身をくるまれ、なかば抱きかかえるようにしてホテルの入口へと連れていかれた。

桜哉は必死にもがくけれど無理やりかがされた酒のにおいに悪心をもよおした身体では、ろくな抵抗もできない。

「ほら、ちゃんと歩けってば。手間かけさせんな」

受付は対面式ではないようで、徳井はそのままエントランスを通りぬけ、奥まった位置にあるエレベーターホールに向かう。

(どうしよう、どうしよう!)

このままではのっぴきならないことになってしまう。逃げ場を求めて周囲を見まわした桜哉は天井にある監視カメラが作動しているのを見つけ、そちらに向けて必死に目で訴えた。

(たすけて、助けて!)

たすけて。声もろくにでないまま、カメラに向けて唇を動かすと、気づいた徳井が「なにしてる」と、いらだったように腕を引っぱった。

「早くしろよ、ここまできたんだから――」

「なあ」

低くかすれた声と同時に、ハッカ煙草のにおいが漂う。ぐらぐらする頭をどうにか動かし視線をめぐらせると、制服かなにかなのだろう、黒いベストにズボンという格好の背の高い男がいた。

「お客さん、デートレイプする気すか？　犯罪はまずいんすけど」

煙草焼けしたハスキーな声にきつい目つき、金色の髪。見覚えのあるその姿に、桜哉ははっと目を瞠った。

「うるせえな、関係ねえだろ。こういうプレイが好きなんだよ、こいつは。Mなんだ」

徳井が怒鳴りつけたのは、以前、食堂で見かけた大学生だ。青ざめた顔の桜哉がすがる目を向けると、佐光は冷めきった声で問いかけてくる。

「合意か？」

「ち、が……」

「だろうな。女相手にあんなくだらねえノロケをひとまえでするようなガキが、ハードプレイ好きとは思えねえし」

佐光はつまらなそうに嘆息し、腕を組んで壁によりかかる。

「おおごとにしていいか」

「え？」

「したくなくても、するしかねえな」

言うなり佐光は右手を振りあげて、壁に据えつけられていた緊急用のブザーをたたくように押した。とたん、警告音らしい音が鳴り響き、すぐさま隣の部屋から警備員とおぼしき制服を着た、いかつい男性が三名、飛びだしてくる。

「どうした？」

鋭い目で警棒をかまえた警備員に、淡々とした声で佐光が言った。

「オッサンのほう捕まえてくれ。そっちのガキは被害者らしい」

ぎょっとしたような徳井は、逃げ場を求めて目をぎょろつかせ、背後にあったエレベーターのボタンをばんばんとたたいた。

「く、くそ、くそっ」

「無駄だ。このブザー押したら、エレベーターは緊急停止になる」

しらけた声の佐光をよそに、警備員はいっせいに徳井へと飛びつく。逃げる間もあらばこそ、あっという間に拘束紐《ひも》で縛りあげられた彼は「離せ！」と大声で叫んでいた。

「あと、さっき三〇七号室にはいってった連中、裏ビの製作スタッフだと思う」

警備員のひとりが、インカムで誰かに連絡をとり、縛られた徳井を押さえつけるひとりを残して階段をかけあがっていく。

「た、助かった……」

へなへなと力が抜け、へたりこんだ桜哉の涙を見て、佐光はしかたなさそうに息をつき、手を差しだしてきた。

桜哉は従業員控え室でパイプ椅子に座らされ、佐光が貸してくれた毛布にくるまっていた。ショック症状で体温がさがりきっていたためだ。ペットボトルのあたたかいお茶をだしてくれた彼に、お礼を言ったところ、「二〇〇円」とホテル内の自動販売機を指さされる。素直に財布から小銭をだすと、彼はそれを受けとって自分のぶんのコーヒーを購入した。

「あの、英貴さんは……」

「さっきのばかは、別室で拘束中」

警備員たちは飛んでいったが、三〇七にいた裏ビデオの製作スタッフらは、騒ぎを察知して逃げていたらしいと聞かされた。

「俺としてもおおごとになるのは困るんだけど。あいつ、どうする。通報するか」

佐光はそう嘯《うそぶ》いて、どうしたいか自分で決めろと告げた。

「あの。警察は、待ってください。連絡したら、たぶん……引き取るひとが、くるので」

好きにしろ、というように佐光は顎をあげた。桜哉はまだ震える手で携帯をとりだし、義兄へと連絡した。

＊　＊　＊

数十分後、真っ青な顔でお茶をすすっていた桜哉の前に飛んできたのは、元晴と邦海、そしてはじめて会う、伊勢という弁護士だった。

「桜哉くん、だいじょうぶだった？」

焦った顔で近づいてきた邦海は、毛布にくるまった桜哉に手を伸ばしてきた。しかしそれにすがりつくどころか、びくりと震え、さらに身を縮める姿に彼は顔をしかめる。

「怖い目にあったの？　もう平気だから――」

「元晴さんに頼まれたから、いろいろ気を遣ってたって本当ですか」

懐疑心も丸だしに、目に涙を浮かべて言う桜哉に、邦海は目を見開いた。ややあってあきらめたようにため息をつく。

「……やっぱり、さっきの桜哉くんだったんだ？」

邦海は至って穏やかなままで、疑いを否定もしなかった。そのことにもショックを受け、また最後の希望を打ち砕かれて、「ひどいなあ」と桜哉は泣き笑いをする。

「毎日、お迎えみたいなことしてたのも、ガードする意味だったんでしょう？」

「それは、ごめん……でも、それ以外に、きみを護る方法が思いつかなかった」

いつどこで徳井が接触してくるのかわからず、とにかくなんでもいいから、そばにいる理由を作らなければと思った。邦海が告げる言葉がすべて、重い痛みを伴って桜哉の胸に突き刺さる。

「英貴さんから護るためって言っても……いくらなんでも、やりすぎですよ」

なにも知らず、デートだと浮かれていたのがばかみたいだ。桜哉が睨みつけると「それについては、ごめん」と邦海が目を伏せる。

「でも、わかってほしい。いやな話を聞かせたくなかったんだ。デートだと思ってくれれば、いちばん無理もなかったし。仕事にかこつけて会うだけじゃ、限界があったから」

それでも、結局はこんな目に遭わせてしまったけれど。悔やむようなつぶやきは嘘ではないだろう。けれど傷ついた心はその程度で癒されるものではなく、猜疑心《さいぎしん》にこりかたまってしまっていた。

「まさか、待ち受けの仕事の依頼も、そのため？」

「そんなことない。あれは純粋にお願いしたくてしたことだよ」

ぎょっとしたように邦海が言うけれど、桜哉は「ほんとなのかな」と鼻で笑った。

「毎日会う口実をごまかしたのは事実だ。でもそれ以外は嘘はないから。それは信じて」

「そうなの？　もう、どうでもいいですけど」

いまはなにを言われても、疑ってしまう。ものすごい裏切りを受けた気がしたことで、こんなにも邦海を信じきっていたことにいまさら気がついた。

「ぼくがだまされるの、本当にいやだって知ってるはずなのに、邦海さんは嘘ついた」

「桜哉くん……」

邦海の顔色は、すっかり青ざめている。決して邦海を見ようとせず、不似合いなすさんだ表情をする桜哉にショックを受け、打ちのめされたような顔をしていた。

（なんで、そんな顔するの）

どれだけ腹がたっていても、傷ついたと思っても、好きな相手にそんな表情をさせたことで結局、苦しくなったのは桜哉だ。

そもそも自分だって、好きだからつきあいはじめたわけではなかったのだ。それを思えば、責められた立場ではないはずだ。

「桜哉くん、色々ショックだったと思うけど」

邦海がなおも言おうとするのを制するように——本音を言えば、これ以上の言い訳を聞きたくなくて——桜哉は「ごめんなさい」と頭をさげた。

突然、態度を変えた桜哉に戸惑うような顔をした彼へ、ぎこちなく笑いかける。

「わかってたんです。無理ですよね、邦海さん、ぼくみたいなの」

「……無理？」

嘘に乗せられて、好きになってしまった。相手が好きでいてくれないことは哀しい。だがすくなくとも邦海の嘘は、徳井のような身勝手なものではなく、桜哉を護ろうとしてのものだった。それだけは、どれだけ痛くても理解している。

（だったら、もう）

やさしい彼に、これ以上、無理をさせていることのほうが、ひどい話だ。

「ぼく、ばかだから。つきあってとか言われたら本気にします。わざわざ、しょっちゅう呼びだして、デートの真似までして。そういうの、よくないと思います」

桜哉が自嘲《じちょう》気味につぶやくと、邦海はひどく戸惑った顔をした。

「つきあう、とか。ほかにも、む、無理してあんなことしなくても、よかったのに」

「真似？　だから、無理って……ちょっと待って、それ、どういう」

「さわらないでください！」

邦海の手を振り払い、ぽろぽろ泣きだした桜哉は、全身で彼を拒絶したまま言い放った。

「もうやだ、ぼくのこと好きじゃないひとに、嘘で好きなふりされるの、もうほんとに、やなんです！」

叫んだ桜哉は、ガードするように毛布にくるまって震える。唖然としたような顔の邦海が立ちつくすのを涙目で睨みつけていると、みるみるうちに彼の形相が変わっていった。

「あのさあ、さっきから聞いてたけど、いったい——」

邦海が剣呑な声を放とうとしたところで、大きなため息とともに煙が吐きだされた。

「修羅場ならよそいってやってくれよ」

「えっ」

「俺はとっくにあがりの時間だったんだよ。これ以上はサービス残業になっちまうんだ」

うんざりしたような佐光の声に、桜哉ははっとなる。あわてて周囲を見まわすと、いたた

まれない顔をした義兄と、苦笑する伊勢弁護士、呆《あき》れかえった顔の佐光がじっとこちらを見つめていた。全員の存在をすっかり失念していたことに気づき、桜哉はさっと青ざめたあと、顔を真っ赤にしてうろたえた。

「そんなわけで、カタがついたなら、さっさと全員でてってくれ」

「そうさせてもらうよ。悪いね」

佐光以上の平坦な声で答えたのは邦海だった。聞いたことがないほどの冷ややかな声に戸惑っていると、邦海は桜哉がくるまっていた毛布を強引に剝《は》がす。そしていきなり抱きかかえられ、桜哉は「あっ、わっ」と悲鳴をあげた。

「あ、あの、あの、邦海さん」

「おとなしくしてなさい。落っことしちゃうからね」

にっこり微笑んではいるけれど、けっして機嫌がいいわけではない。はじめて徳井の部屋で出くわしたときと同じ笑いかたをする邦海に、桜哉はびくっと固まった。

「桜哉くんの話はあとで。伊勢さん、あとは頼めます？」

「了解。ひとまず、きょうの出来事は別件にしとこう。未成年略取とその他もろもろで刑事告訴するかどうかは、桜哉くん次第だと思うしね」

さらりと言った伊勢の刑事告訴という言葉に桜哉は青ざめるが、邦海は平然としたまま「そうですね」とうなずいた。

伊勢は軽く会釈したあと、すでに桜哉のことなど眼中にない様子で佐光へと問いかけた。

「で、徳井さんはどこに？」

「あっちッス」

顎をしゃくる佐光にうなずき、彼らはさっさと別室に向かう。それを見送ったあと、邦海は元晴へと宣言した。

「で、元晴さん、誤解もあるようなので、桜哉くんをお借りしていいですか？」

微妙な顔をしたままの義兄は、ため息まじりに釘を刺した。

「とりあえず、うちの義弟《おとうと》を泣かせないでほしいんだが……」

「そのために連れていきますから」

手足をばたつかせて抵抗するのをもろともせず、邦海は桜哉を抱きかかえたまま外へと向かう。その姿を眺め、義兄はあきらめのひとことを漏らした。

「……小島さんのことは、信用してるけどねえ」

「だったらよろしいですね。じゃ、桜哉くん。いこうか」

「い、いくってどこに……ちょっ、やだ、おろして！」

後ろ髪引かれる様子の元晴はちらちらとこちらを眺めるばかりで、止めようとはしてくれない。邦海に抱えられたまま桜哉は叫んだ。

「やだ、義兄さんっ、助けて！」

桜哉の叫んだ「にいさん」という言葉にちょっと嬉しそうにしつつも、元晴は邦海を止めようとしなかった。

「だいじょうぶだと思うけど、本当にまずかったら電話しなさい」

「なんで、ちょっと、止めて……！」

じたばたと暴れる桜哉を揺すって肩に担ぎなおすと、邦海は「はいはい、静かにね」とお尻を軽くたたいた。

「み、未成年略取だーっ」

「覚えたばっかりの言葉使わない」

真っ赤な顔でわめいたけれど抵抗むなしく、桜哉はいずこへと運ばれていった。

＊　＊　＊

徳井の車とは雲泥の差の、さわやかな香りのする車に乗せられ、たどりついたのは邦海の部屋だ。車中ではいっさいの会話はなく、お互いに目もあわせなかった。抵抗するならまた担いでいくと脅されたため、桜哉はぶすっとしたまま歩いた。

「それでどういうことかな。俺がなにを無理してたって？」

居間のソファに座らされ、桜哉ごのみのカフェオレを淹《い》れてはくれたけれど、邦海の表情はむっつりしたままだった。気分を害したような声で詰問されて、桜哉もむっとしながら言い返す。

「だって邦海さん、ぼくなんか抱きたくなかったんでしょう」

「誰がそんなこと言ったの」

「言われてないけど、事実なのはわかってます」

ぎっと睨みつけた桜哉を、邦海もけっして機嫌のよくなさそうな顔で見おろしてくる。手つかずのカフェオレは、どんどん冷めていった。

「事実って、だから、どこからその話がでてきたのか教えてくれない？　俺がいつ、そんな態度とった？」

「あれから何度もそういうことしたけど……その、絶対いれようとしないじゃないですか」

勃起しなかったくせに、とは言いきれず言葉をにごすと、邦海は心外だと顔をしかめた。

「待ってくれよ。桜哉くんがいやがってると思ったから、俺は——」

「もう言い訳はいいです。邦海さんは、抱かれるほうがいいんじゃないですかっ？」

邦海の言葉を遮った桜哉は、胸にたまっていた疑問を口にした。とたん、彼は「はぁ!?」と声を裏返す。

「ちょ、ちょっと待って。なんでそういう発想が出てくるの!?」

「だって邦海さんは、英貴さんみたいな男っぽいのがタイプなんでしょう？　だからぼく、タチになったほうがいいのかなって、悩んだんです！」

性の不一致で別れるのはいやだったから、桜哉なりに本気で悩んだのに。唖然としている邦海には気づかず、桜哉はひたすらまくし立てた。

「でも童貞だし、自信ないし、無理かなって思ったけど、でも邦海さんのこと好きだから、がんばろうかなとかいっぱい考えて……なのにぼくのことは、ただ元晴さんに頼まれただけで……だから、重いって言って……」

じわ、と涙が滲んだ。ここで泣くのはずるいから、桜哉は必死にこらえる。

「責任感だけでつきあうなんてあんまりだ。そういうの、よくないです。好きになってほしいとか、かわいいとか、あんなこと言わなきゃよかったんです。ふつうに、英貴さんがやばいからしばらく護衛するとか、気をつけろとか、それだけですんだでしょう？」

「桜哉くん、だから……」

「邦海さんがやさしくするから、ぼくは、ほんとに好きになっちゃったのに」

なじる桜哉をたしなめようとしていた邦海は、そのひとことで口をつぐんだ。

「だから、ちゃんと抱いてほしかった。でもいつも中途半端にして、邦海さん、ぜんぜんその気じゃなかった。同情からだったら、なにもされないほうがよかったです」

ついに口にした本音を聞いても、邦海はなにも言わなかった。ただ、驚いたような顔をして、茫然と桜哉を見つめている。

（ああ、終わった）

なにもかもを悪い方向にしか考えられなくなっている桜哉は、沈黙を拒絶だと受け取り、ついに涙をこぼした。声が漏れそうで苦しくて、んぐんぐと喉を鳴らしながら口もとに手をあて、こらえるために指の背を噛む。すると、黙りこんでいた邦海がぼそりと吐き捨てた。

「……ここで、その仕種はずるいだろ」

「なに、がっ？」

ぼろぼろと涙をこぼしながら、桜哉は真っ赤な目で睨みつける。邦海はなぜか顔をしかめて舌打ちすると、電話機を取りあげて電話をかけはじめた。

「……タクシーとか呼ばなくても、ひとりで帰ります」

「ちょっと黙ってて」

存外きつい口調で言われ、桜哉はびくっと肩をすくめる。邦海は唇を歪めて「立ち聞きするなら、最後までちゃんと聞いてってくれよ」とぼやいた。

「俺の言うこと信用できないみたいだし、証言者に頼むから」

なんのことだと思っていると、ハンズフリーに切り替えた電話の呼び出し音が部屋に響いた。ややあって、すこしくぐもった声が『もしもし？』と応答する。

「昭生さん？　小島ですけど」

『ああ。どうした？　あの子、無事か』

「細かいことはあとで。すみませんけど、さっきの会話の内容について、この子誤解しているようなので、証言してもらえません？」

さきほどまでの会話をざっと説明する邦海の口調はいつもよりずっと口早で、焦りのようないらだちのようなものが滲んでいる。話を聞き終えて、電話の向こうの昭生はあきれたようにため息をついた。

『誤解って、あんなしょうもねえのろけ話、どう誤解するんだ』

「の、のろけ？」

わけがわからず混乱する桜哉をよそに、うんざりしたように昭生は続ける。

『今回の徳井の暴走が、いい口実だとまで言いやがった。護衛するって言えば、保護者に対しても毎日堂々べったりになる言い訳はたつし、一緒の時間が長けりゃ、それだけ口説くチャンスも増えるって言った日には、さすがにあきれた』

毎日のデートは、たしかに徳井から桜哉を保護する意味もあったが、つきあおうと言ったのは、まごうかたなき本気だったのだそうだ。

重たい、というのはあくまで『責任が』という意味であり、「ヘタ打ったら、あのブラコン夫婦にどんな目にあわされるか」と、邦海は案じていたらしい。

『だいたいが、おまえのことしゃべってる間中、にやにや笑って気持ち悪いったらない。重たいだとか、むずかしいだとか言いながら、嬉しそうにしやがって』

「え……」

背中を向けていた邦海の顔は見ていなかったが、そんな顔をしていたのか。思わず邦海を振り返ると、彼は苦笑しながらいつものように首をかしげた。猜疑心と不安、哀しさで凝り固まっていた桜哉の心臓が、ことんとあたたかい音を立てる。

見透かしたように、昭生はため息まじりに言った。

『基本的に小島は、惚れたらうっとうしいくらい本気だから。信じてやれば？　……こんなところでいいのか？』

「ありがと、昭生さん。今度、いい酒おごる」

おう、と応えた彼の声を最後に、邦海はボタンを押して通話を切った。

「さて、被告側の証言は以上です。反対尋問は？」

「え、と……」

じりじりと近づいてくる邦海に、桜哉は思わず顎を引いた。

「怖い、したくないって言ったから、がんばって自制したのになあ。俺、桜哉くんのことさわるまえに三回は抜いてたんだけど、それでがっかりされたんならほんと無駄打ちだった」

「え？　え？」

なにかいま、さらっととんでもないことを言われた気がする。目をしばたたかせていると、邦海はにっこり笑った。笑ったけれど、目が怖い。

「据え膳こらえて、精一杯、桜哉くんの好きそうな男やってみたけど、なんかもうばかばかしくなってきた」

がしっと腕を摑まれ、桜哉は立ちあがらされる。ほとんど持ちあげるような勢いに、邦海さんは力が強いなあ、とぼんやり考えてしまったのは、完璧に逃避だ。

「なんにもしてくれないのがいやなんだよね。じゃ、リクエストのとおりにするから」

「え？」

「頭からまるかじりにしたいくらいなんだ。遠慮しないから、覚悟して」

「なに、なにが、う……んんっ」

背の高い邦海に立ったまま抱きしめられ、キスされる。猛攻撃、と言っていいくらいのそれにめまいがすると、さらに腰を強く抱かれて、桜哉はほとんどつま先立ちになった。

「んぐ、う、う、うんっ」

唇を上下にわけてあまく嚙まれ、裏側の粘膜も、歯茎も歯列も、残すところなく舐めまわされる。溢れた唾液を飲むたびに彼の口腔がすぼまり、含みとられた桜哉の舌がきゅんと締めつけられた。

「……俺を好きになったって、ほんと？」

いやらしく濃厚であまいキスのあと、鼻先をこすりつけながら邦海が確認する。とろんとなったままの桜哉が何度もこくこくうなずくと、「ちゃんと言って」とねだられた。

もう一度このキスをされたら、好きだと言おうと思っていた。やっとめぐってきたチャンスに、桜哉はこくりと喉を鳴らし、震える声で告白した。

「邦海さんが、好き、です」

「そう。俺は桜哉くん、大好きだよ。ほんとにかわいい。ほんとに、好き」

感激に涙ぐんだ桜哉をしっかり抱きよせ、邦海も感極まったようなため息をつく。

「ああ、やっとだな。ほんと嬉しい。やっとお試し期間が終わった」

「ぼ、ぼくも嬉しいです」

やっと言えて、言ってもらえた。嬉しくてたまらなくて、広い背中に腕をまわしたとたん、邦海が耳もとでささやいた。

「じゃあきょうは、ここ、いっぱいいじってあげるね」

「ふあっ、あっ⁉」

ちいさな尻は、腰を抱くのとはべつの手で鷲掴《わしづか》みにされ、ものすごくエッチに揉まれている。ときどき、ボトムの縫い目に沿って指をすべらされ、布越しだというのに桜哉のいちばん奥を目指して圧をかけられた。

「もう二度と、セックスがいやだなんて言わせないから」

「う、うあ……？　え？」

いやらしい手つきにうろたえていると、邦海がすうっと目を細める。

「俺のが欲しくて疼《うず》くくらいに教えこんで、桜哉くんの身体、俺にあうように変えてあげる。だいじょうぶ、素質あるよ。この間ちょっといじったら、よがってたから」

「え、や、やっ……あ、あんっ」

耳をしゃぶりながらそんなことをささやかれて、膝《ひざ》ががくがくした。あえぎながらしがみついていると、頬にちゅっと音を立てて口づけられる。よしよしと頭を撫でられて、背中を軽くたたかれて、あっという間に桜哉は手なずけられていった。

「痛くならないようにちゃんと準備するから、怖がらないでね。こういうことも大好きにしてあげるから、安心して」

その言葉は、むしろ安心できない。桜哉はこわごわと上目遣いで問いかけた。

「なに……するの？」

「だいじょうぶ。これから教えてあげるからね」

にっこり笑った邦海が「はい、こっち」と背中を押し、連れていったのは浴室だ。

(あ、さきにお風呂にはいるのか……)

エチケットとしてはふつうだな、とほっとしていた桜哉は、そこで、自分の常識を越えた恥ずかしいことが待っているなどと、想像もできていなかった。

＊　＊　＊

とりあえずお風呂にはいっている間のことは、記憶から削除することにした。

そうでなければ、あんなことやこんなこと、桜哉の乙女思考では耐えられるわけがない。

ベッドのうえに転がされた裸の身体がびっしょり濡れているのは、頭から丸洗いされただけではなく、桜哉自身の汗や体液、そして邦海の唾液のせいだ。

「うえっ……あっ、あ、あう」

「ん、泣かない泣かない」

ねっとりと舌を乳首に這わされ、周囲の肉ごと軽く歯を当てたまま何度も転がされる。痩せてはいるけれど、体質的にやわらかい桜哉の肌にはあっという間に真っ赤な痕《あと》がつき、邦海は楽しそうにせっせとそれを増やした。

「も、いや、そこ、痛い」

「そこって、どこ？」

「……っ、乳首、もう吸ったら痛いですっ」

邦海はやさしげな顔をして、とんだSだった。桜哉が愛撫を羞《は》じらって逃げるたび、執拗に繰り返したあげく、やめてほしいときは――続けてほしいときも――そこの部位をしっかり言葉で言わないかぎり、許してくれない。

「真っ赤だもんね。でも感じるようになったし、ほんとは好きだよね」

「ちが……」

「好きだよね？」

念押しするように言いながら、「吸うのがいやなら」と舐めつくされた。そのくせ、肝心の場所はときどきかすめるように撫でるだけで、桜哉はひんひん泣いて、「好きだから、ちゃんとしてください」と言う羽目になった。

（もう、だめ、しんじゃう）

心臓が破裂しそうで、息が苦しい。徳井に抱かれたとき、セックスなんて本当はたいしていいものじゃないのかも、なんてさめたことを思った。けれど、たしかにそれは間違いだった。いままでは邦海に指を嚙まれるだけで悲鳴をあげ、がくがく腰を振ってしまう。

「ひ……も、や、もう……っ」

感じすぎておかしくなる。桜哉がしゃくりあげてギブアップを訴えると、ぶるぶる震える身体をぎゅっと抱きしめてくれた。

「ちょっと休憩にしよっか。ごめん、やりすぎたね」

しばらくの間、やさしく髪を撫でるだけの邦海にほっとして、徐々に息がおさまっていく。いじわるするくせに、桜哉が本当につらかったり、泣きそうになるとあまやかす。邦海はアメとムチの使い分けが絶妙で、これだから逃げる気にならないのだ。

じっと見つめていると、邦海が「なあに？」とやわらかに問いかけてくる。

「……邦海さんは、なんで平気なんですか？」

「平気って？」

「だって、これ」

裸で全身を触れあわせているから、邦海の屹立《きつりつ》がすごいことになっているのは知れた。なのにほんのすこし肌を上気させているだけで、表情もまったくふつうのままだ。いままで何度も桜哉だけを追いこんだときと変わらない彼の態度に、逆に驚いてしまう。

「平気なわけもないし、すっごい我慢してるよ」

「いままでも？」

「当然。ほら」

手を取られてさわらされたとたん、びくっと大きなものが跳ね、桜哉はぎょっとする。

「ま、まだ大きくなる、の……？」

にっこりと微笑んだ邦海の顔と、手にした凶悪なもののギャップが激しすぎる。さきほどけろりと言われた三回ナントカの意味を察して、桜哉はおろおろしてしまった。

「ね。覚悟ついたなら、してみる？」

「え……」

「桜哉くんが本気で俺としたいと思ってるならこれ、くわえて。がんばってタチになってみようって考えるくらいなら、できるんじゃない？」

試されているのはわかった。自分から望んだ以上はいやだと言うわけにいかない。それに以前、邦海は桜哉のこれを唇でくわえ、愛撫してもくれた。

なにより徳井のときとは違い、サイズは大きいけれどまっすぐなそれは、先端が赤く、周囲の色もあまり濃くはなくて、桜哉の目にはあまりグロテスクに映らなかった。

そっと両手で包むと、ぴくんと反応する。思わず邦海の顔を見あげた桜哉は、期待と興奮で潤んでいる目をまともに見てしまった。じいん、と脳天から爪先まであまったるい痛みが走り、怖いのと嬉しいのが入り混じった複雑な気分になる。

潤んだ目で見つめていると、邦海は桜哉の髪をそっと撫でながらささやいた。

「……舐めるだけでもいいよ」

譲歩を示すその声を聞いたら、なんでもしてあげたくなった。もっと気持ちよくしたい。そう感じたらもう迷いはなく、思いきって口を開き、ぱくんとくわえた。

「ん、っは……」

邦海が浅くあえぎ、口腔のものがまた大きくなる。ちょっとくわえるのには苦しくて、どうしていいのかと固まっていると、後頭部を摑んだ手がそっと押すようにうながしてくる。

(う、動けばいいのかな)

ただぱっくりくわえて頭を前後するだけでは、たぶん邦海は気持ちよくないだろう。かといって舌を使うようなテクニックはなく、あったとしてもこの質量では動かせる隙間もない。

とにかく、歯を当てないようにとだけ願ってぬらぬらと前後運動していた桜哉は、くすりと邦海が笑ったことに気がついた。

「ん、ふ?」

「桜哉くん、顔といっしょに腰振ってる。かわいいおしり、揺れてるよ」

指摘されて気づいた。もうさわられてもいないのに、桜哉のそこも興奮して硬く勃《た》ちあがっているうえに、邦海を愛撫するのとまったく同じ動きで揺れていた。

恥ずかしさのあまり飛びのき、「うあ、わ、あっ」と意味もなく叫ぶと、邦海が苦笑して腕を伸ばしてくる。

「ああ、ごめんね。意地悪言ったんじゃないよ。……泣いちゃった? かわいいな、ほんとかわいい……」

さっきまでくわえていたのを気にもせず、邦海は深くキスをする。彼の形になってしまったかのような口腔をやわらかい舌で舐めまわされていると、桜哉は体内にどんどんあまい液体がたまっていくような錯覚を覚えた。

「ありがとう。お返ししようか?」

口づけをほどくなり、ぞくりとするような声でささやかれ、あわててかぶりを振る。

「いっ、いい、いらないですっ。だ、だめ、さわったら」

「なんで? すごくよかったよ、ぎこちなかったけど一生懸命で」

言わないでくれと頼んだのに、嬉しげな邦海は顔中にキスをしながら、すごくいやらしいことをたくさん言った。その間も、桜哉をいじりまわすのをやめない。なにもされずに濡れてしまった股間についていては、薄い下生えを指に絡めて梳《す》き、根もとからやさしく包んで撫でまわし、と、生殺しのような愛撫をしかけてくる。

「これ、くわえて吸ってあげようか？」

「……っだめだめだめ、ああ！」

びくん！　と全身を跳ねさせ、桜哉は身を縮めた。驚いた顔の邦海は、手のなかに飛び散った微量の精液に目をまるくしたあと、にんまりと笑う。

「ちょっと、いっちゃったね。でもちょうどいいかな。いまならリラックスしてるし」

「ふ……え？」

「違うところ、舐めてあげる」

唐突な射精に目をまわし、息も絶え絶えだった桜哉は、いきなり脚を広げられ、とんでもないところにとんでもないことをされても、なすすべがなかった。

「……い、い……いやーっ！」

舐められまくって、舌までいれられた。どこに、とは言いたくない。というか認識したくない。わかっているのは、桜哉の身体のいちばん奥が、いろんなぬるつきでどろどろになっている、という事実だけだ。

（なにこれ、なにこれ、なにこれ）

途中で、なにかどろっとしたものを流しこまれた。指もはいって、それが増えて、かきまわされて、拡げられた。シーツに這ったまま全身を真っ赤にして、腹筋が自分の意思とは関係なく痙攣し、腰を起点に全身がうねる。身体のいちばん奥の奥を邦海に好き放題いじりまわされ——そして、ほどなく、未知の快感に溺《おぼ》れて悲鳴をあげていた。

「えっえっ……あ、そこ、そこそこっ」

「やっぱり覚えいいな、桜哉くん。ここ？　ここ好き？」

「んっんっ！」

あられもない声をあげながら、桜哉の細い腰はかくかくと上下に揺れる。しっかりとくわえこまされた三本の指は、桜哉が声をあげて身体を跳ねさせる場所をとらえ、撫でたり掻いたりつまんだりと、さまざまなことをしていた。

「もう、や……腰、ば、ばかに、なっちゃう……っ」

「ふふ、うん。エッチに動いてる」

刺激されるたびに動く身体が止められず、おかげで力のこもった邦海の指を、桜哉の身体が勝手にだし入れするような形になる。体液が乾きかけ、かゆみを覚えた入口あたりがそのせいでこすれて——どうしようもなく気持ちよくて、止められない。

だけど邦海は意地悪く、ほんのかすかな動きしかくれなくて、桜哉はもどかしさに悶えた。

息を切らし、うつぶせた胸のさき、尖った乳首をシーツにこすりつけながらすすり泣いていると、背中を撫でた邦海が耳に口づけながら問いかけてくる。

「もどかしい？　もっとしたいよね」

「ん、んう、んふ」

「いっぱいこすってほしくない？　教えて」

唆《そそのか》されたころには、もうまともな思考能力など残っていなかった。こくこくとうなずき、濡れた目を凝らして邦海を見つめた桜哉は、震える唇から声を絞りだす。

「おね、が……こす、て。いっぱ、い、して」

邦海がにんまりと笑い、舌なめずりをした。細めた目はいつものやさしい表情とは違い、欲望に翳って暗い。それでも、彼の情欲が狙《ねら》いをつけたのは自分の未熟な身体だということに対して、怖さより嬉しさと興奮のほうが勝った。

「力、抜いて」

うしろから押し当てられて、胸がどきどきした。

ずるう、と大きく圧倒的なものをいれられて、桜哉は情けない声をあげた。麻痺《まひ》するくらいにいじられ、濡らされたおかげで痛みはないけれど、とにかく、なんだか、とんでもない。

「ひ……い！」

はひはひと息を切らしていると「どう？」と邦海が笑いかけてくる。

「く、くるし、です」

「ん、まだ硬いね。もちょっととしようね」

馴染《なじ》んだと思ったところで引き抜かれ、また声があがった。ぐったりとシーツに伏せた身体には、ジェルをまといつかせた指が入りこみ、ねちねちと塗りつけてはかきまわされる。もったり感じるくらいに濡れると、ふたたび挿入された。身をこわばらせるたび、いれて、抜いて、またいじって……と繰り返され、何度目かわからなくなるころには桜哉のそこはすっかりほころんでいた。

「どう？　今度は平気？」

挿入し直すたびに「楽な体位探すね」と、いろんな格好をさせられていた。今回は正面から、腰を高くあげて脚を開かされてつながらされ、苦しくはあったけれども邦海の顔が見えるぶん、すこし安心した。

顔を見られるのは恥ずかしいけれど、ちゃんと様子を見てくれているのもわかる。意地悪をするくせに、彼は桜哉が泣くと心配そうに眉をさげるからだ。

邦海にしっかり抱きしめられて揺すられて、思いきりあまったれた声がでた。

「も……い、や、それ、いや」

「いや？　抜く？」

「やぁだ、抜くのいや、抜かないでっ」

必死になってすがりつくのは、邦海の長いそれが引き抜かれるときの感覚——身体のなかから大事ななにかを引きずりだされるようなそれが、なじみがなくて怖いからだった。ぞわぞわして、喪失感がすさまじすぎる。おまけに次にはいってくるときの充溢感《じゅういっかん》もすごいのだ。大事な場所がやさしく、けれど抗《あらが》うことを許さない強さで犯され、征服されていく感覚を何度も味わわされ、ついには声をあげて泣いてしまった。

「じゃ、いれたまま動く？」

そのほうがまだマシだと、朦朧となった桜哉はこくこくとうなずく。だがすぐにそのことを後悔した。小刻みに腰を揺すりだした邦海は、指でいじったときに反応のよかった場所を狙いさだめ、そこばかりを突いてきた。

「あぁあん、やだっ、やだっ」

「やだって、桜哉くん、ここ好きだろ。ほら、こっちも硬い」

「あっあっあっ、ああ、あっ！」

気持ちいいことがずっと続くと、こんなにつらいとは知らなかった。しかも悶える桜哉の股間と乳首を巧みな指で同時にこすりたててくるから、頭が沸騰しそうな快感に襲われる。

「気持ちいいよね？」

「お、おなかが……い、いっぱい、で」

徳井のとき、こんな奥までは暴かれなかった。なんだかとんでもないことをしている気がするのに、間違いではないという確信だけはある。言葉にしなかったことを察したのだろう、抱きしめてくる男は嬉しそうな笑い声を漏らした。

「うん、みちみちになってる」

楽しげに言った邦海の指で、ぐるりと縁をなぞられた。くすぐるような刺激に思わず身を硬くすると、「んっ」と邦海が短くあえぎ、咎めるように桜哉の乳首をきつくつねる。

「あう！」

「だめだよ桜哉くん、そんなことしたら」

止まらなくなるだろ。ぼそりと吐き捨てた邦海は激しく腰を使いはじめ、桜哉はますます泣きじゃくった。

（もう、なんか、すごい……すごくいい、なかで、うごくの、きもちいい……っ）

身体のなかで違う脈がある。硬くて熱いそれが桜哉をとことん奪いとろうとし、またすごい勢いで与えてくるのがわかる。つらいくらいに気持ちよくて、怖いけれどやめたくない。

指先までじんじんして、この感覚をどうすればいいのかもわからず握った拳に嚙みついていると、その手を取りあげられ、歯形と唾液の残った手の甲にキスされる。

「こんなにきつく嚙んじゃだめだよ。もうだめ？」

「ん、んっ」

「うなずくだけじゃなくて、ちゃんと言ってくれないと」

耳を舐めながらのささやきが、気遣いではなく言葉責めだとも気づかないまま、桜哉は素直に口を開いた。

「い、いきたい。いかせて、く、くださっ」

「んん、いいよ。どこ気持ちいいか教えてくれたら、いちばんいいときにいかせるから」

「あの、あ、あそこ、あっ……ち、違う、邦海さん、そこ、違うっ」

「うん。だから教えて。どこ？」

わざとずれた場所をつつかれて、いやいやとかぶりを振ったのに引き延ばされる。泣きじゃくりながら、朦朧とした桜哉は邦海が教えこんだ言葉を口にした。

「ほら言って。いきそう？　桜哉くん、いっちゃいそう？」

「い、いっちゃいま、す、あっあっ、おしり、きもちくてっ、んう、ああっ」

「はは、言っちゃうんだ。ほんとかわいいな、そう、ここ、か……っ」

「うあっ、だめっ！　ああ、あはっ、はあっ、あっ……！」

欲しがったところを徹底的に責め抜かれ、さらに激しくなった動きに桜哉は悲鳴をあげた。やめてと叫んだ気もするし、もっと、とわめいた気もする。邦海もちょっとあえいでいて、それがよけいに快楽を深くした。

「くに、みさん、邦海さんっ……」

名前を呼んだとたん、全身の毛穴がぶわっと開き、手足が痙攣する。痺れた肌を相手の身体にこすりつけながら、濡れて、濡らされて、のぼりつめる。

「ふ、あ……っあ、い、いく、だめ、いっ……！」

「んんー……っ」

ぶる、と震えたのはふたり同時で、気づけばふたりの身体の間に粘ついたものがまき散らされていた。けれど快感が深く長すぎて、自分がいつ射精したかも、そして邦海がいつ自分のなかにだしたのかも、まるで意識できなかった。

（なに、これ）

全身が震えている。まだつながったままの場所と、彼を迎え入れるために大きく開いた腿ががくがくして、腰が何度もシーツから浮きあがる。長すぎる絶頂感は尋常でなく、目のまえにちかちかと星が飛んだ。

「……あー、すっごい、いった」

脱力しきった声で邦海がつぶやいたとたん、桜哉は理由のわからない涙をぼろぼろこぼした。頬を唇で拭う邦海の動きは緩慢で疲れている感じがしたけれど、おざなりな気配はない。

「気持ち悪くない？」

痙攣が治まったころに問いかけられ、うなずこうとした桜哉は体内のぬるつきに気づいて顔をしかめた。

「く……邦海さん、な、なかで、だした」

「うん、した。ごめん、いっぱい出ちゃった」

平然と言った邦海に眉と瞼に唇を押し当てられ、とっさに目をつぶりながら「そういうの、しちゃいけないって言ったくせに」となじる。

「だいじょうぶ。だしていいようにしたから。それにゴムつけるとたぶん、桜哉くん、痛くてはいらないと思ったし」

「そ、そうなんですか？」

「嘘じゃない。でも、きょうだけは俺の、ここに飲ませたかった」

まだはいった状態で、軽く腹部を手のひらに押される。ずっしりと存在感のあるそれを感じながら言われた言葉はなまなましいにもほどがあった。

「ちいさい男で悪いけど、あいつより奥までいきたかったんだ。勝手にしてごめんね」

嫉妬ゆえの身勝手だと白状されては怒れない。

「もう……いいですけど」

恥ずかしくて顔を背けた桜哉から、ゆっくりと邦海はそれを引き抜いていく。なにかが溢れそうで、あわてて腰に力をいれたけれど、溶けたゼリーのようになった下半身はまるで制御できず、桜哉の腿とシーツを汚した。

（う、わ……）

とろとろとあらぬ液体をこぼすそこがぽっかりと開いているのがわかって桜哉は焦った。

こうされてみてわかったのは、邦海が言ったとおり、本当に徳井のサイズが『身体にやさしい』ものだったことだ。

ここまでぐずぐずにされていなければ、たぶんひどいことになっていたと思う。

そして、こんなのを覚えた自分の身体はいったいどうなるのだろう、と怖くなった。

「どうしたの、痛い？」

こわばった顔を青ざめさせた桜哉に気づき、邦海があわてて覗きこんでくる。

「邦海さん、どうしよう」

「ん？」

「いま、おしりが邦海さんの形になって、戻んない……どうしよう？」

このまんまだったら、本当にまともに暮らせないのでは。本気で怖くて涙目になっていたのに、なぜか邦海はすっと目を細めた。慰めがほしかったのに、欲情が滾《たぎ》った男の目にさらされ、桜哉はびくっとする。

「……だいじょうぶ、時間経てば戻るから。じっくりしてあげたから、開いてるだけだよ」

「ほ、ほんと？」

「うん、本当」

髪を撫でてなぐさめてくれる手も、声もやさしい。——なのに目だけはぎらぎらしたままだし、もう片方の大きな手はなぜか、桜哉の尻を摑んでいる。

（え、なんで？　さっき終わったばっかりだよね？）

桜哉はよもやの事態に面食らったが、これがいわゆる後戯というやつかもしれない。振り払うほどいやなわけではないし、ただひたすら困った。

「あ、あの……あの……邦海さん？」

まだ過敏な身体が震えてしまうから、あんまり刺激しないでほしい。そう思って名前を呼んだのに、尻を撫でていた邦海の手は、いまではぐにぐにと揉んでいて、それもだんだん中心によっていくのがわかった。

「でも、うん、もったいないよね。こんな、とろとろだもんね」

おまけに、ちょっと遠い声でつぶやく邦海は、ひとの話を聞いていない気がする。

「な、なにが……なに……ど、どうして？　え？　あっ、なんでっ？」

どうして脚を開かされているのかわからず、桜哉は逃げようと身体をよじる。だがその肩をがっしり摑まれて、目をあわせられたらもうおしまいだった。

「ねえ、ほら、簡単にはいっちゃうからさ……ね？」

「ね、ねって、ああだめ、いれちゃ、やっ、あっ、あっ！」

ずうん、とおなかを満たした圧迫感に、桜哉はべそをかいた。邦海はすぐに律動をはじめ、桜哉から切れ切れのあえぎを引きずりだしながら、こんなことを言う。

「やなら、殴って止めて。ごめん、桜哉くん気持ちよすぎて手加減きかない」

「く、……邦海さんも、い、いいの？」

驚いた桜哉を見つめながら、「いいよ、すごく」と邦海があえいだ。きつくよせた眉に上気した頰、うっすら開いた唇を何度も舐める仕種に、嘘は感じられない。

「ていうか、やば……こんな細いのに、拡張しないでも俺の奥までいけるとか、予想外」

ぶるっと震えてつぶやいた言葉の意味がわからず、桜哉は「えっ？」とうわずった声をあげる。何度も揺さぶられているうちに全身が快楽で膨れあがり、だんだん声も聞きとれなくなってきた。

「んん、ごめん。なんでもないから」

きれいな顔でにこっと笑われ、まあいいか、と桜哉は思った。さらっときれいな顔の邦海は予想外にエッチだけれど、本当に桜哉がほしくて抱いてくれているのはわかる。

「……ほ、ほんとに気持ちいい、ですか？」

「なんで？　気になる？」

こくんと桜哉がうなずき、邦海はわずかに目を瞠った。

「ぼ、ぼく、へたで、がっかりされたら、やだったから」

本当にそればかりは気がかりだったから、すこしでも邦海が気持ちいいなら、嬉しい。

「桜哉くん……」

「よかった、邦海さん、よくて……あっ⁉」

微笑んだとたん、がばっとものすごい勢いで脚を開かされ、結合部が完全に丸見えになる。体勢の恥ずかしさに桜哉はかぶりを振るけれど、細い脚を肩に担いだ邦海は物も言わないまま容赦なく腰を打ちこんできた。

「え、なんで、なん……っんん？」

激しい腰使いに同じく、キスも激しかった。舌とアレとでうえとしたの粘膜をめちゃくちゃにされながら、桜哉はシーツのうえでのたうつ。強引でちょっと乱暴な抱きかたに怯えそうになったけれど、うわごとのように繰り返す邦海の声で、結局はぜんぶ許した。

「桜哉くん、桜哉……ね、俺のになって。俺だけって言って」

「う、うん、んっんっ」

「ああ、ほんと、かわいいな」

何度もうなずく桜哉の唇に、音を立ててキスをした。桜哉が頑張って舌を動かし、邦海のそれを吸うと、彼は熱っぽい息を吐いてぎゅっと抱きしめてくる。

「好きだよ桜哉くん。大好きだ」

「ぼ、ぼくも……大好き、です」

「ほんとに愛してるからね。大事にする。めちゃくちゃ、かわいがるから」

同じ言葉は気恥ずかしくて返せなかったけれど、うなずいただけで邦海はとても嬉しそうに頬をほころばせ、熱っぽくキスをしてくれた。唾液の絡んだ舌が互いの唇を行き来する。

すでにミントの味より邦海の味になったそれを、桜哉は言葉どおり舐めるようにして味わった。

「信じてくれたみたいだね」

邦海も不安だったのだと知らされて、桜哉は胸を熱くしながら「うん」とうなずく。やっと身も心も結ばれた恋人は、桜哉に対して満面の笑みを返し、そして、言った。

「よかった。じゃあ……ここから本気だしても、いいよね？」

「え」

「さっきは様子見したから、もどかしかったんだ。だから次は、もっとうんと、……ね」

ね、ってナンデスカ。内心の疑問を口にするひまも、戸惑うひまもない。

ひっくり返され、たたまれて、まるめられて、ぐにゃぐにゃにされ。

とにかく邦海のありったけの愛情でもってかわいがられた桜哉の意識は、身体と同様、めちゃくちゃになった。

＊　＊　＊

洗濯機が、ごんごんと音を立てている。ぐちゃぐちゃになったシーツやらその他もろもろを洗う音を聞きながら、桜哉は邦海にタオルでごしごしこすられていた。

「桜哉くん、はい、腕とおして」

声もでないままこっくりうなずいて、彼のシャツを着せられた。やわらかいシルク素材のそれは、いじられすぎてひりひりする桜哉の肌にとてもやさしい。

セックスというのは、本当に疲れるものだと桜哉はぼんやり考えた。腰が抜けるほどの疲労感のおかげで、ひとりで立てない、歩けない。風呂でも髪から爪先まできれいに洗ってくれたのは邦海で、いま着替える間も彼が腰を支えていてくれている。

「髪の毛乾かしてあげるから、ベッドにいこうね」

「はい……」

だぶだぶのシャツ一枚をどうにか身につけた桜哉は、シーツを取りかえたベッドへと抱っこされて運ばれた。時計を見ると、驚いたことに深夜の一時をまわっていた。

「泊まるって連絡はいれておいたから」

視線に気づいた邦海の言葉に「ありがとう」と言いつつ、桜哉の頬はひきつっていた。

(なんかきょう、濃い一日だったなあ……)

昼近くに池袋に到着して、立ち聞きして、泣いて逃げた。徳井に捕まり、佐光のおかげで危ういところを脱したのは、それからおよそ二時間後。邦海に拉致されてこの部屋にたどりついたのは、たしか午後の三時をまわったころだったか。

(いや、うん。たぶん、終わったあと眠ったから。それがきっと五時間くらい……お風呂もはいったし……エッチのまえは、しゃべったし……）

だとしても、残り時間が長すぎる。あまり深く考えたくない桜哉は細かい時間計算を放棄して、邦海にうながされるままベッドへともぐりこんだ。

「すっごいいまさらですけど、邦海さん、きょう、会社は？」

「昭生さんの件が連絡きたんで、半休とったんだ。心配しないで」

大きなベッドに横たわると、隣に邦海がすべりこんでくる。ごく自然に抱きよせられ、寝心地のよい角度を探して頭をこすりつけると、くふんと満足の息が漏れた。

「桜哉くんて、子犬っぽいね」

くすくす笑いながら邦海が髪を撫でてくる。どういう意味だと上目遣いで睨めば、わざと顎を指先でくすぐられた。動物扱いなのに気持ちがよくて、うっとり目を閉じそうになる。

このままもう一度眠ってしまおうかと思ったけれど、心にわだかまったものをそのままにはしておけず、桜哉はちいさな声で問いかけた。

「あの。英貴さんって、どうなるんですか？」

ずいぶんややこしいことになってしまったが、親族である義兄に影響は出ないのだろうか。心配で顔を曇らせる桜哉の頬を、邦海が落ちつかせるように撫でてくれた。

「さっき桜哉くんが寝てる間に伊勢さんとこに電話してみたよ。詳しい話、聞く？」

「お願いします」

佐光は通報しないと言っていたけれど、昭生への暴力と器物破損、それから会社の横領そのほかで、結局は起訴されることは確定だそうだ。

取り調べでわかったことだが、行方不明の一ヵ月間、どこにいたのかと言えば、ナンパしたキャバ嬢のところへ転がり込んでいたそうだ。しばらくはヒモ同然の生活を送っていたけれど、じつはキャバ嬢のマネージャーが筋モノで、美人局《つつもたせ》に引っかかった。薄汚れていたのは、やくざと取り立てから逃げまわって、一時期は路上生活をしていたせいらしい。

「借金の話もしてたせいで、一本化してやるとかうまいこと言われたらしくて。案の定、闇金に債権売り飛ばされてた。まあ、おかげであいつの支払い義務自体はもしかしたら無効化できるかもしれないけど」

「そうなんですか？」

「闇金はそもそも違法な金融業者なんで、契約の時点で法的な拘束力がない、って判例があるらしい。だから、きみのお義兄さんのところに取り立てが押しかける、なんて心配はしなくていいよ」

それには本当にほっとして「よかった」と桜哉は息をつく。けれど、邦海が苦々しげにつけくわえたことが、安堵《あんど》の気持ちに影を落とした。

「ただ、徳井自身はそれなりに処罰を受けるのは間違いない。実刑までいくかどうかは、裁判次第だけど……なんていうか、本当にあっという間に身を持ち崩したよね、あいつも」

情けない、と顔をしかめる邦海に、桜哉の口が歪む。こわばった身体に気づいて、邦海が顔を覗きこんできた。

「……邦海さんにも、いろいろ、事情があったのはわかったんですけど」

「んん？」

「なんであんなに、英貴さんのこと隠そうとしたんですか？　べつにぼく、危ないなら危ないって教えてもらえれば問題なかったし……最終的には元晴さんたちから聞いちゃったし」

わかってない子だから。徳井のことは話せないと言っていた。あれはどういう意味だと拗ねたように問う桜哉に対し、邦海は逆に驚いていた。

「え？　まだ引っかかってるの？　それ、もうとっくに言ってあったよね」

なんのことかわからずに戸惑っていると「覚えてないの？」と邦海が眉をよせる。

「あいつの話になると桜哉くんが哀しい顔になるからいやだって、俺、ちゃんと言ったよね」

「……え、それ？」

「それだよ。ほら、またその顔してるし。妬けるからやめて」

眉間のしわをつつかれて、桜哉はきょとんとしてしまった。

「え、妬けるって……ぼくが哀しいのは、妬いてるからなのに」

今度は邦海が目をまるくする番だった。

「だって、英貴さんって好みの基準になるくらい、理想だったたって言ってた。そのあとも、好きになるのは同じタイプだって……でもぼく、ぜんぜん違うじゃないですか」

桜哉が好みでなくても好きだというのなら嬉しいが、どうしても不安が残る。もし今後、邦海の理想のタイプが彼のまえにあらわれたら、勝てるかどうかわからない。

「あんなふうには、どうやってもなれないし……怖い、です」

桜哉がうつむきながら内心の不安を打ち明けると、邦海はぽかんとした顔をしていた。ややあって、「あっ」と大きな声をあげた。

「そうか。桜哉くんて、昔のあいつ見たことないのか」

「え？」

「そっか、だからタチ……あー、ごめん。すっごく勘違い。というか説明不足だった」

ため息をついて、邦海は起きあがる。桜哉もよろよろと、生まれたての子鹿のような頼りなさで肘をつくと、腰を抱かれて膝のうえに乗せられた。

「ええとね。まず性の不一致うんぬんですが、さっき証明したからわかるよね？」

「あ……はい」

ものすごく楽しそうに桜哉を抱いたことで、そちらの疑いは払拭《ふっしょく》されている。赤くなりつつ桜哉はうなずいた。

「専門用語ってなまなましいから、ちょっとアレなんだけど……要するに俺、いわゆるバリタチってタイプね。抱く専門のほう。で、徳井もやられるのは勘弁だった」

「え、そうなんですか」

徳井とつきあっている間もポジション争いに関して一歩も譲れず、徳井も前立腺マッサージまでは受けいれるくせに、そのさきはガンとして譲らなかった。

結局のところ、天野の言う『性的な不一致』が起きていたのは、桜哉ではなく彼らふたりのほうだったのだ。

「ちなみにね、あいつ、高校卒業してから遅い成長期がきた口でさ。大学デビューではしゃいじゃったのも、その反動だと思うんだけど」

当時の写真を見せると言われ、「そんなの持ってるんだ」と拗ねる。

「卒業アルバムくらいは勘弁してください」

笑いながら見せられた昔の徳井の写真は、いまとは似ても似つかないものだった。

「……おんなのこ?」

「みたいだろ」

小柄でおとなしそうできゃしゃな少年の写真に、桜哉は目をしばたたかせる。写真のしたに『徳井英貴』という名前が記されていなければ、信じられないところだった。

「当時はあいつ、アイドル顔負けにかわいかったんだよ、ほんとに。ただ、そのおかげで女子にはハブられたりしてて」

桜哉も思春期に覚えがあるだけに「ああ……」とうなずいた。

「よっぽどそれがいやだったらしくて、高校時代も必死になって栄養剤飲んだり、筋トレしたりしてたんだよな。努力が実ったのは高校三年の途中から」

すごい勢いで伸びに伸び、徳井は半年間で別人に変わっていた。数年のブランクを置いてみたら、さらに変化は顕著になり、再会のときにはあちらから声をかけられなければ、気づかないレベルだったという。

「ぜんぜん知らなかった。ぼくが知りあったのは、あのひとが大学生になってからなので」

「うん、だから桜哉くんにとっては、いまの徳井が基本なんだよね。で、俺が好きだったのはあくまで、高校時代の徳井のルックスだったわけ」

そこのところをまるっきり失念してた、と邦海も苦笑した。

「だから、再会したあとは違和感ばりばりにあった。外見があぁまで変わっちゃぁ別人だし。実らなかった初恋の幻想がくすぶってたんで、あのころの面影をなんとか追っかけてみたけど、途中でなんだか不毛な気もしてきたし」

「じゃ、じゃあ……」

――昔あんまり好きだったから、変わった部分にも目をつぶれると思ってたんだよ。

てっきり、性格的な部分が変わったという意味だと思っていたのだが、主に見た目の問題だったのか。明かされた事実に桜哉がぽかんとしていると「もちろん、見た目ばっかりじゃないよ」と邦海はかすかに唇を歪めた。

「性格は褒められたもんじゃないほうに増長してたのが、あいつを見切った最大の原因。昔はおどおどしてても根はやさしかったのに、内弁慶で傍若無人な俺さま体質になっちゃって」

それでもつきあい続けていた理由の半分は、友情の名残《なごり》と責任感もあったと言う。

「あいつの身勝手さは、昔のコンプレックスの裏返しなんだろうってことも、わかってたからさ。すこしはまともにしてやれないものかなって、ちょっと自分を勘違いしたんだよな。……できもしないくせに」

ヒーロー願望みたいなものかな。後悔をまじえて自嘲する彼の目を曇らせたくなくて、桜哉は勢いこんで言った。

「邦海さんは、好きなひとに一生懸命になっただけだよ。そういうの、いいと思う。だって、簡単に見捨てなかったってことでしょ？」

「そんなことないよ、ぜんぜん。俺は俺のために動いただけだから。いいひとぶって、偽善っぽいっていうか……性格悪いんだよね」

「そんなことない！　邦海さんは、やさしいです！」

あまっちょろいと言われそうだけれど、桜哉は本当にそう感じた。彼が偽善者で性格の悪いひとだったら、たぶん桜哉のような性格の人間は、怖くて逃げてしまう。

「だって、さっき言ってたでしょう。闇金には、払わなくていいかもって。あれは邦海さんが伊勢さんに頼んでくれたんじゃないんですか？　だって、弁護士さんは頼んだ仕事しかしないでしょ？」

邦海は沈黙して答えなかったが、もうひとつの可能性――「それは元晴さんがやったことだ」とは口にしなかった。つまり正解だということだ。

「ね？　だからやさしいんです」

桜哉はにっこり笑った。邦海はちょっと拗ねたような顔をして、桜哉をいきなり抱きしめてくる。

「わ」

「ねえ。俺が徳井にやさしくしても、妬かないの？」

いつぞやと似た質問をされ、桜哉は一瞬黙りこんだあと、素直な言葉を口にした。

「妬きます」

言葉のかわりに返ってきたのは、ミントと邦海の味がする、熱烈なキスだ。

「んん……」

勢いでベッドに押し倒され、脳まで舐め溶かされるような口づけを受ける。横たわったままでもふらふらになっていると、桜哉の身体をきつく抱きしめた邦海がくすくす笑う。

「あのね、桜哉くん。タイプがどうとか、まったく心配しなくてもいい」

「……なに？」

「さっきの卒業アルバム見て、まだわかんないかな。あれが俺の初恋の相手なわけ」

いたずらっぽい目つきで見つめられ、桜哉はうっかり見とれた。そのおかげで、邦海の言ったことの意味が、なかなか理解できなかった。

「俺はちっちゃくてきゃしゃで、女の子みたいな顔した、かわいい男の子が好きなんだよね」

桜哉は黙りこむ。邦海の言葉をじっくり反芻し、ややあってじわじわ赤くなった。

「つまり、きみみたいなタイプは、ど真ん中。しかもあのころの徳井の百倍はかわいいし」

さらに嚙み砕いて、これ以上なくわかりやすく告白され、「あわ」と変な声が出てしまう。

邦海はひどく楽しげに、真っ赤になった頰を指でつついた。

「あの日、あいつのベッドでまるまってるきみをはじめて見たとき、ほんとに腹がたった。ただでさえ、仕事もつきあいももう切ってやりたいと思ってる男が、なんでこんな、俺のめちゃくちゃ好きなタイプの子、あっさり食ってんだって」

「え、え、え」

「おまけにひどいこと言って泣かせてるし、怪我はさせてるし。俺ならそんなことしない。絶対傷つけたりしないし、かわいがるだけかわいがるのにって思った。おかげでまあ、何年に一度もないくらいにキレたけど」

たしかに自分のために怒ってくれたとはわかっていたけれど、まさかそんな理由だとは思ってもみなかった。赤くなったままうろたえていると、邦海は「かわいいなあ」としみじみつぶやいて頬ずりしてくる。

「ひと目ぼれだった。ちょっと話しただけでも性格がいいってわかったし、会って一時間後には、俺のにしようって決めてたよ。才能あったのも嬉しいおまけだった。とにかくね、桜哉くんはほんとの意味で、俺の理想にばっちり」

あまりの褒められっぷりにどうしていいかわからない。茹《ゆ》であがった桜哉は、熱くなった頬に両手をあてて「そう、なの？」と首をすくめる。「ああ、それも」と邦海は笑った。

「手がね、仕種もいちいちかわいくて。うん。俺のツボ」

手の甲にキスをした邦海は「だから変なふうに疑うのなしで」と笑ったあと、ふっと真顔になった。

「ついでに言うと、俺けっこう心せまいから、うざかったらごめんね」

急に低くなった声のトーンに戸惑い、桜哉は邦海の頬へと手を伸ばした。そっと撫でると、邦海が頬をすりよせてくる。

邦海はいつも明るくて穏やかで、ときどきびっくりするくらいに大胆なのに、不意に見せつけられるナイーブな翳りが桜哉を落ちつかなくさせる。胸がきゅっとなって、抱きしめてあげたくなる。

「えと、うざいってなんで……？」

「あとになって、そんなの違うって言われるのやだから希望だけ言っておく。ただ、なにがなんでもそのとおりにしろ、とまでは言わないから、そこは安心して」

「う、うん」

真剣な顔で告げられ、桜哉もなんとなく身がまえた。邦海はふっと息をつくと、桜哉の目を見つめながら一気に告げる。

「メールとか、わりと頻度高いし、いままでと同じで帰りは送ってあげたい。休みの日は一日、俺といっしょにいて。もちろん出かけるのもいっしょで、できれば泊まってってほしい。用事があるときはしかたないけど、ともだちより俺のこと優先してくれると嬉しい。あと……たぶんべったべたにかまうと思うけど、あんまりいやがらないでほしい、かな」

聞けば聞くほど桜哉にはよくわからない。きょとんとしたまま見つめたさき、なにやら緊張した面持ちの邦海がじっと答えを待っている。

「それで？」

「それでって、それだけ、だけど」

もしかして、いま口早にまくし立てられたのが、邦海の希望なのだろうか。本気でよくわからなくて、桜哉はぱちぱちと目をしばたたかせた。

「えっと……それ、なにがうざいの？」

「えっ」

「えって、え？　ふ、ふつうのことじゃないの？　つきあったら彼氏のこと、いちばん、優先するもんでしょ？」

混乱して「なにがおかしいの」と問う桜哉に、邦海は口を開けたまま固まった。

「そりゃ、邦海さんはお仕事あるし、いままでみたいに特別な理由があるわけじゃないから、毎日ぜんぶいっしょは無理だと思うけど……かまわれるのは好きだから、べつに、いやじゃないです。ていうか、いっしょにいたいです」

乙女思考の桜哉にとって、自立したいい歳の大人が、そこまで恋人を束縛したがるのはいささか問題だという意識はまったくなかった。だから、邦海が桜哉の言葉に目をまるくし、そのあとじわあっと嬉しそうに笑う理由もよくわからない。

「あれ？　ぼく、なんか変？」

「んん、変じゃないよ。ちっとも……変じゃない」

花がほころぶような笑顔で、邦海はぎゅうっと桜哉を抱きしめてくる。細い肩に顔をうずめ、安心したように息をつく彼の後頭部を、なんとなく桜哉はなでなでしてあげた。

(邦海さん、かわいい)

大人の男のひとに言ったら失礼かもしれないから、けっして口にはしないけれど、こういうときの邦海は、本当にかわいくてたまらない。

あまえられると胸がきゅんきゅんする。桜哉の身体がすごく大きくなったような錯覚を覚えて、彼のためならどんなことでも、なんでもしてあげる、そんな気持ちになる。

もう一度、深々と息をついた邦海は、桜哉の胸に顔をうずめたままつぶやく。

「桜哉くんが、きちんと大人になるころには考えも変わってるかもしれないね。でもそのころには、俺もすこしは落ちついてると思うから、だいじょうぶかな」

「え……なに？」

わかんない、と首をかしげる。邦海のくせが移ったのかもしれない。わかんなくていいよ、と邦海が微笑んだ。

「いや、あらためて理想どおりの子捕まえられてよかったって思っただけ」

しみじみ言う邦海の胸の裡はよくわからないけれど、嬉しそうだから桜哉も嬉しい。

「桜哉くん、ほんとに大好き」

「はい、ぼくも」

「めちゃくちゃ、大事にするからね」

猫がすりよるように首筋に鼻先をこすりつけられ、ふふふ、と桜哉は笑う。

「えと、いっぱい、かわいがってくださいね」

上目遣いで告げると「もちろん」と邦海は微笑む。だがその手がしっかり桜哉のお尻に触れていて、ひとつだけ釘を刺すことは忘れなかった。

「あと、あの、エ、エッチは手加減お願いします」

「……だいじょうぶだから、心配しないでね」

彼はそう請け負ってくれたけれど、桜哉はちょっとだけ、不安だった。

(だいじょうぶって、どっちの意味かな……)

訊くのは怖いので、疑問はとりあえず胸にしまっておくことにする。

笑顔は変わらず、やさしい邦海にそっとキスを落とされて、桜哉も静かに瞼を閉じる。

王子さまのおやすみのキスはあまくふわふわしているのに、ほんのちょっぴり刺激的な、ミントの味がした。

ヒマワリのジジョウ

「……ゴミの始末に外に出たら、うしろからいきなり突き飛ばされた。もみあいになって反撃したところ、相手は逃走、翌朝には店のガラスが割られていた。間違いはありませんか」

「さっきからそう言ってんだろ」

「必要があって確認しておりますので、ご協力をお願いします」

閉店した『コントラスト』のカウンター席は、即席事情聴取の場となっていた。

目もあわせず、慇懃な口調で言いきった伊勢逸見《いせいつみ》の無表情ぶりに、昭生《あきお》はうんざりと息をついた。彼の手もとの手帳には、昭生が徳井《とくい》に襲われた顚末が、微にいり細をうがち、みっちりと記されている。

「怪我の状態は、顔を殴られた際の傷と倒されたときの打撲。ほかには？」

「もうねーよ」

腫《は》れた頬骨《ほお》はひと晩保冷剤を押し当ててなんとかなったものの、切れた唇はそうあっさり治るはずもない。

（知らせなかったの、ほんっとに根に持ってんなあ）

常連客であり友人でもある小島《こじま》の紹介で訪れるようになった徳井は、二年ほどにわたって昭生を口説いてきていた。半分くらいはゲーム感覚なのだろうと放置していたところ、ここ数カ月異様にしつこくなり、ほとほと手を焼いていた。

そのあげく、突然襲いかかられるという事態が起きたのだ。

「交際を迫られ、断ったことを逆恨みされての行動ということですか」

「そうですよ。もういいだろ、さんざん確認したじゃねえかよ。っつーか俺、べつに起訴する気はねえんだけど。どうせ別件で捕まったんだろ？」

昭生がひりひりする顎《あご》をさすりながら言うと、伊勢が乱暴に手帳を閉じた。

「おまえそうやって、なんであっさり許すんだ」

口調が弁護士のものでなくなって、いささかほっとする。

「べつに許すとかじゃねえけど、もう関わりたくない」

「こういうことは、しっかり思い知らせないとあとを引くんだぞ。おおかた、いままでも面倒くさくて適当にあしらってたんだろう」

図星でもあったが、しつこすぎる追及にはさすがに疲労を覚え、昭生は首をかしげた。

「おまえ、なんでそんなに怒ってんだよ」

「本気で訊《き》いてるなら、おまえは頭がおかしい」

ぎろりと睨《にら》まれ、昭生は「いやわかるけど」とあわててつけくわえた。

「たいしたことなかったんだし、酒だす店にトラブルはつきものだろ。いまさら――」

「酔っぱらいのけんかといっしょにするな！　強姦されかかるのがつきものなのか！」

どん、とテーブルをたたかれて、昭生は目をしばたたかせる。ふだんの穏やかさをかなぐりすてた伊勢は、ぎらついた目でまくしたてた。

「あの男は、おまえを拉致《らち》して裏ビデオの主役にしようとしてたんだ。本当になにかあったら、こんなふうにしれっとした顔してられないんだぞ！　いま起訴されてる業務上横領や、桜哉《おうや》くんの拉致についても実刑がつくかどうかわからない。執行猶予なんかになれば野放しだ。また襲われたらどうする！」

激昂《げっこう》する伊勢に、昭生は「そこまで執着されてねえから、安心しろ」と告げた。

「たぶんあいつ、もう俺には用はねえよ」

「そんなのなんでわかる。二年もつきまとってたのに、あっさり終わるわけが」

「終わるさ。あれは色恋目当てじゃない」

きっぱり言いきると、伊勢はますますわからないというように顔をしかめた。昭生は笑いながら恋人の額《ひたい》を指でつつく。さらに目をまるくした伊勢に、おかしくなった。

「おまえ、ほんっとに俺の本体以外に興味ないんだな。弁護士なら、もうちょっと裏読めよ」

「それ、どういう――」

「相馬《そうま》の会社、資産何億だか知ってるか？」

はっと息を呑《の》んだ伊勢に、昭生はうなずいた。甥や恋人には頼りないと思われているらしいが、昭生も伊達で水商売に長いこと携わっているわけではない。

「うちの店に入り浸ってれば、朗《あきら》のことや社長の滋《しげる》さんのことも耳にはいるだろ。店自体はちいさくても出資者がいて、それなりに潤ってることなんかも、金に敏感なやつなら調べあげようともするだろうしな」

「まさか、おまえのヒモになるつもりだった、ってことか？」

「朗にも一瞬、目をつけたっぽいけどな。ただあいつの場合、大抵は栢野《かやの》さんがべったりいっしょにいるだろ。おまえは閉店してからしかこないから、フリーだと思ったらしい」

だからこそ昭生を口説き落としてモノにしようとしたのだろう。

彼と深い関係だった小島は、徳井が単に昭生に惚《ほ》れていると思いこんでいたようだが、それは小島自身がまっとうな人間だからだ。学生時代、荒れていた時期に知りあった連中――たとえば喜屋《きゃん》武や、その仲間と、徳井は同じ目をしていた。

「あんな節操のなさそうな男が気のない相手に二年も食いついてくる時点で、ほかの目的があるって想像はついてた。だから裏ビデオなんだろ。手段は変わっても、俺を金づるにしようとした目的は変わってない」

昭生の推察に、伊勢は頭を抱えてうめいた。

「そういうわけで、借金についてては明るみにでちまったわけだし、始末もつける以上、あいつが俺につきまとう理由は、もうない」

「だからって、安心できない。結局おまえは怪我したじゃないか。またこんな目にあったら」

陰鬱な声でつぶやく伊勢に、昭生は言った。

「二度とねえって。絶対」

「なんでそう言いきれる！」

「殺してでも、そんなことさせねえから」

さらっと告げた昭生の言葉に面食らい、伊勢が言葉を失った。

「あいつに襲われたとき、捨てにいこうとしてたの、これなんだよ」

昭生は、床に置いていたゴミ袋のなかから、壊れた仕事道具をとりだした。

「……アイスピック？」

「持ち手の部分がゆるんで壊れたんだ。修理してまで使うようなもんじゃないし、不燃物で捨てようとしてた。で、もみあってるうちに、ちゃんと紙で包んであったのが破れて、これが出てきた」

店を出ようとしたところでいきなり背後からのしかかられ、押し倒された。抵抗したら顔を殴られ、昭生も殴り返そうとしたところでとっさに摑んだのがこれだった。

「顔のまえに突きだして、眼球つぶすぞっつったら、あわてて逃げてったんだよ」

伊勢がぞっとしたような顔になり、昭生はシニカルに唇を歪《ゆが》めた。

「おまえ以外になにかされるなら、本気でそうする」

真剣な目で告げると、伊勢は「昭生……」と震える声で名前を呼んだ。

「心配させてごめん。でも平気だから、あんまり怒るな」

「怒るなって言われても」

「あとな。調書とるより、ほかになんか言うこととか、することとかないのか？」

じっと見つめた相手は、かすかに震えている昭生の指にやっと気づいたらしい。おもむろに立ちあがり、カウンターのなかにはいってきた彼に強く抱きしめられ、昭生は広い背中に腕をまわした。やさしい手で頭を撫でられ、ほっと息をつく。

「すぐに慰めてやれなくて、ごめん。ほんとは怖かったんだろ」

「……おまえ、仕事だってすっ飛んでったから。そのあとずっと怒ってるし」

「俺よりさきに、小島さんに報告するからだろ」

「だって、桜哉くんが危ないかもしれねえから、教えろって言われてたし」

自分と違って、あんなきゃしゃでおとなしそうな子が襲われたら、おそらく抵抗もできないだろう。案の定ホテルに連れこまれそうになったと聞いたときには寒気がした。

「ま、どっちも無事でよかったけど」

しみじみつぶやいた昭生に、「無事じゃない」と伊勢はぶすくれた声を発し、怪我をした顔をそっと撫でる。

「キスしたら、痛いか」

「してみれば、わかるんじゃねえ？」

くすりと笑った唇に口づけられ、昭生は目を閉じる。触れあわせるだけのやさしいそれではものたりず、舌をいれたのはこちらのほうからだ。伊勢の躊躇《ちゅうちょ》が伝わってすこしいらだち、大胆に腰をこすりつけた。「こら」とたしなめるのも聞かず、キスを深める。

昨年卒業した甥は、就職と同時にこの家を出て行った。二階にある自室は、いまでは昭生と伊勢の住まいになっている。こんなふうに店でいちゃついていても、もうじゃまがはいることはない。

「……逸見。きょう、口痛いからあんまりサービスはできないけど、いいか？」

長いキスをほどき、気遣う相手をその気にさせたことに満足した昭生は、だめ押しのように誘いをかける。心配と期待で複雑な顔になっている伊勢の顔を撫で、「だめか」と上目遣いに問えば、彼は深々とため息をついた。

「しょうがない。俺は昭生に興味がありすぎるから、誘われたら断れない」

自分の言った言葉を微妙に改変して返され、「ばか」と昭生は赤くなる。

もう一度しっかり抱きしめられ、まるごと自分を欲しがる男の体温の高さに唇をほころばせた昭生は、世界中でいちばん安心できる腕のなかで、ようやく安堵《あんど》の息をついた。

あとがき

今作は信号機シリーズの第五弾となります。といってもすべて読み切り、カップルも本ごとに違うため、この本からいきなり読んでもまったく大丈夫であります。

じつはタイトルからわかるように、そもそもは『アオゾラ』『オレンジ』『ヒマワリ』と、青、赤、黄色でイメージした三部作の予定だったこのシリーズ、幸いなことにご好評いただきまして、続行が決定いたしました。皆様のおかげです、ありがとうございます。

前回刊行した『プリズム』は前三作の番外短編集でしたが、今回は完全に新キャラ。端っこに『ヒマワリ』のふたりも出てきます。あとじつは、今作主役たちの一部、『ヒマワリ』にちらりと出ていたモブキャラ（笑）でした。気づいた方はいらっしゃるでしょうか。ちらりと……といえば、ストーリー中においしい役で出てくる佐光と高間いうキャラクター、彼らは、次回作の主役たちとなります。

じつはこの本を執筆するよりさきに、佐光が主役となるストーリーを書いていました。すでに実作にはいっていて、もうあとちょっとで初稿がかたちになるかな、と思っていた矢先、三月のあの震災が起きました。

当時の大混乱はまだ皆さんの記憶にも新しいと思いますが、私も、周囲も、読者さんに寄せられる声も、不安でいっぱいでした。停電も頻繁に起きて、余震もあって、これからどうなるのかなあ、とラジオやネットを頼りに（テレビは停電多くて見られなくて）情報を集めたりしていました。そのなかで、じっさいに被災された方だけでなく、情報だけで神経が参りかけている方の言葉もたくさん読んで、私自身も本当にいろいろ考えました。

そのとき書きかけていた佐光のストーリーは、きりきりした性格の主役が作中に起きた事件絡みで変わっていく話で、むろんそれも書きたくはあったのですが、インターネットなどで不安がっているひとたちの言葉を追いかけていたとき、「なんかいま、これじゃないな」とふと思いました。

こんなときだからこそ、明るくて、ばかばかしくて、ひたすらあまったるいラブラブした話が書きたいな、と。美青年と美少年でいちゃいちゃしてる、暢気で平和な話がいいな、と。

ツイッターでこんな話を書きたいと思う、と言ったとき「こんなときだからこそ、あまい話が読みたい」と言ってくださった方がたくさんいて、よし佐光はいったんお預け、と決定。

ただでさえ締切は迫ってるし、停電も多くて時間は逼迫《ひっぱく》していたけれど、そのときは「もうこれだ」としか思えませんでした。真っ暗な部屋でランタンだけつけて、電気の通ってる間に充電したパソコンを三台駆使して。あのときの集中力はちょっと自分でもびっくりしましたけれど、どうにか書きあげることができました。

お話のテンションとまったく裏腹な製作状況でしたが、この話のおかげで、ある意味では原点に戻れた部分もあったと思います。必死だったけど、本当に楽しく大事に書きました。

ちなみにお預けになった佐光の話は、ちょっとシリアステイスト。しかもお話の時系列としては、今作の一年前、彼がまだ専門学校にいたころの話となり、前三作のメンバーも、もうすこし顔を出す予定となっています。今年の秋ごろお目見えの予定です。よろしく。

さて、今回もいろんな方にお世話になりました。まずはイラストのねこ田さん、五冊目となったシリーズですが、毎回素敵なイラストありがとうございます。特にカバー、タイトルにあわせてのカラー配色やデザインセンスには毎度うなってます。桜哉も邦海もかわいくてにやにやしっぱなしでした。次、佐光編もよろしくお願いします！

担当様、いつも本当にありがとうございます。方向転換をしたいといったところ、ご快諾いただき、仕事をする上でいちばん楽な状況を常に作ってくださること、心から感謝です。他、カッコイイデザインのデザイナー様、印刷所の方、書店の方と、たくさんの方にお世話になってこの本が世の中に出ていく。本当に自分が仕事してる環境はありがたいな、と痛感しました。

そして読んでくださる皆さんに感謝を。深く考えず、ぽやんとしたお姫さまな桜哉のじたばたぶりと邦海の少女マンガチックな王子さまぶりを楽しんでくれたら、本当に嬉しいです。なにができるわけじゃない、拙《つたな》いモノカキですが、ふわふわあまったるい一冊でなごんでいただけたら、これ以上嬉しいことはありません。

またいずれ、どこかでお会いできれば幸いです。

✦初出　ミントのクチビル—ハシレ—……………書き下ろし
ヒマワリのジジョウ………………………書き下ろし

崎谷はるひ先生、ねこ田米蔵先生へのお便り、本作品に関するご意見、ご感想などは
〒151-0051 東京都渋谷区千駄ヶ谷4-9-7
幻冬舎コミックス　ルチル文庫「ミントのクチビル—ハシレ—」係まで。

幻冬舎ルチル文庫

ミントのクチビル—ハシレ—

2011年5月20日　第1刷発行

✦著者　崎谷はるひ　さきや はるひ

✦発行人　伊藤嘉彦

✦発行元　株式会社 幻冬舎コミックス
〒151-0051 東京都渋谷区千駄ヶ谷4-9-7
電話 03(5411)6432[編集]

✦発売元　株式会社 幻冬舎
〒151-0051 東京都渋谷区千駄ヶ谷4-9-7
電話 03(5411)6222[営業]
振替 00120-8-767643

✦印刷・製本所　中央精版印刷株式会社

✦検印廃止

ISBN978-4-344-82239-9　C0193　Printed in Japan